STEIDL

taschenbuch 201

Halldór Laxness wurde 1902 in Reykjavik geboren. 1955 wurde er mit dem Nobelpreis für Literatur ausgezeichnet. Laxness starb 1998 in der Nähe von Reykjavik. Seine Romane und Erzählungen erscheinen in deutscher Sprache in der von Hubert Seelow betreuten Werkausgabe des Steidl Verlags.

Halldór Laxness
Am Gletscher

Aus dem Isländischen von
Bruno Kress

Mit einem Nachwort von
Susan Sontag

Steidl

Titel der isländischen Originalausgabe: »Kristnihald undir Jökli«,
erschienen 1968 bei Vaka Helgafell, Reykjavik

05 06 07 08 09 9 8 7 6 5 4 3 2 1

Umschlaggestaltung: Klaus Detjen
unter Verwendung eines Fotos von Gerhard Steidl
Satz, Druck, Bindung:
Steidl, Düstere Straße 4, D-37073 Göttingen
www.steidl.de
Printed in Germany
ISBN 3-86521-171-2

Inhalt

1. Der Bischof will jemanden schicken

Der Bischof ließ Unterzeichneten gestern abend zu sich kommen. Er bot mir eine Prise an. »Danke, davon muß ich niesen«, sagte ich.

Bischof: »Na so was! Noch billiger geht es nicht. Früher schnupften alle jungen Theologen.«

Unterzeichneter: »Och, ich bin nicht gerade ein großer Theologe. Ich verdiene diese Bezeichnung kaum.«

Bischof: »Ich kann Ihnen leider keinen Kaffee anbieten, meine Frau ist nicht zu Hause. Sogar Bischofsfrauen bleiben abends nicht mehr zu Hause: Das ist der gesellschaftliche Verfall. Ja, mein Bester, Sie sind ein prächtiger junger Mann. Ich habe ein Auge auf Sie, seit Sie voriges Jahr für uns das Protokoll der Synode geführt haben. Es war fabelhaft, wie Sie das Gewäsch der Brüder Wort für Wort mitstenographierten. Wir hatten noch nie einen Theologen, der Stenographie konnte; außerdem können Sie mit diesem Lautschreiber umgehen, oder wie das Ding heißt.«

Unterzeichneter: »Wir nennen es Tonband. Lautschreiber ist besser.«

Bischof: »Ach, dieser ganze Grammophonismus heutzutage, Herr du mein Gott! Können Sie auch Fernsehen machen? Das ist noch großartiger. Fast wie im Kino: Nach zwei Minuten bin ich eingeschlafen. Wo haben Sie das alles bloß gelernt?«

Unterzeichneter: »Es ist kein Problem, Bandaufnahmen zu machen. Ich bekam Übung darin, als ich Hilfskraft beim Rundfunk war. Aber mit Fernsehen hatte ich noch nie zu tun.«

Bischof: »Das macht nichts. Tonband genügt uns. Und Stenographie. Es ist doch erstaunlich, daß man solche Rattenschwänze lernen kann. Fast wie Arabisch. Man sollte Ihnen die Weihe geben. Sie haben doch selbstverständlich etwas Festes?«

Unterzeichneter: »Ich gebe stundenweise Unterricht in Sprachen und ein bißchen auch in Rechnen.«

Bischof: »Auch in Sprachen gut, ah ja!«

Unterzeichneter: »Ja, ich kann ein bißchen was in den fünf bis sechs Sprachen, die man zum Abitur braucht, und auch ein wenig Spanisch, denn ich bin einmal mit einer Gruppe nach Mallorca gefahren und habe mich darauf vorbereitet.«

Bischof: »Und die Theologie? Alles in bester Ordnung, nicht wahr?«

Unterzeichneter: »Ich denke schon. Ein großer Glaubensstreiter bin ich aber nicht.«

Bischof: »Rationalist? Ja, das haben Sie gemeint! Davor soll man sich wahrlich in acht nehmen. Ein schlechter Kerl, der Rats-Jon.«

Unterzeichneter: »Ich weiß nicht, als was man mich bezeichnen sollte. Wahrscheinlich bin ich ein ganz gewöhnlicher moderner Esel. Sonst nichts. Trotzdem habe ich keine schlechte Note in Theologie bekommen.«

Bischof: »Wollen Sie sich vielleicht nicht weihen lassen?«

Unterzeichneter: »Darüber habe ich noch nicht nachgedacht.«

Bischof: »Sie sollten aber darüber nachdenken. Dann sollten Sie sich eine Frau nehmen. So ging es bei mir. Es ist auch gesund, Kinder zu haben. Dann erst beginnt man den Gang der Schöpfung zu verstehen. Ich möchte einen Mann auf Reisen schicken. Wenn es gut geht, sollen Sie später einmal eine gute Pfarrstelle bekommen. Aber eine Frau müssen Sie sich selber suchen.«

Jetzt begann ich aufzuhorchen und zu warten, doch der Bischof kam auf französische Literatur zu sprechen. »Es macht Spaß, französische Literatur zu lesen«, sagte er. »Meinen Sie nicht auch?«

Unterzeichneter: »Ich denke schon. Wenn man Zeit dazu hätte.«

Bischof: »Kommt es Ihnen nicht sonderbar vor, daß die größten Schriftsteller Frankreichs Bücher über Island geschrieben haben, die sie unsterblich machten? Victor Hugo schrieb ›Hans von Island‹, Pierre Loti ›Islandfischer‹, und Jules Verne krönte das Ganze mit jenem gewaltigen Meisterwerk über den Snæfellsgletscher, ›Reise zum Mittelpunkt der Erde‹. Darin kommt Arni Saknussemm vor, der einzige Alchimist und Philosoph, den wir in Island gehabt haben. Keiner ist mehr der, der er vorher war, nachdem er dieses Buch gelesen hat. Niemals könnten unsere Leute so ein Buch schreiben, am allerwenigsten eins über den Snæfellsgletscher.«

Der Unterzeichnete war mit dem Bischof nicht ganz einer Meinung über das Buch, das in seiner Aufzählung den Schluß bildete, und er äußerte, daß er den Bericht des Schriftstellers über die Reise Phileas Foggs um die Erde höher einschätze als den über die Reise Otto Lidenbrocks durch den Krater auf dem Snæfellsgletscher.

Dabei stellte sich heraus, daß es dem Bischof gänzlich einerlei war, was ich von französischer Literatur hielt.

Bischof: »Was würden Sie dazu sagen, wenn ich Sie bäte, nach Westen zum Gletscher zu fahren und an diesem weltberühmten Berg die größte Untersuchung seit den Tagen Jules Vernes vorzunehmen? Ich bezahle nach Beamtentarif.«

Unterzeichneter: »Bitten Sie mich nicht, Heldentaten zu vollbringen. Außerdem habe ich gehört, daß Heldentaten nicht zum Beamtentarif geleistet werden. Meine Wenigkeit taugt nicht zum Ruhm. Doch wenn ich für Sie, Herr Bischof, einen Brief oder dergleichen nach Westen zum Gletscher bringen soll, dann wird mir das nicht zuviel sein.«

Bischof: »Ich möchte Sie auf eine etwa dreitägige Reise schicken. Sie bekommen von mir eine schriftliche Instruktion. Ich möchte Sie bitten, Sira Jon Primus an meiner Stelle aufzusuchen und ihm zu sagen, er solle Ihnen gestatten zu bleiben. Es muß da im Westen etwas untersucht werden.«

Unterzeichneter: »Mit Verlaub, was muß untersucht werden?«

Bischof: »Die Seelsorge am Gletscher.«

Unterzeichneter: »Wie sollte ich unerfahrener Mensch das anstellen? Mir fällt nichts Gescheites ein.«

Bischof: »Es wäre wohl am besten, wenn Sie damit anfangen, den alten Sira Jon selbst aufs Korn zu nehmen. Zum Beispiel müssen Sie herauszubekommen versuchen, ob der Mann verrückt ist oder nicht oder vielleicht nur begabter als wir anderen. Sechs Jahre hat er an einer deutschen Universität Geschichte studiert; schließlich ist er hier bei uns als Theologe gelandet. Er war immer ein unsicherer Kantonist. Manche sagen, er habe den Glauben verloren.«

Unterzeichneter: »Soll ich mich da wirklich einmischen?«

Bischof: »Da ich so etwas wie Unterkontorist im Ministerium für Kirchenfragen bin, frage ich in erster Linie: Weshalb repariert der Mann die Kirche nicht? Warum hält er keinen Gottesdienst ab? Warum tauft er die Kinder nicht? Warum beerdigt er die Toten nicht? Warum hat er zwanzig Jahre lang sein Pfarrergehalt nicht abgeholt? Ist er vielleicht nur gläubiger als wir anderen? Und was sagt die Gemeinde? Auf drei Inspektionsreisen habe ich dem Alten befohlen, diese Dinge endlich in Ordnung zu bringen. Das Ministerium hat ihm schon mindestens fünfzig Briefe geschrieben. Natürlich kam nie eine Antwort. Es ist nicht möglich, jemand öfter als dreimal zu warnen, geschweige denn ihm zu drohen: Beim vierten Mal ist die Drohung zum Wiegenlied geworden; danach hilft nichts mehr, als den Mann stillschweigend aus dem Amt zu entfernen. Aber wo sind die Verbrechen? Das ist es! Hier muß eine Untersuchung stattfinden. Jetzt gehen Gerüchte um, daß er erlaubt hat, eine Leiche auf den Snæfellsgletscher zu schaffen. Was ist das für eine Leiche? Das ist eine unerhörte Schande. Bitte ermitteln Sie das. Wenn es eine Leiche ist, dann wollen wir sie in die Ortschaft transportieren und in geweihter Erde begraben. Und wenn es etwas anderes ist, was ist es dann? Vorvoriges Jahr schrieb ich an den sogenannten Kirchenvorsteher; ich habe vergessen, wie er heißt. Die Antwort kam gestern nach sage und schreibe anderthalb Jahren; die guten Leute haben es wirklich nicht eilig. Was sind das für Weihnachtsmänner! Fühlt man sich jetzt am Gletscher mitverantwortlich? Gegen uns hier! Kommt mir vor wie eine Freimaurerloge. Und der hier ist genauso verrückt wie Sira Jon Primus. Ich glaube, es ist unerläßlich, daß Sie ihm auch ein bißchen auf den Zahn fühlen. Hier ist sein Wisch.«

Der Bischof reichte mir ein abgegriffenes Stück Papier, das kaum mit der Post gekommen sein konnte, sondern offenbar von Gehöft zu Gehöft weitergereicht und in vielen Gemeinden in den Taschen von Leuten zerknittert worden war. Dennoch verriet der Brief eine geistige Einstellung, wenn man sich so ausdrücken darf, die mehr Gewicht besitzt, als es den Anschein hat, und deren Argumente dort ankommen, wo sie zu Hause ist, die aber an anderen Orten wenig gilt. Während ich den Brief überflog, ließ der Bischof seinem Unmut freien Lauf. »Weiter soll er Anglern und Ausländern erlaubt haben, sozusagen vor der Nase der Kirche ein scheußliches Bauwerk zu errichten – bestellen Sie ihm von mir, er soll es sofort abreißen lassen! Außerdem muß er sich endlich von seiner Frau scheiden lassen. Ich habe gehört, daß er vor gut dreißig Jahren geheiratet hat, lange bevor ich Bischof wurde, und daß er sich noch immer nicht von seiner Frau hat scheiden lassen, obwohl sie nie mit ihm das Bett geteilt hat. Statt dessen soll er eine Weibsperson bei sich haben, die, man höre und staune, Stößeldora genannt wird! Will man etwa mit dem Christentum Schindluder treiben?«

Brief des Kirchenvorstehers Tumi Jonsen zu Brun am Gletscher an den Bischof. Hauptinhalt: Schreiber des Briefs bittet um Entschuldigung wegen Schreibfaulheit, Altersgebresten u. a. m.; er wolle jetzt endlich den Brief des Bischofs von Island beantworten, der ihm vorvoriges Jahr ordnungsgemäß zugestellt worden sei und der Fragen über das Christentum am Gletscher enthalte. Weiter auch Fragen, was an dem Gerücht zutreffend sei, daß der Gemeindepfarrer seinen Amtspflichten nicht recht nachkomme und sich die Amtshandlungen verzögerten; item, ob in den vergangenen Jahren ein sonderbarer Transport eines rätselhaften Kastens auf den Gletscher stattgefunden habe und so weiter. Der Kirchenvorsteher gestatte sich, nur das hervorzuheben, was seine felsenfeste Überzeugung in dieser Angelegenheit ist, daß nämlich weder in diesem Kirchspiel noch in anderen Ortschaften rund um den Gletscher jemand zu finden sei, der nicht anerkenne, daß der Gemeindepfarrer am Gletscher Sira Jon Jonsson, genannt Primus, ein gold Mensch sei (die Wörter gold und Mensch jedes für sich geschrieben, so daß klar war, daß der Briefschreiber das Wort »Gold« als Eigenschaftswort gebrauchte). Kein Geschöpf in dieser Ortschaft würde einen Tag ohne Sira Jon sein wollen. Die ganze Gegend wäre bekümmert, wenn einem so edlen Menschen auch nur ein Haar gekrümmt würde. Gewiß wird mitunter gesagt, daß unser Gemeindepfarrer nicht voreilig in Amtsgeschäften ist, doch ich wage in gewissenhafter Verantwortung als Kirchenvorsteher zu behaupten, daß alle in Ehren unter die Erde kommen und es am Ende darüber still ist wie in anderen bewohnten Gegenden hierzulande. Wenn andererseits hier in der Gegend ein Hausgerät nicht mehr zu gebrauchen ist, weil hierzulande ebenso wie in anderen Ländern nur noch der reine Schund hergestellt wird, dann zeigt sich, was an Sira Jon dran ist. Ganz gleich, was nun unbrauchbar geworden ist, Werkzeuge oder Maschinen, Kellen oder Messer, sogar zersprungene Tonkrüge – in den Händen Sira Jons wird alles neu oder sogar besser als neu. Ich fürchte, daß es für manch einen Reiter oder Autofahrer hier in der Gegend ein großer Verlust wäre, wenn Sira Jon sein Amt verlöre, ein Mann an der Straße, der stets bereit ist, Pferde zu beschlagen, sei es bei Tage oder bei Nacht, und ein Künstler, der für andere an defekten Motoren herumbastelt, so daß sie schließlich doch noch gehen. Zum Schluß, das stimmt, unsere Kirche ist in ziemlich schlechtem Zustand, wenn man auch in der Tat nur wenig darüber klagen hört; doch man sagt, der Herr sei groß. Darüber mache ich weiter keine Worte. Euer Hochwürden liebender, eifriger Diener Tumi Jonsen, Brun am Gletscher.

2. Vertreter des Bischofs – abgekürzt Vebi

Als es soweit gekommen war, daß Unterzeichneter die Reise in Erwägung zog, sagte der Bischof: »Zuerst muß man wollen; der Rest ist Technik.«

Unterzeichneter fuhr anstandshalber fort, darüber zu klagen, daß er zu jung sei und zu wenig Einfluß habe, um die Amtsführung ehrenwerter Greise zu überwachen oder das Christentum in Gegenden zu reformieren, in denen selbst die Worte des Bischofs keine Beachtung fänden. Was für eine »Technik« kann man von einem dummen Jungen in solch schwieriger Lage erwarten? Was soll ich sagen, was tun?

Bischof: »So wenig wie möglich sagen und tun. Die Augen offen halten. Über das Wetter sprechen. Fragen, wie der Sommer im vorigen und im vorvorigen Jahr war. Sagen, daß der Bischof Rheuma habe. Wenn Leute Rheuma haben, fragen, wo es sie quält. Nicht versuchen, etwas in Ordnung zu bringen – das ist unsere Angelegenheit im Kirchenministerium, sobald wir wissen, was los ist. Wir bitten um einen Bericht, das ist alles. Egal, was für irrige Ansichten und Märchen die Leute vorbringen, Sie sollen sie nicht bekehren. Nichts und niemand reformieren. Ihnen gestatten zu sprechen, nicht dagegen reden. Und wenn sie schweigen, worüber schweigen sie? Notieren, was wichtig ist, ich umreiße das alles in der schriftlichen Vollmacht. Den Rahmen nicht selber erweitern. Sachlich schreiben. Wir wollen nichts Amüsantes vom Westland hören, wir lachen hier in Reykjavik auf unsere eigenen Kosten. Soviel wie möglich in der dritten Person schreiben. Akademisch, ja, aber in Maßen. Vom Tonband lernen.«

VeBi (hernach Vebi geschrieben): »Wenn der Pfarrer ständig an alten Motoren herumbastelt oder Kasserollen repariert und die Leute zu beerdigen vergißt, so daß die Leichen auf den Gletscher gebracht werden – nein, weiter kann man die Narrenstreiche nicht treiben.«

Bischof: »Ich bitte um Tatsachen. Das übrige ist meine Sache.«

Vebi: »Soll ich nicht einmal sagen, was ich von der Sache halte?«

Bischof: »Nein, nein, nein, lieber Freund. Uns ist ganz gleich, was Sie davon halten. Wir fragen, was Sie sehen und hören, nicht, was Sie davon halten. Meinen Sie, daß wir hier solche Wickelkinder sind, daß man für uns denken und schlußfolgern, uns übers Töpfchen halten muß?«

Vebi: »Aber wenn sie anfangen, mir die Hucke voll zu lügen?«

Bischof: »Ich bezahle das Band. Aber aufpassen, daß sie nicht durch Sie lügen. Daß Sie nicht selbst lügen!«

Vebi: »Irgendwie muß ich doch überprüfen, was sie sagen.«

Bischof: »Nichts überprüfen. Wenn die Leute lügen, nun denn. Wenn sie irgendeinem Irrglauben anhängen, dann um so besser! Vergessen Sie nicht, daß es nur wenige gibt, die ein wenig die Wahrheit sagen; keinen, der viel, geschweige denn einen, der die reine Wahrheit sagt. Gesprochene Worte sind eine Tatsache für sich, seien sie nun wahr oder gelogen. Wenn

Menschen sprechen, dann enthüllen sie sich selbst, ob sie nun lügen oder die Wahrheit sagen.«

Vebi: »Und wenn ich sie bei einer Lüge ertappe?«

Bischof: »Über niemanden im Bericht schlecht sprechen. Denken Sie daran, daß das, was man Ihnen vorlügt, vielleicht sogar wissentlich vorlügt, oft aufschlußreicher ist als eine wahre Geschichte, die man aufrichtig erzählt. Verbessern Sie nichts, geben Sie sich nicht mit Auslegungen ab. Das ist unsere Angelegenheit. Wer vor diesen Leuten bestehen will, der möge darauf achten, daß er nicht selber vom Glauben abweicht.«

3. Bericht über die Reise von der Hauptstadt zum Gletscher

Ich fuhr mit dem Linienbus und hatte meine Sachen in einem Seesack. Schlußtag der Fischfangsaison 11. Mai. Diese Zeit heißt »zwischen Heu und Gras«, vom Gesichtspunkt des Schafes aus gesehen: Die Heuvorräte sind erschöpft, aber das Gras sprießt noch nicht. Dann ist es oft traurig bestellt um die Wiederkäuer; der Frühling war in Island schon immer die Zeit, in der Mensch und Tier verhungerten.

Die wenigen, die zu dieser Zeit des Jahres unterwegs sind, sind ungefähr ebenso merkwürdige Leute wie der Unterzeichnete selber; sie sind mürrisch und unwirklich, schlüpfen an einer unerwarteten Stelle aus dem Wagen und verschwinden querab im Wiesenmoor, als wohnten sie dort in einem Sumpfloch; oder der Fahrer hält unbegreiflicherweise irgendwo im freien Gelände und wirft etwas durch das Fenster; gewöhnlich fällt es in eine Pfütze: ein Zeitungsbündel, ein Beutel, ein Paket.

Die Berge rechts vom Weg sind oben schwarz. Einzelne Schneewehen; auf den Hängen verdorrtes Gras; das große Wiesenmoorgelände zwischen Gebirge und Strand kaffeebraun. Doch ein sonderbar heller Glanz auf Flüssen und Seen begleitet den Reisenden, wenn auch der Himmel bedeckt und der Zweck seiner Reise vielleicht wenig erfreulich ist. Um diese Zeit steht die Sonne hoch, und die Nächte werden nicht so dunkel, daß es der Rede wert wäre; doch noch sind sie nicht ganz hell. Die Schafe scheinen mir noch ziemlich schwerfällig, wie sie da im Wiesenmoor nach etwas suchen; doch bald wird es für sie besser werden. Die Vögel hingegen sind zu Wasser und zu Lande lebhaft, sie finden eher Nahrung als andere Geschöpfe. Eistaucher sind schon auf den Seen und schwimmen lange unter Wasser, sie finden also etwas; Schwäne zu zweit auf den Teichen, so weiß, daß sie leuchten, oder in einer Schar am Ufer, wo sie sich putzen. In einer Gemeinde fliegt eine Seeschwalbe landeinwärts und wieder hinaus zum Meer. »Komisch, nur diese eine Seeschwalbe«, sagt jemand, »sonst sieht man sie immer bloß zu Tausenden.« Da ruft eine Frau schrill dazwischen, daß es ein Erkundungsvogel sei, von anderen Seeschwalben ausgeschickt, um nachzusehen, ob das Land noch aus dem Meer emporrage.

»Woher weiß die Frau das?« wird gefragt.

»Das kann sich doch jeder selber sagen«, erwidert die Frau, »denn heute ist erst der elfte, und die Seeschwalbe kommt nie vor der Kreuzmesse am vierzehnten.«

Frage: »Wer kann behaupten, daß alle Seeschwalben außer dieser am vierzehnten kommen?«

Die Frau: »So steht es in der Zeitung.«

Die Raubmöwe ist ein düsterer Vogel; sie fliegt bei Windstille so, wie ein Stück Papier im wütenden Sturm davonsaust, ohne die Flügel merklich zu bewegen. Sie läßt die Luft arbeiten und steuert nur; manchmal tut sie so, als hätte die Kraft sie verlassen oder als hätte sie die Kunst des Fliegens verlernt, und flattert und flattert, bis sie mit dem weißen Bürzel nach oben zur Erde fällt; am Boden fängt sie dann an, sich abzurackern; es ist, als seien ihre Flügel gebrochen oder ausgerenkt; sie verhaspeln sich fortwährend, wenn sie zu trippeln versucht, so daß sie sich halb überschlägt. Was hat dieses sonderbare Getue zu bedeuten? Soll das vielleicht nur die Weibchen in Versuchung führen?

Merkwürdig, daß die Vögel nicht alle auf die gleiche Weise fliegen. Die Luft ist doch am selben Ort und zur selben Zeit die gleiche. Ich habe gehört, daß den Flügeln aller Flugzeuge die gleiche Formel zugrunde liegt, während jeder Vogel seine eigene Formel hat. Unbestreitbar hat es keiner geringen Vorstellungskraft bedurft, um jedem der vielen Vögel seine eigene Formel zu geben, und es wurden keine Kosten gescheut.

Dennoch hat sich vielleicht noch kein Vogel gefunden, der so richtig fliegt wie ein Flugzeug; aber trotzdem fliegen alle Vögel besser als Flugzeuge, wenn sie überhaupt fliegen können. Vielleicht sind alle Vögel ein wenig fehlerhaft, weil man keine Formel hat finden können, die für alle Vögel gilt; so wie alle Romane schlecht sind, weil noch nie die richtige Formel für einen Roman gefunden worden ist.

4. Abend am Gletscher

Wir sind am Gletscher; der Fahrer sagt: »Hier müssen Sie aussteigen.« Auf der anderen Seite der Straße, nach dem Meer zu, hinter einem grünen Wiesenhügel, ist ein grasfreier, mit Schotter bedeckter Platz. Dort steht ein alter Schuppen, etwa zwei mal drei Meter groß, mit Wellblech verkleidet. Er ist verschlossen. Abend; Nebel hat sich auf die Bergränder gelegt. Außer dem Schuppen gibt es keine Anzeichen menschlicher Behausungen, nur eine morsche, in die Erde eingelassene Holzbank aus drei Planken an der einen Seite neben der Schuppentür. Unterzeichneter setzt sich auf die Bank, den Seesack neben sich, und nimmt die Karte heraus. Der Nebel ist überall vom Gebirge herabgekommen und nirgends dunkler als da, wo nach der Karte der Gletscher sein soll. Es nieselt. Der ergrünende Wiesenhügel leuchtet in der Dämmerung; hier und dort ragen Lavazacken aus ihm empor.

Als ich wieder an der verschlossenen Schuppentür rüttelte, sah ich über der Tür ein Brett, auf das vor langer Zeit mit Ruß oder Teer Buchstaben gemalt worden waren; obwohl die Schrift ausgeblichen und verstaubt und das Brett morsch war, konnte man diese Worte entziffern: »Hier werden Primuskocher repariert.«

Der Weg zum Pfarrsitz führte im Halbkreis um den Wiesenhügel. Dicht am Weg stand ein angepflocktes Kalb, äußerst elend, dickbäuchig, mit Durchfall, faltig, mit zottiger Stirn; es ließ den Kopf hängen, brüllte nicht. Der Gast stand auf dem Hofplatz. Die Längsseite des Hauses war dem Meer zugekehrt, und die Hauswiese erstreckte sich bis zu den Küstenfelsen, über denen weiße Vögel schwebten.

»Ist das der Bischof?« fragte eine Frau und trat in die Tür.

Vebi: »O nein, leider nicht. Aber ich bringe einen Brief aus Reykjavik.«

Die Frau: »Sie sind so gut wie der Bischof, und Sie wurden durch ein Telegramm angekündigt. Bitte treten Sie ein. Der Pfarrer ist aber nicht zu Hause.«

Es war ein langer Gebäudekomplex, aus vielen einzelnen Bauten bestehend; ein länglicher Vorbau von Osten nach Westen, aus Holz, mit Wellblech verkleidet; Fenster und Tür auf der Seite, die zum Meer hin lag. Daran schlossen sich unförmige hölzerne Schuppen an, die allmählich in eine unendliche Zahl baufälliger oder bereits zerfallener Grassodenhütten übergingen; die entferntesten verwuchsen mit den grünen Hügeln auf der Hauswiese. Diese Architektur, eine Hütte an der anderen, erinnerte ein wenig an die Vermehrung der Korallen oder die eines Kaktus. Die Frau führte mich in das Besuchszimmer. Dann verschwand sie.

Ich wartete. Alle Türen standen offen. Feuchte Zugluft kam herein, und das schrille Geschrei der Meeresvögel von den Felsen erfüllte das Haus. Es dämmerte. Die Außentür war aus den Angeln; eine Zimmertür führte zum Flur; sie knarrte durchdringend, wenn man sie zu bewegen versuchte. Das Zimmer war einst hellblau gestrichen gewesen, doch die Farbe war abgeblättert, und darunter war dunkelrote Farbe von einem noch älteren Anstrich, und in den dunkelroten Flecken hatten sich andere Flecke gebildet; diese inneren Flecke waren giftgrün. Im Zimmer stand ein riesig langer Tisch mit Holzbänken an beiden Seiten. Alles aus unbearbeiteten Planken, mit Vierzöllern zusammengenagelt; das Mobiliar des Hauses bestand aus Kommode, Schreibtisch und Sekretär, alles in mehr als verkommenem Zustand. Es war nicht leicht, sich vorzustellen, was aus den Schubladen geworden sein mochte, denn sie waren samt und sonders aus den Möbeln verschwunden. Als der Vertreter des Bischofs eine Stunde lang dagesessen hatte, begann er in der feuchten Kälte zu frieren. Was sollte Ihr Vertreter mit sich anfangen? Sollte er vielleicht die Frau suchen und ihr sagen, ihm sei kalt? War er denn in dieses unbekannte Haus gekommen, um über sein Los zu klagen? Er gelangte zu dem Ergebnis, daß er kein Recht hätte zu klagen. Er war zu nichts anderem hierhergeschickt worden, als nach Tatsachen zu suchen. Wenn er heute nacht unversorgt hier aufbleiben müßte, so war das eine Tatsache für den Bericht, so gut wie jede andere. Es ist ebenso unwissenschaftlich wie unredlich, einen wissenschaftlichen Prozeß aus moralischen Gründen mittendrin abzubrechen, zum Beispiel, weil man kalte Füße bekommen hat.

Ihr Vertreter hatte die erste Stunde damit verbracht, den Reisebericht des Tages stenographisch hinzukritzeln, hörte jedoch wegen der Kälte damit auf. Auch war es zum Schreiben nicht mehr hell genug, und daher bricht der Bericht bei den Raubmöwen in der Gemeinde Kolbeinsstadir ab. Er stand auf, räkelte sich, kämpfte ein bißchen mit der knarrenden Tür, ging hinaus in Richtung auf das Meer; gelangte an den Rand der Felswand. An vielen Stellen war sie vierzig Klafter hoch, an manchen sicher sechzig. Diese kohlschwarzen Felsen waren wie mit Schnee bedeckt, so dicht gedrängt saßen die weißen Vögel im nächtlichen Dunkel darauf. Auf einem nur handbreiten Felssims wohnten viele Familien. Es war eine Kolonie von Dreizehenmöwen.

Sogar um Mitternacht ist zu dieser Jahreszeit eine Dreizehenmöwenkolonie nie still, wenigstens nicht für lange, und nie alle Möwen auf einmal. Wenn auch alle ihr Abendgebet gesprochen zu haben scheinen, so unterbricht doch plötzlich eine Möwe die Stille in schrillem Falsett, als ob die Feuerglocke läutet. Einmal klingt das Geschrei abgerissen und schmerzlich, wie das Geheul eines Hundes, der aufwacht, weil ihm jemand auf den Schwanz tritt; ein anderes Mal klingt es, wie wenn ein kleines Kind aus tiefem Schlaf aufschreckt und schreit, durch einen wortlosen Traum geweckt, der höchstens von geringfügigen Beschwerden in der Brust herrührt. Die Kolonie der Dreizehenmöwen wird hellwach und stimmt eine Weile in das Geschrei der einen Möwe mit ein, bis das Völkchen übereinkommt, noch einmal das Vaterunser zu beten und auf den nächsten Weckruf zu warten. Unterzeichneter hatte sich aufwärmen wollen, doch das Kältegefühl wird nur noch durchdringender, wenn man des Nachts im zeitigen Frühjahr bei feuchter Kälte dem Geschrei der Vögel zuhört.

5. Das Kapitel über Stößeldora und den Elfenwidder

Es ist 00.00 Uhr. Mitternacht. Wahrhaftig, kommt einem da nicht so etwas wie Kaffeeduft aus dem Haus entgegen! Drinnen hat man ein Tuch über den Tisch gebreitet und Gebäck hingestellt, sehr unterschiedlich nach Farbe und Form; ich glaube behaupten zu dürfen, daß es Hunderte von Einzelstükken auf ungefähr zwei Dutzend Tellern waren. Doch wurde das Maß erst voll, als die Frau drei Kriegstorten auftischte, so genannt, weil sie im Krieg modern wurden. Jede maß etwa zwanzig Zentimeter im Durchmesser und war etwa sechs bis acht Zentimeter hoch. Schließlich brachte die Frau Kaffee herein und schaltete das Licht ein, eine nackte Fünfzehn-Watt-Birne, die an einem Kabel von der Decke hing.

Die Frau sagte entschuldigend: »Jetzt will ich doch das da einschalten, obwohl wir es auf dem Hof hier kaum tun. Das da wurde Sira Jon vor ein paar Jahren aufgezwungen, als es nach den neuen Gesetzen auf jeden Hof geleitet wurde, ob die Leute es haben wollten oder nicht.«

Unterzeichneter wußte zuerst nicht genau, was »das da« war, das man nicht beim Namen nennen durfte. Allmählich ging mir auf, daß die Frau über elektrisches Licht sprach.

Vebi: »Es ist nicht nötig, meinetwegen das elektrische Licht anzuschalten. Eine Kerze genügt.«

Die Frau: »Das kann man Bischöfen kaum zumuten.«

Am Ende jedoch knipste die Frau das Licht aus, das man nicht beim Namen nennen durfte, und steckte eine Kerze an; das war in der Tat viel feierlicher als die nackte Fünfzehn-Watt-Birne. Die Frau goß Kaffee in die Tasse des Gastes und bat ihn, sich zu bedienen, postierte sich dann an der Tür, sah streng aus. Der Kaffee schmeckte nach Erde, und wenn ich die Wahrheit sagen soll, so sank mir der Mut, als ich so vielerlei Gebäck um so schlechten Kaffee versammelt sah. Mir kam es so vor, als ob die Frau mit jenem Pflichtgefühl auf mich aufpaßte, aus dem heraus man nachsieht, ob das Vieh das frißt, was man ihm gibt. Sie war eine ehrbare, doch wortkarge Frau. Vielleicht wünschte sie sich ewiges Schweigen und fühlte sich unwohl an Körper und Seele, wenn sie zuerst angesprochen wurde; es war besser, vorsichtig zu Werke zu gehen. Vielleicht war nur ein kleines Gitter um sie herum wie um ein Denkmal auf einem Platz. Eine saubere Frau. Kaum viel älter als sechzig. Gedrungen, ein wenig plump.

Vebi: »Vielleicht ist der Pfarrer schon im Bett?«

Die Frau: »Das ist mir nicht bekannt.«

Vebi: »Mit Verlaub, sind Sie nicht die Frau des Hauses?«

Die Frau: »Bisher wurde ich nicht dafür gehalten.«

Vebi: »So viele Kuchen habe ich noch nie auf einmal gesehen. Haben Sie alle diese Kuchen selber gebacken?«

Die Frau: »Wer denn sonst? Die hier nennen mich ja Stößeldora.«

Vebi: »Ein sonderbarer Name.«

Frl. Stößeldora: »Die hier sind wohl der Ansicht, daß ich den Stößel im Mörser etwas kräftig handhabe.«

Vebi: »Das ist doch sehr nett gedacht.«

Frl. Stößeldora: »Manches wird hier in der Gemeinde mit scheelen Augen angesehen. Große Damen, die eine Rührmaschine haben, reden abfällig über meinen Mörser. Was ist Kardamom, ehe er unter dem Stößel gewesen ist, sage ich. Bitte, langen Sie zu.«

Vebi: »Entschuldigen Sie, ist die Pfarrersfrau selbst nicht zu Hause?«

Frl. Stößeldora: »Ich weiß nicht. Ich denke, sie ist vielleicht nicht anwesend. Hätte der Bischof mit ihr zu sprechen?«

Vebi: »O nein. Ich frage nur so.«

Frl. Stößeldora: »Ja, eben. Man könnte versuchen, in Nedratradkot weiter im Osten nachzufragen. Es soll dort manchmal im Frühjahr nicht geheuer sein, sagen die hier.«

Vebi: »Sie sind doch die Wirtschafterin, nicht wahr?«

Frl. Stößeldora: »Ich bin bloß so hier. Ich gehöre zum Pfarrhof.«

Vebi: »Waren Sie schon hier, als Sira Jon hierher zog?«

Frl. Stößeldora: »Ja, ich bin von hier oben aus den Bergen.«

Vebi: »Oben aus den Bergen?«

Das Fräulein rang nach Luft, schloß die Augen und sog eine Art Luxus-Ja tief in die Lunge, sagte sozusagen ja im Ansaugtakt.

Vebi: »Oben aus den Bergen – ist das ein besonderes Geschlecht?«

Frl. Stößeldora: »Ich stammte nicht aus einem besonderen Geschlecht. Das tun andere.«

Vebi: »Keine besonderen Neuigkeiten hier in der Gegend?«

Frl. Stößeldora: »Es geschieht nicht gerade viel bei denen hier. Keinem passiert je etwas. Keiner hat etwas gesehen.«

Vebi: »Ihnen ist auch nichts passiert? Haben Sie nie etwas gesehen?«

Frl. Stößeldora: »Nichts Nennenswertes.«

Vebi: »Vielleicht etwas, was Sie nicht nennenswert finden. Zum Beispiel: Haben Sie nie ein Pferd besessen?«

Frl. Stößeldora: »Nein, Gott sei Dank. Zum Glück haben andere Pferde besessen, nicht ich.«

Vebi: »Wem gehört das Kalb?«

Frl. Stößeldora: »Das Kalb! Das da, das am Verrecken ist? Ich weiß nicht, wozu man mir so etwas schenkt. Außer ab und zu einmal Kaffee gibt es hier nichts, um ein Kalb zu füttern, und altes Gebäck, das ich in den Kaffee brösele. Hingegen halte ich nicht hinter dem Berge damit, daß mir einmal etwas passiert ist. Ich sah etwas. Aber nur dieses eine Mal.«

Vebi: »Es scheint besser zu gehen, als ich zuerst dachte.«

Frl. Stößeldora: »Natürlich erzähle ich das keinem einzigen Menschen.«

Vebi: »Tja, das ist nun wieder nicht so gut.«

Frl. Stößeldora: »Ich will in die Küche gehen und noch einmal Kaffee aufbrühen.«

Vebi: »Danke, das ist ganz unnötig. Ich pflege nie mehr als eine halbe Tasse zu trinken. Mir scheint aber, daß diese Kanne mindestens anderthalb Liter faßt.«

Es war nicht zu verhindern, daß das Fräulein wieder mit der Kanne in die Küche ging, um sie aufzufüllen, obwohl sie noch ziemlich voll sein mußte. Während der Vertreter des Bischofs im Zimmer allein war, konnte er die Augen nicht von den drei Kriegstorten lassen, die mit allerlei Köstlichkeiten reich gefüllt waren und zusammen sechzig Zentimeter Durchmesser hatten. Mir trat der Schweiß auf die Stirn.

In der Hoffnung, daß mit einiger Geduld etwas Lehrreiches aus dem Fräulein herauszuholen sei, ließ ich mir wider alle Gewohnheit die dritte Tasse eingießen. Das half. Das Kaffeetrinken des Gastes hatte eine befreiende Wirkung auf diese gehemmte Frau. Ihre Reaktionen wurden menschlicher, und vor Gott und den Menschen kapitulierend, unterzog sie sich jener seelischen Demütigung, die darin besteht, daß man eine Geschichte erzählt. Sie kam wieder auf jene eine Sache zurück, die ihr einst zugestoßen war, auf jenes eine Mal, als sie etwas gesehen hatte. »Es war vor fast fünfzig Jahren«, sagte sie, »aber ich weiß es noch so genau, als ob es gestern gewesen wäre. Darf ich dem Herrn Bischof ein Stück Torte abschneiden?«

Vebi: »Das ist wirklich ganz unnötig. Doch, hm, danke.«

Frl. Stößeldora: »Soll ich nicht ein Stück von dieser hier abschneiden? Kommt gar nicht in Frage, damit die Köter in den Teerbuden zu füttern.«

Der Gast bat sie inständig, nur von einer Torte ein Stück abzuschneiden, am liebsten von der mit der Zuckerkruste, denn sie war nicht so feucht wie die anderen, auch quollen aus ihr nicht so viel Sirup und Dosenfrüchte heraus. Dann schnitt sie mir ein Stück ab, das für sieben Personen genug gewesen wäre, und legte es auf meinen Teller.

Frl. Stößeldora: »Ich war ein junges Ding wie andere auch. Man schickte mich in irgendwelchen Angelegenheiten nach Bervik. Statt unten am Meer den Weg entlangzugehen, folgte ich oben den Schafpfaden über die Gletscherhügel. Dort gibt es viele schöne Mulden voller Moos und Beerenheide. Und wie ich nun so einen Hügel hinaufging, sah ich dort plötzlich einen braunen Widder ganz allein stehen, kein anderes Schaf weit und breit; er sah mich von unten aus der Mulde an; seine Hörner waren künstlich gerichtet. Ich habe mich mein Lebtag nicht so gefürchtet, ein sprachloses Menschenkind, ein schutzloses Mädchen; denn ich wußte, daß es hier am Gletscher weder diesen noch einen anderen Widder mit künstlich gerichteten Hörnern gab. Er schimmerte wie Gold. Mein ganzes Leben lang habe ich bei keinem einzigen Schaf ein solches Vlies gesehen. Mir kam es vor, als würde ich zu Stein. Ich konnte den Blick lange nicht von diesem wunderschönen Tier lassen, von dem ich wußte, daß es weder in den Gemeinden im Inneren noch in den Küstengemeinden, noch überhaupt in Island existierte. Er stand ganz still und sah mich an. Mir ist, als stünde ich noch heute dort und er sähe mich an. Was sollte ich tun? Zuletzt hatte ich doch so viel Verstand, aus seinem Blickfeld zu verschwinden. Ich lief in einem großen Bogen vom Hügel hinunter und die Senken entlang bis hinab ans Meer, und dann war ich auf der Straße, Gott sei Dank.«

Vebi: »Ein Elfenwidder?«

Die Frau atmete die Antwort im Falsett ein, sicher noch immer mit klopfendem Herzen. »Ich weiß es nicht.«

Vebi: »Ist man der Sache je auf den Grund gekommen?«

Frl. Stößeldora: »Nein, natürlich ist niemand der Sache auf den Grund gekommen. Es wußten alle so gut wie ich, daß es hier in der Gegend keine braunen Widder mit künstlich gerichteten Hörnern gab. Vom nächsten Hof gingen Burschen los und suchten, doch natürlich fanden sie nichts. Und seitdem habe ich nie mehr etwas gesehen, was man so sehen nennt. Und nie ist mir etwas passiert.«

6. Morgen am Gletscher

Ihr Vertreter war früh auf. Bei der Helligkeit war an Schlaf nicht zu denken, schon deshalb, weil in der blaßblauen Kammer, die mir Fräulein Stößeldora in der Nacht nach beendigtem Kaffeetrinken zum Schlafen angewiesen hatte, kein Vorhang vor dem Fenster hing; es war übrigens schon fast Morgen, als ich endlich ins Bett kam.

Die Kammer lag auf der rechten Seite des Korridors, wenn man durch die Außentür kam, gegenüber dem Besuchszimmer. Die Tür hing nur noch in einer Angel, man band sie hinter sich mit einer Schnur zu. Es war deutlich, daß sie vergangenen Winter zugenagelt worden war und im Herbst wieder zugenagelt werden würde.

Der Nebel ließ nach, die Hauswiese war nach dem Regen in der Nacht herrlich grün. Schafe waren auf die Hauswiese gekommen, niemand dachte daran, sie herunterzutreiben. Einige Schmeißfliegen saßen bei mir in der Kammer auf dem Fenster. Nach der Kuchenesserei und dem vielen Zichorienkaffee fühlte ich mich nicht ganz wohl. Gewiß war es mir nicht einmal gelungen, die anderthalb Liter auszutrinken, die mir die Frau in der ersten Kanne gebracht hatte; doch was hätte sie von mir gedacht, wenn ich die Kanne, wie sie es wollte, zweimal ausgetrunken hätte, insgesamt also drei Liter? Zwar befand sich in der Kammer als einziges Inventar ein Bett, doch sonst weder ein Möbel noch ein anderes Gerät oder Geschirr. Dachte man, daß der Gast, nachdem er drei Liter von dieser Flüssigkeit in sich hineingegossen hatte, das Gästebett nach Art der Säuglinge benutzen würde? Da fällt mir noch ein: In einer Ecke stand ein rostiger Waschständer, einer von der Sorte, die heute begehrte Artikel für Heimatmuseen sind und von denen man mir erzählt, daß sie in England noch in menschlichen Behausungen zu finden sind. Zu so einem Waschständer gehören eine Waschschüssel, eine Wasserkanne und eine Seifenschale. In dieser Kanne hier war braunes Wasser. Hatte man sich vielleicht schon damit gewaschen? Wie oft? Hatten frühere Nachtgäste die Kanne für andere Bedürfnisse benutzt, nachdem sie vergangenen Winter drei Liter Kaffee getrunken hatten, als die Türen im Haus zugenagelt waren?

So etwas wie ein Handtuch hing an einem Nagel mitten an der Bretterwand; es erinnerte an ein – allerdings kaum verständliches – Kunstwerk von Duchamp. Das gab mir schwer zu lösende Rätsel auf. Warum wurde diesem armseligen, verschlissenen und zerrissenen Gegenstand ein so offensichtlicher Vorrang eingeräumt, daß man sagen konnte, er beherrschte das Zimmer voll und ganz? Sollte man dieses himmelschreiende Handtuch als Anspielung auf mich verstehen, als Symbol? Nicht unerwähnt soll bleiben, daß das Zimmer am Tag zuvor sorgfältig von oben bis unten gescheuert worden war, zweifellos geschrubbt mit einer starken Sodalösung; sie entwickelte einen stechenden Geruch nach Gärung, ganz ähnlich dem Geruch von abgestandenem Urin. Dieser Gestank vermischte sich mit dem Muff von faulendem Holz und dem Geruch der schimmligen Erde in der Außenwand, die aus Steinen und Grassoden bestand. Hinzu kam der Geruch der Schmeißfliegen, sonderbar stark, doch irgendwie nicht so widerlich wie der Geruch vieler Vertebraten. Ich vergaß zu sagen, daß es mir nicht möglich war, nachts ein Fenster zu öffnen, ehe ich mich schlafen legte. Wie diese fetten und kräftigen Schmeißfliegen in die Kammer gekommen waren, war mir nicht klar. Eines war gewiß: hinaus kamen sie nicht; vielleicht war das auch nicht beabsichtigt. War es denkbar, daß diese Fliegen nach dem Scheuern hierher geholt worden waren, und wenn ja, zu welchem Zweck? Traten sie an die Stelle von Malerei oder Schmuck? Sollten sie Goldfische oder Kanarienvögel ersetzen? Vielleicht beides. Malerei ist eine Täuschung des Auges, Fliegen hingegen sind lebender Schmuck und außerdem lebhafter als Blumen, denn Blumen sind arm an Bewegung und schweigsam. Auch Goldfische sind stumm, doch die Schmeißfliege ist der Kanarienvogel des Armen, ausgestattet mit einer Stimme, die bei den Gästen Erinnerungen weckt. Die Schmeißfliege erinnert Unterzeichneten an den Sonnenschein der Jugend. Und sie gibt einem auch ethische Probleme auf, die notwendigerweise gelöst werden müssen, die aber meines Wissens von Ethikern und Weltverbesserern nicht bis zu Ende durchdacht worden sind. In diesen Schwierigkeiten befinde ich mich hier am Gletscher. Ich frage:

1) Ist es ethisch gerechtfertigt, Fliegen zu töten, wenn man alles in Betracht zieht?

2) Wenn es auch in bestimmten Fällen entschuldbar sein mag, zum Beispiel wenn Fliegen nachweisbar ansteckende Krankheiten einschleppen – ist es für einen Gast ethisch gerechtfertigt, diese Tiere zu töten? Wäre das nicht genauso, als ob man den Hund der Leute tötete?

7. Zwei Häuser

Ihr Vertreter hat sich unter freien Himmel begeben, wo andere Aufgaben auf ihn warten. Der Nebel zerteilt sich, und hier und da in der Gegend gibt es sonnenbeschienene Stellen. Zum ersten Mal kann ich den Terrinendeckel der Welt, den Snæfellsgletscher, zwischen Nebelfetzen und Wolkenschatten erkennen. Gestern abend, als Ihr Vertreter hinausging, um sich zu entspannen, herrschten nächtliches Dunkel und Nebel, und nur weiße Vögel waren zu sehen. Jetzt am Morgen leuchtet ein Löwenzahn zwischen den Steinen des Hofplatzes mitten auf dem fast zugewachsenen Weg, und zwischen dem Pfarrsitz und der Kirche will ein Hahnenfuß aufblühen.

Jetzt erweist sich, daß der Bischof einigen Grund hatte, seinen Abgesandten darauf aufmerksam zu machen, daß dort im Westen ein scheußliches Machwerk entstanden sei – zumindest nimmt sich das Gotteshaus recht klein neben diesem Gebäude aus. Es ist schon eine Sache für sich, daß man dieses Ungetüm nicht parallel zur Kirche aufgestellt hat, sondern schräg zu ihr. Entweder hatten die Erbauer nicht bemerkt, daß dort eine Kirche stand, oder sie wollten der Kirche auf die Zehen treten. Zwischen der Kirche und diesem Gebäude kann man gerade noch hindurchgehen.

Vorläufig möchte ich nur hervorheben, daß die Kirche aus Holz ist und ursprünglich mit Wellblech verkleidet war; davon ist jedoch nur noch das eine oder andere Stück übriggeblieben. Ich notiere ebenfalls vorläufig, daß die Kirche nicht recht geeignet scheint, die Gemeinde anzuziehen. Kistenbretter in den Fenstern; die Außentür fest zugenagelt. Der Kirchhof sieht auch ziemlich verwahrlost aus; kein Kreuz bildet mehr einen rechten Winkel mit seinem Fundament; diese Monumente, einige aus verrostetem Eisen, andere aus morschen Hölzern, sehen alle wie betrunken aus. Vorjähriges Gras steht zwischen den Gräbern, höher als ich es an anderen Stellen gesehen habe. Hingegen ist der Gesang der Vögel in guter Ordnung, das schäckernde Gezwitscher der Rotdrossel auf dem Kirchengiebel ebenso wie das schrille Klagen der Meeresvögel weiter weg.

Wenden wir uns nun von diesem ärmlichen Gotteshaus ab und jenem bereits erwähnten Bau zu. Solche Holzbauten nennt man im Ausland Bungalow, was für eine Sprache das auch sein mag und was dieses Wort auch bedeuten mag. Gewöhnlich bezeichnet das Wort ein ebenerdiges Landhaus, wie es sich reiche Weiße, die Bauweise der Eingeborenen nachahmend, in den Kolonien gebaut haben, nur daß ihre Bungalows aus erstklassigem Holz und mit modernem Luxus ausgestattet waren.

Ihr Vertreter nähert sich halb im Traum diesem bahnbrechenden Werk der Architektur, das auf einer Wiese errichtet ist, deren ganzer Viehbestand ein mickeriges Kalb ist.

Zu diesem Haus führt aus keiner Richtung ein Weg, nicht einmal ein Trampelpfad. Die Fenster sind sorgfältig mit Läden verschlossen, nirgends ein Spalt für einen Fenstergucker. Auf der Süd- und Westseite breite Veranden mit einer Überdachung, die wohl vor Sonne schützen soll. Alles verschlossen und verriegelt.

8. Kirchenvorsteher im Verhör

Ihr Vertreter warf einen Blick in das Besuchszimmer und sah, daß wieder eine Menge guter Kuchen aufgetischt war, diesmal zum Frühstück; auch die drei Kriegstorten vom Abend zuvor standen da. Ich konnte mir denken, daß die große Kaffeekanne nicht mehr lange auf sich warten lassen würde, und schlich rückwärts auf Zehenspitzen hinaus. Ich hütete mich, die knarrende Tür zu berühren.

Auf der Bezirkskarte war Brun, das Gehöft des Kirchenvorstehers, zwei oder drei Kilometer entfernt am Fuß des Gebirges eingezeichnet. Es war ratsam, mit dem Kirchenvorsteher zu sprechen, ehe Sira Jon von seiner Reise zurückkehrte.

Ein Bauer ließ mich in seinen Jeep einsteigen und fuhr mich hin. Der Mann fragte, ob Ihr Vertreter auf einer Vergnügungsreise sei, und ich bejahte es. »Ist es nicht trotzdem schrecklich langweilig, so zu Fuß die Straße entlangzutippeln?« fragte der Mann. Ich verneinte es. Wenn man einmal angefangen hat zu lügen, ist es schwer, am Ende die Wahrheit zu sagen. Hätte ich gesagt, daß ich vom Kirchenministerium oder vom Bischof geschickt worden sei, so hätte man mich für einen Spitzbuben gehalten. Die Landbevölkerung kann nicht verstehen, daß die Sendboten des Christentums nicht Auto fahren; wahrscheinlich wäre ja auch der Apostel Paulus in Mazedonien nicht gestäupt worden, wenn er einen startbereiten Jeep gehabt hätte.

Das Gehöft war ein langgestreckter Gebäudekomplex nach Korallenart, genau wie der Pfarrsitz. In diesem Jahrhundert war an dem Gehöft offensichtlich nicht viel getan worden, außer daß das alte Holzhaus einen Vorbau aus Beton mit einer steilen Treppe aus Zement erhalten hatte; dieses Wunderwerk ragte mitten aus der Hauswand hervor. Vielleicht hatte jemand die Schnapsidee gehabt, das Haus von woanders her als durch die Tür zu betreten, wo immer diese auch anfänglich gewesen sein mochte. Es hatte keine geringe Mühe gekostet, einen solchen Auswuchs an einem wellblechverkleideten Holzhaus zu betonieren. Der Beton enthielt zu groben Kies und im Verhältnis zum Zement zuviel Sand, der wahrscheinlich mit ziemlich viel Lehm oder gar Erde vermischt war, denn der Beton war überall gerissen und in den Rissen wuchsen Gräser, auch Sauerampfer und das kleine weiße Hornkraut. Bald würde dieser Vorbau nur noch als Grus auf dem Hofplatz liegen, und dann bliebe in diesem Haus der Jahrhundertwende ein Loch. Der Bauer ließ seine Arbeit stehen und lud mich in die Stube ein, nachdem ich ihm erklärt hatte, weshalb ich kam.

Vebi: »Sind Sie Kirchenvorsteher Tumi Jonsen?«

Bauer: »So sagt man. Ich verkaufe es nicht teurer, als ich es gekauft habe.«

Vebi: »Sind Sie Däne?«

Bauer: »Leider nicht. Ich stamme in männlicher Linie von den berühmten Jonsens ab, die die Geschichte Islands geschrieben haben.«

Tumi Jonsen war ein Mann von weit über sechzig, vielleicht sogar siebzig oder achtzig Jahren, sein Gesichtsausdruck war von harter Arbeit und Wohlwollen geprägt. Seine Glatze war pergamentfarben, die Augenbrauen waren hell, die Augen klar und ein bißchen schlierig. Er fragte mich nach Neuigkeiten aus der Hauptstadt und weiter, ob die Wege schon gut passierbar wären. Sodann: »Es gibt doch nichts Besonderes von unserem guten Bischof zu berichten?«

Vebi: »Danke für die Nachfrage, er hat ein bißchen Rheuma. Ich soll Ihnen seinen Gruß und Dank für den Brief übermitteln. Er bat mich, Sie zu fragen, ob Sie Rheuma hätten.«

Tumi Jonsen: »Das liebe Himmelslicht. So ist er. Er ist ein feiner Mensch. Mit Verlaub, sind Sie Geistlicher?«

Vebi: »Nein, bloß ein Laufbursche.«

Tumi Jonsen: »Es ist schön, wenn man bescheiden ist, mein Bester. Bitte, nehmen Sie Platz. Aber die Frauen sind leider nicht zu Hause, sie sind zum Marktflecken, um Seife zu kaufen. Sie sagen, der Frühling sei da. Nun soll es mit dem Schrubben losgehen. Ich hoffe, daß sie bald kommen und Kaffee kochen.«

Der Vorsteher langte in seine Proviantkiste, nahm eine Flasche Portwein und ein Glas heraus, füllte das Glas, trank es leer und sagte: »Ich trinke zuerst, weil ich älter bin. Wenn Sie Geistlicher wären, hätte ich Sie zuerst trinken lassen.«

Er wischte das Glas mit seinem Daumen ab, schenkte von neuem ein und reichte es mir schweigend. Dann stellte er die Flasche und das Glas wieder zurück und machte die Proviantkiste zu.

Vebi: »Sie sind also der Kirchenvorsteher.«

Tumi Jonsen: »Allem kann man einen Namen geben, mein Bester.«

Vebi: »Tja, ich weiß nicht recht, wie ich zur Sache kommen soll; ich bin erst fünfundzwanzig Jahre alt und habe keinen blassen Schimmer von Seelsorge. Ich verstehe nicht, warum ich mich darauf eingelassen habe.«

Tumi Jonsen: »Vielleicht darf ich wieder eingießen?«

Vebi: »Nein danke, ich schwitze schon genug. Warum ist denn der Gemeindepfarrer nicht zu Hause? Vielleicht ins Ausland gereist?«

Tumi Jonsen: »Ich nehme nicht gerade an, daß mein guter Sira Jon dorthin gereist ist. Ich nehme an, daß er gestern nachmittag auf die Landzunge geholt worden ist, um eine Herde Pferde zu beschlagen. Sie haben natürlich die ganze Nacht gearbeitet.«

Vebi: »Ich dachte, er repariert Primuskocher.«

Tumi Jonsen: »Dem Mann geht alles leicht von der Hand. Doch Primuskocher sind heute meist nicht mehr in Gebrauch, seit wir den elektrischen Strom haben.«

Vebi: »Gibt es keine elektrischen Primuskocher?«

Tumi Jonsen: »Nicht daß ich wüßte.«

Vebi: »Was sind Primuskocher eigentlich? Wie ist ein Primus?«

Tumi Jonsen: »An einem Primus ist ein Kopf, mein Lieber, der mit brennendem Spiritus angeheizt wird. Das Petroleum wird aus dem Bassin in den glühenden Kopf gepumpt, man steckt ein Streichholz an, und dann bildet sich Gas und fängt an zu brennen. Eine blaue Flamme. Ja, wahrhaftig. Diese Apparate haben seinerzeit die alten Petroleumherde abgelöst.«

Vebi: »Und viele hier haben einen defekten Primus?«

Tumi Jonsen: »Das dürfte zuviel gesagt sein. Primuskocher sind umständlich; es gibt ja jetzt Strom. Doch halte ich es nicht für ausgeschlossen, daß Sira Jon selbst einen Primus besitzt. Jetzt repariert er meistens elektrische Geräte – das heißt bei anderen, denn er selbst benutzt keinen Strom.«

Vebi: »Ist etwas Wahres daran, daß er manchmal Amtshandlungen vergißt, zum Beispiel Leute zu beerdigen und dergleichen?«

Tumi Jonsen: »Manche behaupten, daß er nicht übermäßig schnell dabei ist, jemanden zu beerdigen.«

Vebi: »Aber alle sind zufrieden?«

Tumi Jonsen: »Gewiß, für die, die man nicht zu beerdigen braucht, mag es unangenehm sein. Den anderen macht es weniger aus. Aber er ist der einzige Mensch hier in der Gegend, der Pferde ordentlich beschlägt. Ich glaube, es gibt kein Pferd hier in den Gemeinden, das Sira Jon nicht beschlagen hat.«

Vebi: »Also spielt es keine Rolle, ob er jemanden zu beerdigen vergißt oder nicht.«

Tumi Jonsen: »Manchem kommt es vielleicht ein bißchen sonderbar vor. Soviel ich jedoch weiß, kommen alle am Ende an ihren Platz.«

Vebi: »Und seine Predigten sind gut?«

Tumi Jonsen: »Och ja, keine Gefahr, daß sich unser guter Sira Jon vergaloppiert.«

Vebi: »Worauf legt er in seiner Lehre Gewicht?«

Tumi Jonsen: »Wir haben nicht bemerkt, daß Sira Jon eine besondere Lehre hat; und das gefällt uns.«

Vebi: »Was verkündet er denn?«

Tumi Jonsen: »Wenn groß gefragt wird, gibt es oft eine kleine Antwort, mein Bester. Sira Jon hat früher wenig verkündet, und jetzt verkündet er noch weniger. Zum Glück, würde manch einer sagen. Nun ist es aber nicht so, daß wir hier gegen Lehren sind, und am allerwenigsten, wenn man sich nicht nach ihnen zu richten braucht. Lehren sind zum Vergnügen da, das war schon immer meine Meinung. In einem Kirchspiel hier in der Nähe ist ein Pfarrer, der viel verkündet hat. Die Leute haben alles ernst genommen, was er sagte. Das ist nicht gut gegangen. Die Leute neigen dazu, das Gegenteil von dem zu tun, was man sie lehrt.«

Vebi: »Gibt es viele ungetaufte Kinder in der Gemeinde?«

Tumi Jonsen: »Ich habe sie nicht gezählt.«

Vebi: »Es tut euch aber doch leid?«

Tumi Jonsen: »Einige finden es vielleicht ein bißchen sonderbar; doch die Kinder gedeihen.«

Vebi: »Nun möchte ich Sie als den Kirchenvorsteher fragen: Haben Sie vor, hinsichtlich des Gotteshauses der Gemeinde irgendwelche Maßnahmen zu ergreifen?«

Tumi: »Wegen der Kirche? Ach, die haben Sie sich auch angesehen, mein Bester?«

Vebi: »Die Kirche ist zugenagelt.«

Tumi Jonsen: »Ach, was sagen Sie da, die Kirche ist zugenagelt! Tja, Sie haben recht, man müßte die Angeln in Ordnung bringen. Auch Scheiben einsetzen. Die Kirche ist in keinem guten Zustand. Im Sommer kommen viele Gäste hierher und suchen nach einer Sitzgelegenheit, da ist es schlecht, wenn die Kirche zugenagelt ist.«

Vebi: »Was meint die Gemeinde selbst? Ist sie nicht unzufrieden, weil die Kirche nicht geöffnet werden kann?«

Tumi Jonsen: »Och, nicht daß ich wüßte.«

Vebi: »Zum Beispiel zu Weihnachten?«

Tumi Jonsen: »Es gibt heutzutage so viele Vergnügungen.«

Vebi: »Vielleicht ist nicht einmal zu Weihnachten Gottesdienst?«

Tumi Jonsen: »Keine Großmessen zu Weihnachten, nein, das kann man nicht gerade sagen.«

Vebi: »Wer mag wohl die Scheiben im Kirchenfenster eingeworfen haben?«

Tumi Jonsen: »Ach, irgendwelche Spaßvögel, denke ich; glaubensschwache Leute, die da vorbeigingen. Könnten auch bei Unwetter zerbrochen sein, die armen Scheiben. Es ist stürmisch hier am Gletscher, mein Bester.«

9. Frauen bringen Seife

Ein Jeep fuhr lärmend auf den Platz vor dem Fenster; der Schalldämpfer kaputt oder kein Auspuffrohr. Die Frauen mit der Seife stiegen aus. Die alte Frau hatte jenes resignierte, ausgemergelte Aussehen, das lange Zeit der Reingewinn älterer Bauersleute aus dem Kampf ums Dasein war; die andere sah wohl aus, hatte ein geblümtes Baumwollkleid an und war wenigstens fünfundzwanzig bis dreißig Jahre jünger. Der Kirchenvorsteher stellte mir die Frauen durch das Fenster vor.

Tumi Jonsen: »Das ist meine liebe Frau, wenn ich etwas so Häßliches von irgendeinem Menschen sagen darf. Die andere ist Josefina, unsere Stieftochter. Sie bringt uns mit ihrem Schrubber den Frühling aus Hafnarfjördur. Sie ist es, die alles für alle reine macht.«

Mutter und Stieftochter kamen durch den Kücheneingang herein, und die Vorstellungszeremonie ging weiter.

Tumi Jonsen: »Der Gast, meine Mädchen, den ihr hier seht, ist zwar nicht Islands Bischof, doch so gut wie. So gut wie zu sein, ist meiner Meinung nach mehr als der Bischof selber sein. Ein solcher Mann ist das, was der Bischof ist, und außerdem noch das, was er selber ist: ein netter junger Mann.«

Die Hausfrau reichte dem Gast ihre schlaffe, ein wenig feuchte Hand. Sie verzog keine Miene; ohne Zweifel achtete sie nach all den Jahren nicht mehr darauf, was ihr Mann redete. Die geblümte Stieftochter ihrerseits hatte eine fleischige Hand mit einem starken Daumenmuskel, und als sie den Gast begrüßte, sagte sie nach hauptstädtischer Sitte ihren Namen: »Frau Fina Jonsen, Witwe aus Hafnarfjördur. Der Kaffee ist gleich fertig. Und Prinz-Polo-Kekse sind genug da.«

Tumi Jonsen: »Ja, heutzutage wird in den Zeitungen viel über die Verschwendung geschrieben. Prinz-Polo-Kekse sind alles, was wir hier uns gegönnt haben, seit der Wohlstand ins Land gekommen ist. Vielleicht haben diejenigen, die in den Zeitungen schreiben, keine Prinz-Polo-Kekse.«

Unterzeichneter schlug Kaffee und Polo-Kekse dankend aus, ungeachtet dessen, daß Letztgenannte das Wohlstandssymbol der Isländer von heute sein dürften. Doch auf dem Lande ist es nicht üblich, Leute ernst zu nehmen, wenn sie Kaffee und Kuchen dankend ablehnen; und Frau Fina Jonsen ging in die Küche, um Kaffeewasser aufzusetzen. Sie machte die Tür hinter sich nicht zu und schwatzte bei ihren Hausarbeiten weiter.

Frau Fina Jonsen: »Tja, jetzt soll der Angler an den Flüssen sein. Gutes Geld in Aussicht. Hoffen wir, daß die Meerforelle schon aufgestiegen ist. Ja, das ist ein Mann. Doch wir wollen unsere Küchendecke weiter schrubben, Mama, als ob nichts geschehen wäre.«

Die Witwe ging daran, vor der offenen Küchentür in einem Kübel Seifenlauge zu machen, und redete über dem Kübel weiter: »Bringt es denn etwas ein, Mann, so für Bischöfe im Land herumzulaufen?«

Vebi: »Das ist nicht der Rede wert, Frau.«

Frau Fina Jonsen: »Wozu gibt es eigentlich diese Bischöfe, wenn es nichts einbringt? Und diese Professoren? Neulich stand im ›Visir‹, daß Waschfrauen viel mehr verdienen als Bischöfe und Professoren.«

Vebi: »Der Unterschied ist sicherlich nicht groß.«

Tumi Jonsen: »Tja, das ist bestimmt kein Spaß.«

Frau Fina Jonsen: »Das kommt natürlich nur davon, daß die Leute weder nach Metern noch mit Nachtzuschlag arbeiten. Steig auf diesen Stuhl, Mama, und räume die Regale aus, während ich die Lauge mache. Ja, ich sage euch nur das eine: Der Angler ist da. Wer weiß, vielleicht bekommt man das Anglerhaus heute nacht nach Quadratmetern.«

Die Frau hockte noch immer vor ihrem Kübel und bereitete die Lauge vor der offenen Tür. Wenn Ihr Vertreter nicht Gast des Hauses gewesen wäre, hätte er die Tür zwischen der Stube und der Küche zugemacht, denn ihn verlangte nicht danach, der Frau allzulange auf das Hinterteil und in den grauen Schritt zu sehen, wie sie so gebückt dastand. Er erhob sich, dankte für die gute Aufnahme, machte Anstalten, sich zu verabschieden. Im Vertrauen sagte er zum Kirchenvorsteher: »Sie sehen, Vorsteher, ich habe nur wenig Erfahrung. Ich begreife, offen gesagt, nicht viel von dieser Sache. Vielleicht dürfte ich Sie wieder besuchen, wenn ich mit Sira Jon gesprochen habe – wenn nicht morgen, dann übermorgen. Doch eine kleine Frage liegt mir noch auf den Lippen, vielleicht auch zwei...«

Tumi Jonsen: »Bitte, mein Bester, fragen Sie, was Sie wollen. Fragen kostet nichts. Doch viele dürften der Meinung sein, daß es am Gletscher keine schlechtere Auskunftsperson gibt als Tumi Jonsen.«

Vebi: »Erste Frage: Stimmt es, daß vor einigen Jahren ein sonderbarer Kasten auf den Gletscher geschafft worden ist?«

Der Vorsteher kratzte sich mit einem Finger unter dem Hemdkragen. »Fina, hast du was davon gehört?«

Frau Fina Jonsen: »Wovon gehört?«

Der Vorsteher: »Daß man etwas auf den Gletscher gebracht hat?«

Frau Fina Jonsen: »Was weiß ich davon! So ein Quatsch!«

Die Frau des Hauses, ebenfalls aus der Küche: »Hat Sira Jon etwas darüber verlauten lassen?«

Der Vorsteher: »Es kommt darauf an, was der Bischof meint.«

Vebi: »In Ihrem Brief an den Bischof wird ›der sonderbare Transport eines gewissen Kastens auf den Gletscher‹ erwähnt, doch keine nähere Erklärung abgegeben.«

Vorsteher: »Ich konnte nicht umhin, das im Brief als ungehöriges Gewäsch zu erwähnen.«

Vebi: »Bevor ich mit Sira Jon spreche, möchte ich mich gern auf etwas anderes als Gewäsch stützen können. Nebenbei bemerkt, was ist Gewäsch? Ist Gewäsch die passende oder unpassende Erwähnung von Dingen, die sich nachweislich zugetragen haben? Oder Lüge durch und durch?«

Die Frau des Hauses, in der Küche langsam vor sich hin murmelnd, ständig in der gleichen tiefen Stimmlage: »Ob es nicht das eine wie das andere oder beides ist? Hingegen sagten die alten Leute, oft bleibt es um die Wahrheit besser still. Die Pferde draußen und die Schneeammern dürften am besten wissen, was für ein Mensch Sira Jon ist. Diese Tiere folgen ihm ja in Scharen. Sogar die Raben schließen sich ihm an, wenn sie ihn im freien Gelände sehen; und das gefällt mir am wenigsten. Denn viel Häßliches hat man von Raben gesehen.«

Frau Fina Jonsen, jetzt mit aufgeschürztem geblümtem Kleid auf der Küchenbank, die Decke schrubbend: »Ich könnte mir gut denken, daß Goldstücke in dem Kasten sind. Hoffen wir nur, daß es keine Frau ist.«

Vebi: »Ist es möglich, daß jemand hier jemanden mit Namen und Adresse kennt, der Tatsachen in dieser Angelegenheit weiß?«

Frau Fina Jonsen: »Man kann versuchen, Jodinus zu fragen. Irgendwie hat ihn der Teufel beim Wickel.«

Vebi: »Jodinus? Wessen Sohn ist er und wo wohnt er?«

Frau Fina Jonsen: »Der Jodinus Alfberg, wessen Sohn? Der Jodinus hat wohl nie einen besonderen Papa gehabt – nicht daß ich wüßte. Der ist bloß so ein Herzchen, das einen Zwölftonnenlaster fährt. Und ein Dichter. Als ob ich nicht versucht hätte, aus ihm herauszubekommen, was in dem Kasten ist! Wenn du ihm sagst, du kommst von mir, schlägt er dich tot. Mama, der Kessel kocht über. Vielleicht weiß der Angler etwas – wenn jemand den Mut hat, ihn zu fragen.«

Vebi: »Wer ist dieser Angler?«

Frau Fina Jonsen stieg von ihren Höhen herab und strich das Baumwollkleid glatt. »Bischof, oder so gut wie, und hat nichts vom Angler gehört! Er war es, der den vierzigpfündigen Lachs in der Blafeldara gefangen und wieder verloren hat. Die Angelrute ist in dem Fisch zerbrochen. Was für Leute kennt ihr denn, ihr Bischöfe?«

Vebi: »Hat den großen Fisch verloren, ja. Angler verlieren mitunter den schönsten Fisch. Ist oft schwierig, es zu beweisen.«

Frau Fina Jonsen: »Aber der Angler fing seinen Fisch am selben Tag wieder. Niemand glaubte, daß der Mann einen so schweren Lachs verloren hätte. Doch am Abend lieferte der Fisch den Beweis. Sie fanden ihn unten am Meer mit der Angelrute und allem Zeug im Maul. Vierzig Pfund. Einen solchen Mann hat es in Island noch nie gegeben. Auch keinen solchen Fisch. Und alle die Frauen um diesen Angler, mein Lieber! Es wird erzählt, er habe Frauen in, ich weiß nicht wieviel Hauptstädten. Doch die war am prächtigsten, die er am Gletscher fing.«

Vebi: »Was für eine Frauensperson war das?«

Frau Fina Jonsen: »Es war eine von diesem prima Fleisch hier.«

Vebi: »Und was wurde daraus?«

Frau Fina Jonsen: »Man könnte Sira Jon fragen.«

Vorsteher: »Ich fürchte, Fina, daß du jetzt nicht alles genau dargestellt hast. Doch es stimmt, daß ein berühmter Mann ein Anglerhaus sozusagen vor der Nase von Sira Jon baute.«

Frau Fina Jonsen: »Ich war zehn Jahre in Hafnarfjördur verheiratet, Papa. In Hafnarfjördur kann man jedem die Wahrheit sagen. Es ist nicht so wie hier. Oder für wen, meint ihr, hat der Angler ein Haus Sira Jon direkt vor die Nase gebaut? Eine andere Sache ist die, daß in dem Augenblick, als diese Hütte stand, die Frau verschwunden war. Tot. Das wissen alle. Der Lachs aber kam wieder.«

Vebi: »Sie sprachen eben von prima Fleisch, Frau Jonsen. Entschuldigen Sie, mir war nicht ganz klar, ob Sie einen Menschen oder einen Lachs meinten. Das bedarf einer Erklärung. Man spricht von prima Fisch und prima Hammelfleisch, aber ich habe noch nicht gehört, daß man von prima Menschenfleisch spricht. Wonach bewertet man denn Menschenfleisch?«

Frau Fina Jonsen: »Tja, zum Beispiel das Fleisch an meinem Körper, das ist minderwertiges und grobes Fleisch. Keiner macht sich etwas aus solchem Fleisch, ebensowenig wie aus dem Fleisch von krepiertem Vieh. Es hat auch niemand eine Anglerhütte darüber gebaut. Am ehesten noch der kleine Dreckskerl, der Jodinus.«

Vebi: »Sie sind doch nach Ihren eigenen Worten zehn Jahre in Hafnarfjördur verheiratet gewesen.«

Frau Fina Jonsen: »Ja, mein seliger Mann, das war ein großer, lieber, guter Mensch, weiß Gott. Aber er war nicht der größte Angler der Welt.«

Die Mutter der Frau Fina aus der Küche: »Nun übertreib nicht so.«

Frau Fina Jonsen: »Nicht mal der Fahrer eines Zwölftonnenlasters wie der Jodinus. Andererseits war ich gut genug für meinen Mann, wenn ich auch immer ziemlich schlechtes Fleisch gehabt habe und meine Pelle nicht glatt ist und ich innerlich nicht fehlerfrei bin.«

Vebi: »War er Walfänger?«

Frau Fina Jonsen: »Er war nicht mal ein Haifischfänger. Aber wenn er auch wenig fing, so hatte er doch lebhaftes Interesse am Fisch. Er war der einzige Mann im Land, der immer im staatlichen Rundfunk die Heringsnachrichten anhörte und die Bankrotte der Schnellgefrierhäuser verfolgte. Dann nahm er ein bißchen Schnupftabak, ging aus dem Haus und kaufte den ›Visir‹. Und so weiter. Mir aber gehörte der Schrubber.«

10. Rüstige Frauen am Gletscher

Hier ist es besser, eine lange Geschichte kurz zu machen.

Ihr Vertreter möchte jedoch nicht unterlassen, einen Auszug aus den Sagen von einer geheimnisvollen Frau zu geben, die hier im Lande von Anfang an umgingen; manchmal von einer Frau, manchmal von vielen Frauen. Mitunter hat diese Frau die Gestalt eines lästigen Gepäckstücks angenommen. Tumi Jonsen hatte begonnen, alte Sagas mit einer Kunst zu erzählen, die hauptsächlich darin besteht, die Geschichte anzuzweifeln, bei der man gerade ist, sich bei Beschreibungen nicht anzustrengen, die Hauptsachen zu übergehen, die Helden dafür zu entschuldigen, daß sie Taten vollbringen, deren Ruhm andauert, so lange die Welt besteht, ihr Gesicht zu verwischen, wenn das möglich ist, oder es vorsichtshalber zu waschen. Deswegen wird daraus nie eine Geschichte, höchstens ein Stoff dazu. Die Frauen schrubbten weiter. Es war ein langer Vormittag.

»Die erste Bewohnerin der Gegend, jene Thorgunna, die einst aus Dublin hierher kam, war eine Zauberin und bewirkte zur Zeit der Eyrbyggja-Saga die Wunder von Froda. Thorgunna war hochgewachsen, recht ansehnlich und schmuck«, sagte Tumi, »und sehr rüstig, obwohl an die fünfzig; damals nannte man die Frauen rüstig, von denen man heute sagt, sie seien hervorragend. Aus den alten Quellen geht nicht eindeutig hervor, wes Volks Thorgunna war, ob Schottin, Waliserin, Keltin oder Irin, nur daß sie keine nordische Frau war. Es ist deswegen nicht wahrscheinlich, daß sie Thorgunna hieß. Wie sie wirklich geheißen hat, wissen wir aber nicht«, sagte Tumi Jonsen. »Eines ist sicher, sie hat hier am Gletscher von allen Frauen die sonderbarsten Dinge vollbracht. Thorgunna war besonders begabt darin, mit Zauberrunen Verderben zu stiften, und die Berichte von ihrer Zauberkunst sind noch immer ein wichtiger Forschungsgegenstand der Historiker, wenn er auch für viele ziemlich tabu ist. Die Frau brachte neunzehn Menschen zu Wasser und zu Lande zu Tode und erweckte sie alle wieder zum Leben, damit sie an ihrer Totenfeier teilnehmen konnten. Die Ertrunkenen setzten sich triefend naß ans Feuer und begannen ihre Kleider auszuwringen, die Begrabenen schüttelten ihre Kleider und bestreuten die Leute mit Erde. Es kann jedoch sein«, sagte Tumi Jonsen, »daß es sich um Spaßvögel gehandelt hat, vielleicht um Auswärtige, die sich verkleidet hatten, um die Leute zu erschrecken. Als die Frau gestorben war, wurde sie in eine Truhe gelegt, die ihr gehörte; so nannte man Reisekoffer in alten Zeiten. Sie war Christin gewesen, und dies geschah im Jahre tausend. Auf ihren Wunsch wurde sie zur Beerdigung nach Skalholt gebracht, denn damals gab es nur diesen einen Kirchhof im Lande. Der Sage nach wurde Thorgunna dort als erster Mensch auf Island in geweihter Erde beigesetzt. Doch meinen manche Gelehrte, daß dieser Kirchhof erst ein gutes halbes Jahrhundert später angelegt worden ist«, sagte Tumi Jonsen.

»Vom Gletscher bis Skalholt braucht man fünf Tage. Die Leichenträger mußten mit ihrer Last mühselige Tagesreisen über Flüsse und Gebirge zurücklegen, und es erging ihnen oft recht schlecht. In den alten Sagas sind die Isländer nicht sehr gastfreundliche Leute, und dieser Ruf hat sich lange erhalten, obwohl sich vieles zum Besseren gewendet hat, seit man den Kaffee entdeckte; die Bauern waren wenig bereit, den Männern die Wege zu ebnen, die eine christliche Leiche mit sich durch die Lande führten. Auf dem Hof Nedranes in Stafholtstungur wurde ihnen wieder einmal Essen verweigert, aber sie durften in der Stube liegen und die Leiche in einem Schuppen aufbewahren. Doch in der Nacht stand die große Frauenleiche schamlos nackt auf, lief in die Vorratskammer und holte Mehl, ging dann in die Küche, buk ihren Leichenträgern Brot nach irischem Brauch und schnitt vom Brotlaib dicke Scheiben für sie ab.«

Zur Erläuterung dieser Erscheinung sagte Tumi Jonsen folgendes: »Kann sein, daß es sich hier doch um Fladenbrot gehandelt hat. Fladenbrot dürfte zu jener Zeit üblicher als Brotlaibe gewesen sein. Einige Leute haben geäußert, die Leichenträger hätten all das, wovon eben die Rede war, nur geträumt. Andere sind der Meinung, die Leute hätten nicht richtig hingesehen, und es habe sich wohl um eine andere Frau als Thorgunna gehandelt. Meine Vorväter, die Jonsens, glaubten alles, was in den Isländersagas steht, und ich glaube es so ungefähr, obwohl ich meinem Vater und meinem Geschlecht wenig Ehre mache.«

11. Das Kapitel von Ursalei

Der Vertreter des Bischofs legte jetzt dem Kirchenvorsteher Frage Nr. 2 vor, die so lautete:

Frage Nr. 2: »Ist etwas Wahres daran, daß Sira Jon Primus in frühen Jahren geheiratet hat, die Frau ihm aber fortgelaufen ist, ohne daß der Pfarrer später Maßnahmen eingeleitet hat, um gesetzlich von ihr geschieden zu werden?«

Antwort Tumi Jonsens laut Stenogramm des Vertreters; überflüssige Weitschweifigkeiten sind ausgelassen:

»Die Geschichte beginnt damit, daß eine Frau nach Island kam, die einen sagen: aus England, die anderen: aus Irland oder sogar aus Spanien, welche die englische Ursula oder Ursa hieß; die Leute nannten sie Ursalei am Gletscher. Diese Dinge dürften sich zugetragen haben zur Zeit des Kaufmanns Thorleifur des Reichen in Stapi, des Sohnes des Bauern und Bezirksvorstehers in Reykjavik Arni, des Sohnes der Ingibjörg Narfadottir in Narfeyri. Einige Leute sagen, dieser Thorleifur habe sich auf einer seiner Handelsreisen nach Schottland dieses vornehme Mädchen aus einem englischen und spanischen Adelsgeschlecht zu Willen gemacht und mit nach Island genommen, an den Gletscher. Ich wage nicht, mich über den Wahrheitsgehalt dieser Geschichte zu äußern. Hingegen bestreite ich nicht, was alle sagen, daß nämlich Ursalei eine irisch-spanische Adlige gewesen ist und daß in Hinblick auf ihren Körper viele Generationen hindurch in beiden Geschlechtern eine Zuchtwahl getroffen wurde: Sie ist deshalb ein reinrassiges Weib gewesen. Männlicherseits sollen da alle entmannt worden sein, außer einer Elite. Es gehört auch zu der Geschichte, daß Mädchen aus diesem Geschlecht bis zum heiratsfähigen Alter mit Muttermilch genährt wurden. Diese Geschichte verkaufe ich nicht teurer, als ich sie gekauft habe. Dennoch haben zuverlässige Wissenschaftler mit Verantwortungsgefühl und Gewissen behauptet, körperlich seien die Frauen aus dem Geschlecht der Ursalei so beschaffen gewesen, daß man sie am ehesten mit den Frauen vergleichen könnte, die jetzt in den Tageszeitungen Bomben genannt werden in Anlehnung an die pulvergefüllten Hohlkugeln, die zur Explosion bestimmt sind.«

Eine andere Überlieferung, von der Tumi Jonsen sagt, er glaube an sie wie an die vorige: »Bei Ursalei zeigte sich früh die Eigenart, die nach Ansicht kluger Leute bei Adligen doch ziemlich selten ist, daß es sie schrecklich danach verlangte, Schiffsaufwärterin zu werden. Darin gab man ihr nach. Auf einer ihrer Seereisen landete sie in Island, am Gletscher. Manch einem mag dies ein wenig merkwürdig vorkommen. Kurz und gut, kaum war Ursalei in Stapi an Land gestiegen, als die Gletscherleute in ihrer allbekannten Freizügigkeit darangingen, dem Mädchen ein Kind zu machen, mit Verlaub. Aus diesem Grunde nahm, wie die Sage berichtet, die englische Ursula hier am Ort ihren Wohnsitz. Nach Auskunft der Annalen heiratete sie später den Kaufmann Thorleifur den Reichen zu Stapi. Leider ist sie in den Kirchenbüchern nicht zu finden, doch es gab im 17. Jahrhundert eine arme Einsiedlerin dieses Namens in einer Hütte in der Nähe von Budir. Nichtiger Staub und Trug ist die Welt, heißt es im Psalm. Und wenn ich auch davor warne, den Annalen allzuviel Glauben zu schenken, so besteht doch kein Zweifel daran, daß eine sonderbare Frau in diesen Ortschaften bis auf den heutigen Tag Nachkommen gehabt hat. Viele Orte sind im Bezirk nach ihr benannt; und stets die schönsten.«

Frau Fina Jonsen sang:

»Ursulenlocke und Ursulenrand,
Ursulensocke und Ursulenband,
Ursulenglocke und Ursulenwand,
Schwebt eine Flocke ins Sonnenland.«

Vebi: »Was für ein Gedicht ist das, Frau Fina?«

Frau Fina Jonsen: »Das ist ein Kinderlied hier am Gletscher von der englischen Ursula. Hier ist ihr Reich, obwohl in Hafnarfjördur niemand sie kennt.«

Vebi: »Auch nicht auf dem Bischofsamt. Leider ist es nicht sehr wahrscheinlich, daß diese Kenntnis uns dort in nächster Zeit viel nützen könnte.«

Ich überfliege meine Notizen und fasse zusammen: Gefragt wurde nach dem Gemeindeleben und der Kirche; geantwortet wurde mit der Fütterung von Schneeammern und dem Beschlagen von Pferden. Gefragt wurde nach verdächtigen Fahrten, vielleicht Bestattungen, auf dem Gletscher; geantwortet wurde mit einer Leiche, die nackend aufstand und ihren Leichenträgern Brot buk. Meine Frage nach dem Familienstand des Gemeindepfarrers wird mit Mitteilungen über eine spanische Edelfrau beantwortet, die die Brust bekam, bis die Gletscherleute ihr ein Kind machten. Interessante Antworten, doch gänzlich ohne Beziehung zu den Fragen, die ich mich zu stellen bemühte. Es dürfte den Männern im Kirchenministerium Kopfschmerzen bereiten, sich auf diese Auskünfte einen Reim zu machen.

Tumi Jonsen: »Alles in allem dürfte es schwerfallen, manche Dinge hier am Gletscher zu begreifen, wenn man kein Frauenkenner ist.«

Vebi: »Wenn diese Frauen keine menschlichen Eigenschaften haben, so ist zu befürchten, daß sie kaum etwas in meinem Bericht aufhellen können.«

Frau Fina Jonsen: »Von der englischen Ursula und diesen Frauen wird gesagt, und das trifft bestimmt auch auf Thorgunna zu, daß sie sich nie waschen.«

Vebi hatte nun bald genug davon: »Riechen sie denn nicht nach Schweiß?«

Frau Fina Jonsen: »Sie sind immer sauber. Die saubersten Frauen am Gletscher. Man sieht sie nie essen, aber sie sind dennoch rund. Niemand hat sie je schlafen gesehen, und sie sind stets zu allem bereit, sogar um drei Uhr nachts. Nichts ist darüber bekannt, daß diese Frauen je ein Buch gelesen haben, doch kein gebildeter Mensch hat sie je in Verlegenheit gebracht. Am merkwürdigsten von allem ist jedoch, daß sie nicht altern. Sie verschwinden eines schönen Tages wie die Vögel, aber sie werden nicht hinfällig, sind stets so rüstig wie Thorgunna; und sie gehen nach ihrem Tode um.«

Tumi Jonsen: »Anscheinend waren sie oft schlechte Ehefrauen; schwierig, trotz des guten Fleischs. Mag sein, daß ihre Männer nicht in jedem Fall die Vorzüge besaßen, die solchen Frauen angemessen sind.«

Frau Fina Jonsen: »Alle, die im Bilde sind, versichern, daß sie einen wunderschönen Nabel haben.«

Nachwort: Für uns Burschen ist das ein gefährlicher Auftrag, sagten die Finnen Ingimunds des Alten. Ein kleiner Stundengeber aus der Hauptstadt fährt keine Schnellstraße an dem Tag, an dem er sich auf den Spuren jenes Sonderlings Otto Lidenbrock wiederfindet, der vor Jahren hier dem Isländer Arni Saknussemm nachspürte. Professor Lidenbrock verfolgte die Spur dieses Philosophen und Goldmachers durch den Krater auf dem Snæfellsgletscher bis hinunter zum Mittelpunkt der Erde; dort fand er den Dolch Saknussemms im Sand. Soweit ich mich erinnere, kam Professor Lidenbrock durch den Stromboli wieder heraus. Vielleicht muß der kleine Stundengeber, der hier schreibt, auch noch zum Mittelpunkt der Erde vordringen, ehe das Christenleben am Gletscher erforscht ist. Aber wo werde ich herauskommen?

12. Hufschmiede

Die Sonne beschien den Gletscher, und die Reparaturwerkstatt für Primuskocher stand offen. Hier wurden auch Pferde beschlagen. Am 18. Juni 1857, als Professor Doktor Otto Lidenbrock hierherkam, war der Gemeindepfarrer eifrig damit beschäftigt, ein Pferd zu beschlagen, und das war er auch jetzt wieder, dieses Mal mit Hilfe eines zweiten Mannes. Das Pferd war am Pfosten der Schuppentür an einem Haken festgebunden. Der Hufschmied war von der gleichen Art wie sein Vorgänger und beschlug das Pferd zu Ende, ehe er Gäste begrüßte. Das Pferd war ein großknochiger Gaul, der gerade in der Frühjahrsmauser war und noch nicht wieder gut im Futter stand. Ein ehrenwerter Bauer stand gebückt unter dem Pferd, hatte dessen Fessel im Arm und hielt den Huf unter das Eisen. Der Hufschmied beschlug; er hatte einen Lederschurz um, sein Haar war graumeliert, wirr. Die Hufnägel hatte er im Mund. Diesem großen Pferd wäre es sicher ein leichtes gewesen, den Haken aus dem Türpfosten zu ziehen oder gar den Schuppen umzureißen.

Der Hufschmied: »Darf ich den Gast bitten, einen Augenblick das Pferd zu halten, bis ich fertig bin? Wir mochten ihm keine Knebeltrense anlegen. Man könnte es hinter dem Ohr kraulen. Leider habe ich keinen Striegel.«

Unterzeichneter faßte die Zügel des Pferdes dicht am Maul und begann es hinter dem Ohr zu kraulen. Das Pferd ließ es sich gefallen und beruhigte sich, so daß Unterzeichneter den Gletscher betrachten konnte. In Wirklichkeit ist der Gletscher ein zu einfacher Anblick, um das zu sein, was man schön nennt – ein Wort, von dem niemand weiß, was es bedeutet, und womit der eine dies, der andere jenes meint; eines jener Wörter, die man lieber nicht verwenden sollte, weder in bezug auf einen Gletscher noch auf etwas anderes.

Unterzeichneter hatte diesen Gletscherberg bisher nur aus zu großer Entfernung gesehen, und jetzt sollte er für eine Weile mit ihm bekannt werden. Der Berg erinnert zuweilen an ein umgestülptes Tongefäß mit bläulicher Glasur und zuweilen an durchsichtiges Chinaporzellan mit Goldrand, besonders wenn die Sonne im Westen tief über dem Meer steht, denn dann umspielen ihre Strahlen den Firnschnee von beiden Seiten. Von hier aus gesehen hat der Gletscher schon eine grobe Struktur angenommen wie eine schlecht geratene Lithographie; der Firn ist an vielen Stellen von unterhalb, wie sie hier sagen, vom Regen verwaschen und hat Streifen bekommen wie ein verschmierter Druck. Wahrscheinlich müßte noch die Hälfte des Gletscherschnees schmelzen, bis man von Sommer im Lande sprechen könnte. Irgendein Magnet, den ich mir nicht erklären kann, zieht die Blicke zum Gipfel. Der Gipfel ist eingekerbt, und zwei blendendweiße Gletscherhöcker ragen empor, umgeben von sehr kaltem, hypnotisierendem Licht. Zwischen diesen Höckern liegt der Krater, in den sich gemäß dem Rat des Goldmachers Arni Saknussemm jene drei Männer stürzten: Professor Lidenbrock aus Hamburg, sein Neffe Axel und der Isländer Hans Bjelke, der Isländisch auf der Grundlage eines Wörterbuchs sprach, das es um die Mitte des 19. Jahrhunderts in Frankreich gab und das ein schwedisches gewesen sein dürfte; und, wie bereits erwähnt, fanden diese Helden den Mittelpunkt der Erde.

Sira Jon Primus ist mit dem Beschlagen fertig. Er reckt sich, reibt sich aus Gründen der Reinlichkeit die Hände, tritt zu mir und grüßt; ein hochgewachsener, hagerer Mann, sehnig, eingegraut von Feilspänen, Rost, Ruß und Schmieröl. Aus all diesem Schmutz blicken lebendige Augen, blau wie Quellwasser vor der Sonne.

Sira Jon Primus: »Schöne Behandlung, die man einem Gast und Fremden am Gletscher zuteil werden läßt: Man fordert Sie auf, ein Pferd zu kraulen. Schlimm, daß es mir nicht gelungen ist, aus der Hauptstadt einen ordentlichen Pferdestriegel zu bekommen; ich habe es lange vergeblich versucht. Dort haben sie nur einfache Rinderstriegel.«

Unterzeichneter griff in seine Tasche und zog die Instruktion des Bischofs hervor. Sira Jon Primus setzte seine Näherinnenbrille auf und las. Der Brief war ziemlich kurz gehalten.

Sira Jon Primus: »Ich hatte gehofft, der Bischof käme selbst. Er ist ein äußerst angenehmer Mensch. Mir macht es jedesmal Spaß, mit dem Alten zu plaudern. Wir sind uns nie einig. Aber in allem kommt es darauf an, einer Meinung darüber zu sein, daß man verschiedene Meinungen hat. Ich hoffe, sein Rheuma hat sich gebessert. Doch ich weiß nicht recht, was ich mit Ihnen anfangen soll. Was für einen Status haben Sie, mit Verlaub?«

Vebi: »Ich gebe Unterricht in Rechnen und Dänisch.«

Sira Jon Primus: »Ich möchte Sie bekannt machen mit einem angesehenen Mann aus einem Kirchspiel in einem entfernten Bezirk, der hierher gekommen ist, um nach zwei entlaufenen Pferden zu suchen, einem Fuchs und einem Schimmel. Den Schimmel hat er schon gefunden, vom Fuchs hat er etwas gehört: Es ist mein guter Helgi auf Torfhvalastadir im Langavatnsdalur, Gemeinderatsvorsitzender. Er besitzt die größten Pferde im ganzen Land. Begrüße den Vertreter des Bischofs, lieber Helgi.«

Helgi auf Torfhvalastadir hatte rote Haare und ein rötliches, großes, ehrliches Gesicht; seine Brille leuchtete hell. Er kam auf mich zu mit einem sonnigen Lächeln, das aus dem Weltall stammte, und sagte mit seidenweicher Stimme, aus dem Lächeln heraus: »Es war schon immer meine Schwäche, große Pferde zu kaufen. Schön wäre es, jetzt mit gebildeten Leuten disputieren zu können, statt nach Pferden suchen zu müssen.«

Sira Jon: »Es bleibt genug Zeit, mit Bischöfen zu disputieren, wenn du den Fuchs gefunden hast, lieber Helgi.«

Helgi auf Torfhvalastadir im Langavatnsdalur, das heißt Langenseetal, hernach im Text Langenseer genannt: »Es verhält sich so, daß ich beide Gäule für eine Gletscherwanderung morgen früh ausgeliehen hatte.«

Sira Jon: »Ich beschlage auch den Fuchs für dich, wenn du ihn bringst. Doch das ist alles, was du von mir bekommst. Von dem anderen, über das wir gesprochen haben, wollen wir nicht mehr reden, lieber Helgi; wir wollen uns darüber einig sein, daß wir uns darüber nicht einig werden, und trotzdem gute Freunde bleiben.«

Der Langenseer: »Tja, nun setze ich meine Hoffnung nicht mehr auf dich, lieber Sira Jon. Jetzt mache ich mich an den Bischof selbst heran, der, wie mir scheint, sich per analogiam hier bei uns befindet. Doch ehe ich es vergesse, lieber Sira Jon, wieviel habe ich für das Beschlagen zu bezahlen?«

Sira Jon: »Sagen wir fünfundzwanzig Öre per analogiam für jeden Fuß, da du die Hufeisen selbst mitgebracht hast.«

Der Langenseer: »Fünfundzwanzig-Öre-Stücke werden angeblich nicht mehr geschlagen, Sira Jon.«

Sira Jon: »Nun ja, komm trotzdem wieder, wenn du den Fuchs gefunden hast.«

Der Langenseer, anscheinend zu mir, denn er hatte in dieser Sache schon oft mit dem Pfarrer verhandelt: »Wir wollen nämlich morgen früh schnell mal auf den Gletscher, etwas holen, und es könnte sich leicht ergeben, daß wir die Kirche brauchen.«

Sira Jon: »Sieh nun zu, daß du fortkommst, Bauer, und führe den Teufel nicht in Versuchung, wie der selige Sira Jens auf Setberg den Leuten zu sagen pflegte.«

Sira Jon: »Sie entschuldigen, daß er sein Latein nicht an den richtigen Stellen anbringt. Er ist einzig auf der ganzen Welt, aber man darf ihn das nicht merken lassen. Er hat eine Theorie, oder besser gesagt, eine Fabel. Er glaubt, er habe das Pulver erfunden. Ich hoffe, er hält es trocken. Doch wenn er sagt, er brauche eine Kirche, dann sage ich paß, und davon bin ich nicht abzubringen.«

Vebi: »Was will er mit einer Kirche?«

Sira Jon: »Sie wollen dort eine Wiederbelebung versuchen.«

Vebi: »Entschuldigen Sie, ich tappe ein bißchen im dunkeln.«

Sira Jon: »Die Kraft der Allmacht soll aus den Galaxien empfangen werden. Der Snæfellsgletscher soll Verbindung haben. Dem kann man nur beistimmen. Aber die Kirche bekommen sie nicht ohne meine Einwilligung. Außerdem ist sie zugenagelt.«

Vebi: »Gut, daß Sie davon sprechen, Sira Jon. Zugenagelt! Die Kirche! Das sind recht traurige Nachrichten. Wer hat diese Kirche zugenagelt? Was kann man da tun?«

Sira Jon: »Der Gletscher steht offen.«

Vebi: »Jemand hat gesagt, daß zu Weihnachten kein Gottesdienst abgehalten wurde. Ist das wahr?«

Sira Jon: »Was erhabener ist als Worte, schweigt besonders zu Weihnachten, mein Lieber. Doch, wie gesagt, da ist der Gletscher.«

Vebi: »Der Bischof hat mich hergeschickt, um Unterstützung bei der Lösung von Problemen anzubieten, die seiner Ansicht nach auf diese Gemeinde zukommen.«

Sira Jon: »Kaum jemand macht sich einen Begriff davon, welche Verantwortung einem auferlegt ist, der sich um die Pflege des Christentums am Gletscher kümmern soll. Es ist kein Zuckerlecken. Ich habe die ganze Nacht eine Pferdeherde aus einem anderen Kirchspiel beschlagen. Mir wird oft zum Vorwurf gemacht, daß ich unbekannten freigehenden Pferden Heuabfälle bringe und Pferdeherden aus fremden Kirchspielen beschlage. Ich frage: Was ist eine fremde Herde, und was ist eine heimische Herde?«

Vebi: »Die Lebensbedürfnisse von Pferden – sind sie so dringlich, daß die Seelsorgertätigkeit hintanstehen muß?«

Sira Jon: »Von einem Pferd weiß man nur eins mit Sicherheit: Es gehört keiner Kirchengemeinde an, ist nicht getauft, nicht erlöst; meist sitzt ein Betrunkener im Sattel. Obendrein besteht kein Bedarf für Pferde in einem Land, in dem Betrunkene und Nichtbetrunkene dazu übergegangen sind, Auto zu fahren. Dennoch hält man dieses Tier weiter, um damit großzutun, es zu quälen, darüber Lobgedichte zu machen und es zu essen. Doch mehr tut not, als Pferde zu quälen und sie zu besingen, wie man es hier tut: Sie müssen beschlagen werden, damit man sie ins Schlachthaus treiben kann. Meines Erachtens gehört das Beschlagen von Pferden zur Seelsorge. Doch die Kirche bekommen sie nicht; nicht einmal für Pferde.«

Vebi: »Es kann aber sein, daß die Pferdehalter nicht dieselben Personen sind wie die, welche Verbindung mit den Galaxien haben wollen.«

Sira Jon: »Doch, es sind dieselben Leute.«

Vebi: »Der Bischof macht sich große Sorgen wegen dieser Regelung. Was können wir für Sie tun?«

Sira Jon: »Wollen Sie für mich den Kuhstall ausmisten?«

Vebi: »Das steht zwar nicht in meiner Instruktion, aber mir wurde beigebracht, daß kein Wertunterschied zwischen Arbeiten besteht, nur ein Unterschied in der Sorgfalt, mit der sie ausgeführt werden.«

Sira Jon Primus lachte wie ein kleiner Junge, der Erwachsenen Rätsel aufgibt und ihre Intelligenz verachtet, weil er die Lösungen selber kennt. »Ich habe nämlich keine Kuh. Habe mir seit langem Kühe vom Halse geschafft. Doch jetzt haben sie Stößeldora ein Kalb geschenkt.«

Vebi: »Dieses Kalb hat gestern abend Unterzeichneten empfangen.«

Sira Jon: »Kam Ihnen sein Gesichtsausdruck nicht recht klug vor? Stößeldora meint, daß es krepiert. Ich glaube, es bleibt am Leben. Das Frühjahr kommt den Kälbern zu Hilfe.«

Vebi: »In gewisser Hinsicht ein guter Repräsentant.«

Sira Jon: »Sicher der Weltschöpfung näher als der Gemeindepfarrer.«

Vebi: »Ich zweifle nicht daran, daß ein Kalb seine Aufgabe in der Schöpfung erfüllt, auch wenn es vor Hunger am Krepieren ist. Hingegen hat ein Gemeindepfarrer die Aufgabe, den Bauern zu predigen. Warum erfüllt er diese Aufgabe nicht?«

Sira Jon: »Die Bauern haben Besitz und Sippe.«

Vebi: »Besitz stirbt, Sippen sterben.«

Sira Jon: »Das macht nichts.«

Vebi: »Du selbst stirbst wie sie.«

Sira Jon: »Allah ist Allah.«

Vebi: »Keine Offenbarung?«

Sira Jon: »Die Lilien auf dem Felde.«

Vebi: »Ja, die Lilien auf dem Felde. Da haben Sie das Richtige gesagt! Ist es nicht geradezu angebracht, über sie zu predigen – zum Beispiel zu Weihnachten?«

Sira Jon: »Ach nein, lieber schweigen. Das tut der Gletscher. Das tun selbst die Lilien auf dem Felde.«

Vebi: »Sind Sie sicher, daß die Blumen schweigen, wenn ein hinreichend starkes Mikrophon davorgestellt wird?«

Sira Jon: »Sie können gern auf die Kanzel steigen, junger Mann. Wir ziehen augenblicklich die Nägel aus der Kirchentür.«

Vebi: »Ich kann natürlich für Sie auf die Kanzel steigen, zumal ich mich Theologe nenne; aber ich sehe nicht, daß dadurch etwas besser wird. Ich wurde doch nicht hergeschickt, um Ihr Hilfspfarrer zu werden, auch bin ich nicht geweiht. Ich frage nach Amtsführung und Gemeindeleben. Ich habe den Auftrag, eine Bestandsaufnahme von der Kirche zu machen.«

Sira Jon: »Dann muß ich einen Zimmermannshammer holen. Doch erst schlage ich vor, daß wir uns einen Schluck Kaffee und echten Donnerer leisten; ich habe wirklich schon lange nichts mehr gegessen. Soll ich nicht den Primus, meinen Namensvetter, anmachen?«

Es wäre wenig höflich gewesen, die Bewirtung eines Mannes abzuschlagen, der nach Alter und Ansehen weit über mir stand. Allerdings hatte ich an diesem Morgen schon zwei Kaffeesturzseen samt dem unvermeidlichen Kuchentreibgut überstanden. Vielleicht gab es den Ausschlag, daß der Pfarrer ehrliches Vollkornbrot erwähnte, obwohl er ihm einen Namen gab, der zu seiner geringen Rechtgläubigkeit paßte.

Er ging in den Schuppen, und ich sah, wie er mit dem Primuskocher hantierte, Spiritus in die Schale goß, den Spiritus anzündete, wartete, bis der Kopf heiß war, die Entlüftungsschraube am Bassin schloß, dann mit allen Kräften Petroleum in den glühenden Kopf pumpte. Eine violette Flamme war entstanden, dazu ein romantisches Rauschen wie von einem Wasserfall: die ganze Methode, wie der Kirchenvorsteher Tumi Jonsen sie mir in den Hauptzügen beschrieben hatte. Wasser hatte der Gemeindepfarrer in einem Eimer zu stehen und Kaffee in einer Blechbüchse. Als das Wasser zu kochen begann, gab er gemahlenen Kaffee aus der Büchse nach Gutdünken in den Kessel. Er rührte mit einer Feile in dem schäumenden Kaffee, damit er nicht überkochte. Dann holte er einen stattlichen Laib schwarzen Topfbrots hervor, holte das Taschenmesser aus der Tasche und schnitt dicke Scheiben ab, keine unter drei Zentimeter. Butter hatte er in einem Tongefäß zwischen verrostetem Eisenkram; er sagte, daß das Eisen die Butter kühl halte, so daß sie nicht weich werde, wenn es im Sommer im Schuppen heiß sei. Er stach die Butter mit einem Stechbeitel aus dem Gefäß; auch die Butterportion war nicht knapp bemessen. Er sagte mir, ich solle sie mit meinem Taschenmesser auf das Brot schmieren, und wenn ich kein Taschenmesser hätte, sollte ich die Butter mit dem Finger auftragen; er zeigte mir wie: Der rechte Daumen wird schräg gestellt, so daß er einen Winkel von ungefähr dreißig Grad mit der Brotschnitte bildet. Er bat mich um Entschuldigung dafür, daß er zu schmutzige Hände habe, um es für mich zu tun. Dann goß er Kaffee in zwei alte Tonkruken, die ursprünglich sicherlich dänische Beerenkonfitüre enthielten, wie sie zu Anfang des Jahrhunderts eingeführt wurde. Diese Kruken fassen nahezu einen halben Liter. Aus einer viereckigen Blechdose schüttete er mit Hilfe eines Spachtels Unmengen braunen Zucker in den Kaffee, so daß er beinahe überlief, und rührte ihn bei uns beiden mit einem sechszölligen Nagel um. Wir setzten uns wieder auf die Bank am Schuppen direkt gegenüber dem Gletscher, schlürften diesen honigsüßen Kaffee und bissen in die dicken Schnitten, auf denen so viel Butter war, daß man nach Dänemark fahren muß, um etwas Ähnliches zu erleben. Vielleicht ist es aber auch Margarine gewesen. Mir ist es gleich, es war eine herrliche Mahlzeit, was man auch sagen mag; ich konnte mich auch nicht enthalten zu sagen: Welch beispiellos herrliches Brot!

Sira Jon Primus: »Die Frauen auf allen Höfen versehen mich mit Topfbrot. Es ist unterschiedlich, doch niemals schlecht, wenigstens wird mir nie unwohl davon. Und die Frau, die heute dran war, ist eine recht gute Frau; vielleicht haben wir sie morgen wieder.« Er zeigte auf meine Schuhe. »Donnerwetter, sind die aber schön. Was kosten denn heute solche Schuhe in Reykjavik?«

Ich nannte einen ungefähren Preis, und ihm schien er hoch.

Sira Jon: »Es ist eine Freude, schöne Schuhe zu haben. Ich hatte einmal schöne Schuhe. Und ein Mädchen.«

Vebi: »Und jetzt?«

Sira Jon: »Ich habe den Gletscher und natürlich die Lilien auf dem Felde: Sie sind bei mir, ich bin bei ihnen; aber vor allem der Gletscher. Kein Wunder, daß er diese guten Mädchen hier gedeihen läßt. Früher, wenn ich müde war, freute ich mich darauf, abends vom Gletscher weg einzuschlafen. Ich freute mich auch darauf, morgens zu ihm hin aufzuwachen.« (Hier lächelt der Gemeindepfarrer lyrisch und sieht mich an.) »Jetzt freue ich mich schon darauf, von diesem verantwortungsvollen Amt fort und in den Gletscher einzugehen.«

14. Bestandsaufnahme von der Pfarrkirche am Gletscher

Graswuchs. Rund um die Kirche hohes Gras, alles noch vom vorigen Jahr. Das Kirchhofstor besteht aus verwitterten morschen Hölzern, die aus dem dürren Gras hervorragen. Vom Weg zur Kirche gilt ähnliches wie von dem Weg in der Edda, den kein Wanderer geht. Der ramponierte Zustand der Kirche von außen ist bereits beschrieben worden; unnötig, darüber weitere Worte zu verlieren.

Eingangstür. Zuerst die Türschwelle. Die Höhe dieser Schwelle vom Erdboden an hat Unterzeichneter mit achtundvierzig Zentimeter ausgemessen. Mir ist nicht klar, wie die Gemeindemitglieder in das Gotteshaus gelangen können, mit Ausnahme von Turnern im besten Alter. Aus den dargelegten

Gründen dürften Lahme und Gichtbrüchige, alte Frauen und Greise vergeblich hierherkommen. Sira Jon gibt zur Antwort, daß eine Treppe mit mehreren Stufen wohl für andere Zwecke verwendet worden sei. Niemand habe sich über diese Maßnahme beschwert, keiner die Treppe vermißt.

Über der Kirchentür befindet sich eine Art Giebel oder Sims, aus zwei Brettern gefertigt, zur Zierde und zum Schutz. Dieser Sims stand einmal mit der Außentür in irgendeiner baukünstlerischen Beziehung; beides war ursprünglich braun, ist allmählich jedoch durch Fäulnis und Verwitterung farblos geworden. Kein Schloß mehr in der Tür. Die Angeln schief, die Scharniere verrostet. Drei Bretter bilden einen Verhau quer über die Kirchentür; ihre Enden sind ziemlich fest an die Türpfosten genagelt. Man wollte ohne Zweifel verhindern, daß die Doppeltür bei Unwetter aufsprang.

Der Gemeindepfarrer berichtete, daß der Bischof selber diese Kirchentür vor einigen Jahren besichtigt und sie für gut befunden, zumindest keinen Einspruch erhoben habe; er sei jedoch nicht hindurchgegangen – »und nun wollen wir im Namen des Herrn und der vierzig heiligen Ritter versuchen, diese Kirchentür zu öffnen«, sagte Sira Jon Primus.

Der Gemeindepfarrer machte sich jetzt mit dem Zimmermannshammer an die Arbeit. Sobald die Bretter sich lockerten, zog er die rostigen Nägel heraus und steckte sie in die Tasche. Es gelang ihm, die äußere Tür aufzumachen, obwohl die Angeln verrostet waren. Alles knarrte und krachte. Die innere Tür war hell gestrichen und mit Eichenmaserung bemalt; sie kreischte böse, als sie geöffnet wurde. In der Kirche war alles dunkel; uns strömte ein Geruch von Fäulnis und Moder entgegen. Unterzeichneter verlangte, daß die Holzläden von einem oder zwei Fenstern gerissen würden; der Pfarrer ging darauf ein, und Tageslicht flutete herein. Ein Windhauch ging durch das verrottende Haus. Der Fußboden schwankte wie Moorboden. Offensichtlich war Wasser in die Fundamente gedrungen und hatte den Fußboden verdorben. In dem schwarzfauligen Fußbodenholz gediehen weiße Schimmelpilze und dito in der feuchten Holztäfelung; sie war ursprünglich anscheinend blau gestrichen.

Altargitter. Das Altargeländer hatte nur noch vier Stäbe. Die Kniebank sollte den Abendmahlsgästen zur Bequemlichkeit dienen, wenn sie niederknieten; sie war einst mit rotem Tuch überzogen, jetzt aber war das Tuch vermodert, zerrissen und von Mäusen zernagt, und darunter kam das Roßhaarpolster zum Vorschein, und vielleicht lebte darin Getier, doch eher Insekten als Mäuse.

Vebi: »Was mag aus den Stäben geworden sein, die in dem Geländer fehlen?«

Sira Jon: »Kinder haben sie weggeschleppt, als die Kirche noch nicht verschlossen war.«

Vebi: »Und Sie haben das geschehen lassen?«

Sira Jon: »Es macht ihnen Spaß, mit schöngedrechselten, bemalten Stöcken auf die Kühe einzuschlagen.«

Kelch und Patene. Diese Geräte betreffend antwortete der Pfarrer so: »Es ist lange her, seit Diebe alles Derartige mitnahmen. Doch dort steht ein alter und ziemlich plumper Messingkerzenhalter auf dem Altar. Wenn Sie ihn haben möchten«, sagte der Pfarrer, »werde ich ein Auge zudrücken. Ich selber habe hier nichts gestohlen. Für den Abtransport der Kirchenstühle übernehme ich die Verantwortung.«

Kirchenstühle. Vebi: »Sie haben also die Stühle fortschaffen lassen, Sira Jon?«

Sira Jon: »Wir waren dazu gezwungen bei dem Holzmangel im großen Schneefrühling. Es waren zweihundert Kilometer bis zum nächsten Stückchen Kohle. Alle Fahrzeuge standen still bis in den Mai.«

Vebi: »Was sagten die Pfarrkinder dazu?«

Sira Jon: »Och, die Pfarrkinder selber haben ja die Stühle in diesem tiefen Schnee auf dem Rücken fortgetragen. Allerdings mit meiner Erlaubnis.«

Vebi: »Ich dachte, die Leute hier wären wohlhabend.«

Sira Jon: »Keiner ist sich zu gut dafür, und am wenigsten reiche Leute, mit dem Inventar der Kirche auf dem Buckel durch den Schnee nach Hause zu stapfen. Nur reiche Leute können es sich leisten, etwas als Geschenk anzunehmen. Ich selber hatte nichts anderes für das Feuer unter dem Kessel als meine Möbel; und die Bücher; und zuletzt die Türen des Pfarrsitzes. Ja, das hier ist ein schweres Amt.«

Altartafel etc. Der Ostgiebel ist schlecht. Die Nässe ist in die Altartafel eingedrungen; es ist ein uralter Flügelaltar (Triptychon); es waren drei Bilder, die Großtafel in der Mitte. Die Seitentafeln haben Scharniere und sollen auf die Großtafel geklappt werden, und das ist ohne Zweifel viele Jahrhunderte lang getan worden, wenn kein Gottesdienst war. Jetzt ist von hinten Nässe in die Bretter gedrungen und hat das Kunstwerk derart angegriffen, daß die Bilder aussehen, als hätte man sie geteert.

Vebi: »Was stellten diese Bilder dar?«

Sira Jon: »Es waren gewaltige Bilder, biblische Bilder.«

Vebi: »Nichts Besonderes?«

Sira Jon: »Doch, ja doch, das war es. Soweit ich mich erinnere, war die Kreuzigung in der Mitte.«

Vebi: »Und auf den Seitentafeln?«

Sira Jon: »Es waren irgendwelche Heiligen. Um die Wahrheit zu sagen, ich habe nie recht darauf geachtet. Es waren alte und gute Bilder.«

Vebi: »Es ist ihnen schlecht ergangen.«

Sira Jon lächelt: »Ich möchte garantieren, daß sie noch nie so gut waren wie jetzt.«

Der Predigtstuhl. Auf dem Fußboden steht, an die Wandtäfelung gelehnt, ein Bündel trockener Stücke Holz; das Holz ist vor Zeiten bemalt worden; noch sind darauf Reste von Figuren und Texten zu erkennen.

Vebi: »Was für Stücke Holz sind das, mit Verlaub?«

Sira Jon: »Das ist der Predigtstuhl.«

Vebi: »In etwas merkwürdigem Zustand, nicht wahr?«

Sira Jon: »Oh, das möchte ich nicht sagen. Geht es nicht mit allen Predigtstühlen so? Als ob das etwas ausmachte! Einem angesehenen Bauern hier in der Nachbarschaft war, wie anderen, das Kleinholz im Schneefrühling ausgegangen. Er jammerte sehr, der arme Kerl. Er sagte, alle hätten Holz bekommen, nur er nicht. Ich sagte, er könnte dann den Predigtstuhl bekommen. Er hatte die Kanzel auseinandergenommen und die Bretter gespalten und sie mit einer Schnur zusammengebunden; er wollte sie am nächsten Tag abholen. Aber da setzte Tauwetter ein, und die Wege wurden befahrbar, und man konnte sich aus dem Marktflecken versorgen.«

Kronleuchter (dän. lysekrone). Ein Haufen Bruchsilber in einer Ecke, besser gesagt Stücke aus einem grauglänzenden Metall, wahrscheinlich einer Legierung aus Kupfer und Silber, Bruchstücke eines hohlgeschmiedeten Silberreliefs. Viele Glieder und Stücke zerrissener Aufhängeketten sowie eine Menge zusammengehöriger Kerzenhalter mit nicht gerade ausdrucksvollen Löwenköpfen; des weiteren Flügel, Häupter und Füße von Engeln; ziemlich später deutscher Prunkstil (Spätbarock). Sira Jon gab die Auskunft, dies sei der Kronleuchter der Kirche, und gebrauchte das dänische Wort dafür. Diese traurigen Trümmer bezeichnete er mit dem Fürwort »sie«.

Sira Jon: »Sie hing an der Decke, aber sie war zu schwer für die Decke. Sie fiel zu Boden.«

Vebi: »Keiner hatte Zeit, sie wieder aufzuhängen?«

Sira Jon: »Sie ist leider in hundertdreiunddreißig Teile zerlegt. Aber mein Freund, der Bischof, kann sie gern wieder anbringen.«

Vebi: »Und Sie, der Sie so gut Primuskocher reparieren sollen, Sira Jon!«

Sira Jon: »Darin so gut und so schwach in Barockkunst.«

Vebi: »Woher wissen Sie, daß es hundertdreiunddreißig Teile sind? Wer hat die Zeit gehabt, dieses Kunstwerk so sorgfältig zu zerlegen? Oder die Stücke zu zählen?«

Sira Jon: »Niemand ist so mit Arbeit überhäuft, daß er nicht Zeit hätte, Kunstwerke zu zerstückeln. Später kommen dann Wissenschaftler und zählen die Bruchstücke. Durch die Zeiten haben ungezählte Tausende von Kirchen in Island gestanden, alle voller Kunstwerke. Wo sind diese Kunstwerke jetzt? Putt demacht, sagen die Kinder.«

Vebi: »Kinder also haben das alles angestellt?«

Sira Jon: »Es kommt mehreres in Betracht. Da ist zum Beispiel das Wetter; und da ist die Schwerkraft; und zuletzt, doch nicht am unwichtigsten, die Zeit. Das sind zähe Burschen. Tag und Nacht ständig am Werk. Auch jetzt. Keiner kann gegen sie an.«

Musikinstrumente. Der Pfarrer sagt, man stimme darin überein, daß hier einmal ein Harmonium gewesen sei. Es ist verschwunden. Niemand weiß, wann. Niemand weiß, wer es zuletzt gesehen hat.

Kirchengl. Es ist nicht möglich, die Glocke zu besichtigen. Die Leiter der Glockenpforte wurde im Schneefrühling weggeholt.

15. Le Cimetière Délirant – d. i. der beste Kirchhof im Lande

Wir gingen hinaus auf den betrunkenen Kirchhof und setzten uns auf ein Grab mit einem schiefen Kreuz, das sich alle Mühe gab, in dem dürren Gras nicht umzukippen. Die Sonne schien auf den Gletscher. Er war noch näher gerückt. Er war erregend heute morgen, als er die Nebelschleier von sich riß. Um die Mittagszeit war er ziemlich nahe herangekommen, und dennoch hätte man es gern gesehen, wenn er noch näher gekommen wäre. Doch wenn er so nahe ist wie jetzt, dann ist es, wie wenn man plötzlich die Poren eines Mädchens sieht, das man aus der Ferne geliebt hat. Man möchte nicht mehr hinauf. Hoffentlich wird er jetzt nicht abstoßend! Dennoch wird das Auge stumpf, und die Gedanken stehen still.

Vebi (mit Taschentonbandgerät und Stenogrammblock): »Ich weiß, es ist unnötig, hervorzuheben, daß dieser Kirchhof gerade noch oder kaum noch durchschnittlich genannt werden kann, Sira Jon.«

Sira Jon: »Der beste Kirchhof im Lande.«

Vebi: »Sie wissen, Sira Jon, daß ich verpflichtet bin, dem Bischof die Kirche und den Kirchhof nach bestem Gewissen so zu beschreiben, wie ich sie sehe.«

Sira Jon: »Bitte schön.«

Vebi: »Ich muß wohl Ihre Antworten auf einige Fragen, die das Gemeindeleben und die Amtsführung betreffen, zu Protokoll nehmen. Einfacher, sie aus Ihrem Munde zu vernehmen, als sie hier und dort aufzuschnappen. Wie Kirchhof und Kirche aussehen, wissen wir nun. Aber da ist nun so nahe an der Kirche ein Bau entstanden – es fehlt nicht viel, und er stößt mit einer Ecke in die Kirche und nimmt dem Gotteshaus Aussicht und Sonnenlicht, wenn es noch ein Fenster gäbe. Wer hat dieses Haus errichtet?«

Sira Jon: »Ist Ihnen nie in den Sinn gekommen, daß das Wort Haus nicht Haus bedeutet und mit einem Haus nichts zu tun hat?«

Vebi: »Ich hoffe doch, daß Sie Sira Jon sind.«

Sira Jon: »Ganz und gar nicht.«

Vebi sagt zuerst: »Jetzt wird es schwierig«, dann seufzt er und fügt hinzu: »Wie kommen wir da heraus?«

Wir schauen eine Weile ratlos ins Weite. Sira Jon sagt schließlich: »Sollten wir nicht eine Abmachung treffen wie die kleinen Kinder, wenn sie spielen wollen? Sonst könnte Uneinigkeit entstehen. Wollen wir nicht sagen: Das da soll so tun, als wäre es ein Haus. Und ich soll so tun, als hieße ich Sira Jon Primus.«

Vebi: »Ich danke Ihnen, Sira Jon. Das ist ein guter Rat. Jetzt ist alles in Ordnung. Dürfte ich dann fragen: Wie soll der sich einbilden, daß er heißt, der dieses Haus da errichtet hat?«

Sira Jon: »Godman Syngmann.«

Vebi: »Verwandt mit Syngmann Rhee?«

Sira Jon: »Professor Doktor.«

Vebi: »Deutscher?«

Sira Jon: »Der Mundi Mundason? Oh, nein. Vieles könnte man über Mundi Mundason sagen, Gutes und Schlechtes, aber Deutscher ist er nie gewesen, soweit ich weiß.«

Vebi: »Professor Doktor ist ein deutscher Titel.«

Sira Jon: »Vielleicht bekommt man solche Titel irgendwo gegen bar. Der selige Sira Jens auf Setberg pflegte keinem zu antworten, der ihn Sira titulierte.«

Vebi: »Ist dieser Syngmann ein Isländer? Und wenn ja, von welchen Leuten stammt er und woher?«

Sira Jon: »Wir waren Kameraden, obwohl er weit mehr als ein Jahrzehnte älter war als ich und schon Ingenieur und Erfinder in der ganzen Welt gewesen war, als ich schließlich Examen machte. Seine Vorfahren waren jahrhundertelang Krämer und Vögte in den Westfjorden. Wir besaßen den Gletscher gemeinsam, jeder aus seiner Richtung. Niemand aus den Ortschaften hier zweifelt daran, daß der Gletscher der Mittelpunkt der Welt ist. Dann bekam ich eine Pfarre am Gletscher. Ich lud ihn ein, herzukommen und hinter der Kirche zu zelten, wenn ich mich niedergelassen und geheiratet hätte.

Nachdem man mich in das Amt eingesetzt hatte, reiste ich wieder nach Reykjavik, meine Braut und meinen Gast zu holen. Aber da war er abgereist. Ich sah ihn erst nach dreiunddreißig Jahren wieder, als er plötzlich mit einer Angelrute und einem Jagdgewehr bei mir im Zimmer stand und sagte, er wäre gekommen, um hier zu zelten.«

Vebi: »Was möchten Sie über dieses sonderbare Bauwerk hier in der Pfarre sagen?«

Sira Jon: »Meinetwegen kann man mit diesem Ding zu jeder Zeit abziehen, wohin auch immer. Ich betrachte es als ein Zelt.«

Vebi: »Darf ich zu Protokoll nehmen, daß dieses Gebäude ohne Erlaubnis des Pfarrers errichtet worden ist und daß die Kirchenbehörde es aus der Pfarre entfernen kann, wann sie will?«

Sira Jon: »Sie protokollieren, was Sie für richtig halten.«

16. Familienstand des Sr. J. Primus

Vebi: »Noch eine Kleinigkeit: Höheren Ortes ist anscheinend irgend etwas über den Familienstand des Sr. J. Primus zur Sprache gekommen. Ich habe nicht die Absicht, darüber Nachforschungen anzustellen. Doch was bringt einen Pfarrer dazu, frage ich, Anlaß zu einem ungebührlichen Gerücht in bezug auf sein Privatleben zu geben?«

Sira Jon: »Ich habe kein Privatleben. Noch weniger Geheimnisse. Wonach fragen Sie?«

Vebi: »Sie sagten, daß Sie nach Reyjkavik reisten, Ihre Braut zu holen.«

Sira Jon: »Als ich vor fünfunddreißig Jahren hier als Pfarrer eingesetzt wurde, war ich siebenundzwanzig Jahre alt, und ich kannte damals ein Mädchen. Sie gehörte zu jenen Erscheinungen, von denen man schwerlich sagen kann, ob es sich um Luftgebilde oder um Erdbewohner handelt, und die man nie hat erklären können, es sei denn durch die Volkssagen von Jon Arnason.«

Vebi: »Engländerin, Spanierin, Irin?«

Sira Jon: »Sie kam bloß aus einer Hütte, die hier weiter südlich an der Küste steht. Die Eltern solcher Mädchen schicken ihre Töchter im Einsegnungsalter fort, damit sie sich als Küchenmädchen in der Hauptstdt ihren Unterhalt verdienen. Da stellt sich dann plötzlich heraus, daß sie Zauberkräfte besitzen. Wenn man ihnen ihre Lumpen ausgezogen hat, sind sie Königinnen. Sie erlangen Macht über ihre Umgebung, dort, wo sie nun wohnen. Sie können nichts dafür. Sie ziehen die Menschen in ihren Bann. Die Männer genieren sich nicht, sie anzubeten; ihre Herrinnen beginnen, ihnen ihr Herz auszuschütten. Da war also jenes Mädchen. Sie hieß Ua.«

Vebi: »Wovon abgeleitet?«

Sira Jon: »Jemand sagte, der Name wäre zusammengesetzt aus dem ersten und letzten Buchstaben von Ursula, was Bärin bedeutet, oder sogar von Urania, der Göttin der Sternenwelt. Ein Theologe meinte, es wären die griechischen Buchstaben Alpha und Omega – in umgekehrter Reihenfolge. Vielleicht kam der Name dadurch zustande, daß Männer, die solche Frauen erblicken, ua zu rufen beginnen wie die Eiderenteriche.«

Vebi schaut in seine schlecht stenographierten Notizen vom Vormittag; die Blätter sind durcheinander geraten. »War es eine jener Frauen, von denen erzählt wird, daß sie sich nie wuschen?«

Sira Jon: »Sie war stets sauber.«

Vebi: »Las nie in einem Buch?«

Sira Jon: »Sie wußte alles.«

Vebi: »Und keiner sah sie je essen?«

Sira Jon: »Immer satt. Immer zufrieden.«

Vebi: »Haben Sie sie schlafen gesehen, Sira Jon?«

Sira Jon: »O nein, das habe ich nicht gesehen.«

Vebi: »Hm, sie schlief wohl auch nicht?«

Sira Jon: »Sie wachte.«

Vebi: »Ich nehme das zu Protokoll.«

Sira Jon: »Bitte schön.«

Vebi: »Habe ich recht verstanden, daß sie Ihre Braut gewesen ist?«

Sira Jon: »Ja, sie war meine Braut.«

Vebi: »Sie ist also jetzt nach dem Gesetz Ihre Frau?«

Sira Jon: »Das dürfte wohl zuviel gesagt sein. Die Brautnacht fand nie statt. Solche Frauen sind ein Wahrzeichen.«

Vebi: »Das A und O der Herrschsucht!«

Sira Jon: »In gleicher Weise wie der Mutterschoß.«

Vebi: »Das getraue ich mich nicht zu protokollieren. Der Bischof würde denken, ich bin verrückt geworden.«

Sira Jon: »Ich wünschte, Sie würden diese Frau noch kennenlernen, junger Mann.«

Vebi: »Wozu?«

Sira Jon: »Sie würden das Leben verstehen.«

Vebi: »Das Leben? Welches Leben?«

Sira Jon: »Welches Leben, tja, das ist es ja gerade! Ich verstand es erst, als meine Braut mitsamt meinem Freund verschwunden war.«

Vebi: »Wahrzeichen – ist das dasselbe wie ein Zeichen am Himmel?«

Sira Jon: »Ganz wie Sie wollen.«

Vebi: »Mit anderen Worten, Syngmann stahl Ua?«

Sira Jon: »Genau genommen wurde sie nicht gestohlen. Wir führen manchmal den Teufel in Versuchung, wie der selige Sira Jens sagte; und das soll man nicht tun. Es kann damit enden, daß Gott uns nimmt. Und das war gewiß nicht die Absicht.«

Vebi: »Ich bin jung, und es ist leicht, mir die Hucke voll zu lügen. Ich hoffe trotzdem, daß an Ihrer Geschichte etwas Wahres ist.«

Sira Jon: »Ist das nicht zuviel verlangt von Sira Jon Primus?«

Vebi: »Sie haben Geschichte studiert!«

Sira Jon: »Ja, das ging, wie es ging.«

Vebi: »Ein Punkt zum Schluß, er betrifft das Amt nur wenig, höchstens indirekt: Es wird erzählt, daß vor etlichen Jahren ein Sarg auf den Gletscher gebracht worden ist. Ist etwas Wahres daran? Und falls ja, ist etwas daran nicht in Ordnung? Was ist in dem Sarg?«

Sira Jon: »Ich weiß es nicht. Hab nichts davon gehört.«

Vebi: »Ich will damit nicht andeuten, daß es sich um ein Verbrechen gehandelt hat – wenn es so wäre, hätte man längst die Polizei statt meiner hierher geschickt. Doch ich möchte gern aus Ihrem Munde hören, ob etwas an dem Gerücht ist, daß irgend jemand eine Leiche auf den Gletscher gebracht hat, ohne den Gemeindepfarrer zu fragen.«

Sira Jon: »Mein Küster Tumi Jonsen und sein Anhang sind Historiker. Ich bin Theologe.«

Vebi: »Sie haben eine Universität besucht, Sira Jon.«

Sira Jon: »Als ich dahinterkam, daß alle Geschichte nur eine Fabel ist, dazu noch eine schlechte, begann ich nach einer besseren Fabel zu suchen und fand die Theologie.«

17. Philosophie am Gletscher

»Da sind wir wohl unversehens in die Philosophie geraten, und ich schlage vor, daß wir Kleinigkeiten vom Programm absetzen. Mir fiel besonders auf, als wir Kaffee tranken, daß Sie sagten, Sie verehrten die Lilien auf dem Felde und den Gletscher. Sind das auch Wahrzeichen? Oder Schlüssel zu einer deutschen Erkenntnistheorie? Vielleicht auch eine Offenbarung?«

Sira Jon: »Es ist schade, daß wir einander nicht anzwitschern wie die Vögel. Wörter verwirren. Ich gebe mir ständig Mühe, Wörter zu vergessen. Deswegen betrachte ich die Lilien auf dem Felde und ganz besonders den Gletscher. Wenn man den Gletscher lange genug ansieht, hören Wörter auf, auch nur das geringste zu bedeuten.«

Vebi: »Ob nicht das zu grelle Licht eine Lähmung im parasympathischen Nervensystem hervorruft?«

Sira Jon: »Ich besaß einmal einen Hund, der so lange herumstreunte, daß er vergessen hatte, wie er hieß. Er gehorchte nicht, als ich ihn rief. Als ich bellte, kam er zwar zu mir, doch er erkannte mich nicht. Ich bin ein bißchen so wie dieser Hund.«

Vebi: »Entschuldigen Sie, wenn ich diesem Vergleich, den Sie da anstellen, nicht ganz zustimme, Sira Jon. Hingegen erinnern Sie mich an glückliche Gestalten der Kirchenkunst – an jene, die lächeln, während man sie zerstückelt. Ansonsten liegt mir nichts ferner, als gegen das zu opponieren, was Sie sagen.«

Sira Jon: »Mir kommt es manchmal vor, als ob es zu früh ist, Wörter zu gebrauchen, solange die Welt noch nicht fertig erschaffen ist.«

Vebi: »Ist denn die Welt noch nicht fertig erschaffen?«

Sira Jon: »Ich dachte, man wäre noch dabei, sie zu erschaffen. Haben Sie gehört, daß man fertig ist?«

Vebi: »Ob nun die Welt schon fertig ist oder noch im Werden – müssen wir einander nicht dennoch, da wir nun einmal da sind, mit diesen sonderbaren Geräuschen, Sprache genannt, anzwitschern? Oder sollen wir schweigen?«

Sira Jon: »Sie dürfen nicht glauben, daß ich den Vertreter des Bischofs bitte zu schweigen. Ich meine bloß, daß Wörter, Wörter, Wörter und die Schöpfung zweierlei sind; zwei nicht zu vereinbarende Dinge. Ich sehe nicht, wie die Schöpfung in Wörter verwandelt werden kann, noch weniger in Buchstaben – nicht einmal in eine Lügengeschichte. Eine Geschichte ist stets etwas anderes als das, was wirklich geschehen ist. Die Tatsachen sind von dir abgerückt, ehe du die Geschichte zu erzählen beginnst. Eine Geschichte ist nur eine Tatsache für sich. Und je näher du den Tatsachen mit Geschichtswissenschaft zu kommen suchst, um so tiefer versinkst du in einer Dichtung. Mit je größerer Sorgfalt du eine Tatsache beschreibst, eine desto bedeutungslosere Fabel holst du aus dem Chaos. Das gleiche gilt von der Weltgeschichte. Der Unterschied zwischen einem Dichter und einem Historiker besteht darin, daß der Dichter wissentlich zu seinem Vergnügen lügt; der Historiker lügt in seiner Einfalt und bildet sich ein, daß er die Wahrheit sagt.«

Vebi: »Ich nehme also zu Protokoll, daß alle Geschichte, auch die Weltgeschichte, eine Fabel ist.«

Sira Jon: »Alles, was den Gesetzen einer Fabel unterliegt, ist eine Fabel.«

18. Über die Schöpfung, den Namen Gottes bei den Germanen und anderes am Gletscher (Kurzfassung)

Bis auf weiteres fasse ich jetzt zusammen und redigiere, versuche die Gesprächsform auf der Bandspule aufzulösen, denn an und für sich ist sie in einem Bericht weder inhaltlich noch formal von Bedeutung; je nach den Umständen wird das Gespräch in indirekter Rede wiedergegeben, und die Unebenheiten, Wiederholungen und dünnen Stellen der direkten

Rede werden ausgelassen; ich hoffe jedoch, nicht so konsequent, daß von der Eigenart des Sira Jon Primus nichts mehr zu spüren ist.

Der Vertreter des Bischofs beginnt diesen Teil des Gesprächs mit einer neutralen Bemerkung als Bindeglied zu dem Voraufgegangenen: »Eine alte Redensart sagt, etwas muß der Mensch doch wissen.«

Sira Jon antwortet: »Ob man nicht der Schöpfung in der Fabel näherkommt als in der wahren Geschichte, wenn man alles recht betrachtet?« (No comment von meiner Seite.)

Der Gemeindepfarrer berichtet, »verschiedene« (er nennt keine Namen) seien der Ansicht, die Steinzeit sei die glückliche Zeit der Menschen gewesen. Diese Steinzeitmenschen wußten alles, was sie zu wissen brauchten, wie die Vögel. Sie kannten das Prinzip des Kugellagers und nutzten diese Kenntnis aus, um Felsen zu bewegen – damit meint er wahrscheinlich die Felsen von Stonehenge. Doch sie hatten keine Schrift und hinterließen demzufolge keine Geschichte, außer ihren Gräbern. Jahrtausendelang haben weise Menschen Indien bewohnt. Bereits einige Jahrhunderte vor der Geburt Platos schrieben sie die Bhagawadgita, das bedeutendste Buch der Welt. Sie saßen da und schauten mit großen Augen ins Weite, doch sie hatten keine Geschichte. Aus diesem Grunde wurden sie nicht gewahr, daß Alexander der Große erschien und Indien eroberte; sie bemerkten es nicht. Sie erfuhren es zweitausend Jahre später aus dem Ausland. Der Vertreter fragt, ob er zu Protokoll nehmen darf, daß das Prinzip des Kugellagers der Schöpfung näherkomme als die Geschichtswissenschaft. Sira Jon sagt, daß man der Schöpfung vielleicht mit mathematischen Formeln am nächsten komme, fügt aber hinzu: »Leider verstehe ich nichts von Mathematik.«

Vebi: »Versteht Gott etwas von Trigonometrie?«

Sira Jon Primus: »Die Schöpfung beruht auf Addition, denke ich.«

Vebi: »Alles Übernatürliche ist selbstverständlich längst vorbei und abgetan hier am Gletscher!«

Sira Jon sagt, das seien nicht seine Worte gewesen – jedenfalls nicht direkt. Er meint, es gebe zumindest eine Sache, die der Mensch nicht begreift.

Vebi: »Etwas Übernatürliches?«

Sira Jon meint, daß die Zeit die Sache sei, betreffs derer alle übereinkommen könnten, sie als übernatürlich zu bezeichnen. Sie ist zumindest weder Energie noch Materie, auch keine Dimension und erst recht keine Funktion – und dennoch Beginn und Ende der Schöpfung.

Unterzeichneter fragt, ob es hier am Gletscher neue und unerwartete Nachrichten von Gott gebe. Sira Jon lächelt und fragt, ob ich wisse, was das Wort bedeute. Als ich die Frage an den Pfarrer zurückgebe, erzählt er folgendes: Als er als junger Mann auf der Universität war, mußte er sich auch mit Althochdeutsch befassen. Da stellte es sich heraus, daß das Wort »Gott« in den germanischen Sprachen ursprünglich überhaupt kein Name von irgend etwas war. Es ist nicht einmal ein Substantiv. Es ist ein Partizip des Präteritums eines Verbs, das adorare bedeutet, und mit der Zeit wurde es ein Verbalsubstantiv: Gott ist das, was verehrt wird, das Angebetete. In einem althochdeutschen Gedicht heißt es sogar von Gott: »Er ist der mildeste Mensch.« Wir Germanen haben also nicht den Gottesbegriff selbst, wissen gar nicht, was das ist.

Vebi: »Das ändert doch meines Erachtens nicht viel an der Sache.«

Sira Jon: »Nein, nichts. Nur hat Gott den Vorzug, daß man ihn wo auch immer ansiedeln kann, worin auch immer.«

Vebi: »Zum Beispiel in einem Nagel?«

Sira Jon, wörtlich: »Bei Diskussionen in der Schule wurde manchmal die Frage gestellt, ob es nicht außerhalb der Macht Gottes läge, einen so schweren Stein zu schaffen, daß Gott ihn nicht heben kann. Oft scheint mir, mit der Allmacht verhält es sich so wie mit einer Schneeammer, gegen die sich alle Wetter verschworen haben. So ein Vogel wiegt nicht mehr als eine Briefmarke. Dennoch wird er nicht hinweggeweht, wenn er bei schwerem Sturm auf freiem Felde steht. Haben Sie jemals den Kopf einer Schneeammer gesehen? Sie hält diesen zarten Kopf dem Unwetter entgegen, den Schnabel zur Erde, legt die Flügel fest an die Seiten, der Schwanz zeigt nach oben. Der Sturm kann den Vogel nicht packen, sondern er muß sich spalten. Selbst in den schlimmsten Böen schwankt der Vogel nicht.

Wo er steht, ist Windstille. Nicht einmal eine Feder an seinem Körper bewegt sich.«

Vebi: »Woher wissen Sie, daß der Vogel die Allmacht ist und nicht der Wind?«

Sira Jon: »Weil ein Wintersturm die stärkste Kraft in Island ist, die Schneeammer aber der schwächlichste von allen Einfällen Gottes.«

Unterzeichneter fragt, ob dieser letzte Beweis sich nicht ein wenig im Kreise bewege wie die Diskussion um den Stein, der zu schwer für die Allmacht Gottes sei. »Doch wie dem auch sei, ich bin bereit zu protokollieren, daß die Offenbarung des Pfarrers unter anderem die Lilien auf dem Felde, den Gletscher und die Schneeammern umfaßt.«

Sira Jon: »Haben Sie daran gedacht zu protokollieren, daß es uns der Allmacht gegenüber freisteht, sie zu lokalisieren, wo es uns gefällt, und sie zu nennen, wie wir wollen?«

Vebi: »Okay.«

Zum Schluß frage ich Sira Jon, ob ich etwas hinzufügen solle. Er hält es nicht für nötig, entwickelt jedoch den Gedanken ein wenig weiter, wenn auch unverbindlich: »Wer einen Berg verehrt, wie es unzählige Völker getan haben, dessen Gott ist der Berg; der Stein, wenn du einen Stein anbetest; der Stock, wenn du an einen Stock glaubst; und so weiter: ein Strom, Wasser in einer Quelle, Wasser in einer Schale; Fisch, Brot, Wein; ein Kalb wie ein Elfenwidder; und die Jungfrau Maria aus einem bemalten Stück Holz ist nicht geringer als die weitschößige Witwe Libido oder das knochendürre Trollweib. Die Revolution, die das Menschenopfer will.«

19. Zwölf Tonnen

Ein dröhnender Zwölftonner kommt über die Hauswiese gefahren, direkt über den grünen Anger, so daß die Erde zittert und das Kalb nach hinten ausschlägt. Das Monstrum bleibt auf dem mit Gras bewachsenen Pfad zwischen der Kirche und dem Gehöft inmitten von Löwenzahn- und Hahnenfußblüten stehen. Ihm entsteigt ein untersetzter, spreizbeiniger Mann (breithüftig sagte man früher); er hat ein breites, grinsendes

Gesicht. Seine Koteletten reichen hinunter bis zu den Ohrläppchen.

Folgende Fracht wird abgeladen:

1) drei Männer, deren Oberbekleidung aus einer Decke mit einem Loch als Halsausschnitt besteht, aus dem ihre struppigen Köpfe hervorsehen. Dieses wärmende Kleidungsstück wird gewöhnlich nach den Bronchoindianern in Südamerika benannt; sie tragen es, wenn sie zur Winterzeit auf ihren sonderbaren Bronchopferden ihr Bronchovieh hüten; es wird also alles miteinander nach dem Broncho benannt, Pferde, Menschen und Sattelzeug, ebenso die Decke mit dem Halsausschnitt. Um mir die Arbeit zu erleichtern, nenne ich diese Burschen Winterhirten, weil ich an solche Leute denken mußte, als ich diese erblickte;

2) Kisten und Kanister aus Holz, Blech und Kunststoff; Ladenware, wahrscheinlich Lebensmittel;

3) Frau Fina Jonsen mit Schrubber und Seife.

Die Hirten laufen sofort auf den weiten Anger hinaus zu dem Kalb. Einer holt ein Saiteninstrument mit bauchigem Boden unter seinem Broncho hervor und berührt eine Saite, um das Kalb zu erfreuen; es ist ein ziemlich leise tönendes Instrument. Die Winterhirten setzen sich auf der Hauswiese in Buddhastellung um dieses armselige Klauenvieh; einer nimmt eine Blume aus seinem Haar und hält sie ihm hin, doch das Kalb will sie nicht annehmen (wahrscheinlich ist es eine Plastikblume). Der untersetzte Reiseführer hat Frau Fina Jonsen an der Kirche vorbei bis zur Tür des Bungalows gebracht; er zieht einen Schlüssel aus der Tasche und schließt dieses seltsame Haus auf, als wohne er dort. Die Frau geht mit dem Schrubber hinein. Dann trägt der Reiseführer die Fracht des Autos Stück für Stück ins Haus. Als er damit fertig ist, zieht er eine Flasche aus der Anoraktasche, nimmt einen Schluck und pißt ins Land hinaus. Sein Blick fällt auf den Pfarrsitz. Auf einem Mauerrest, der einmal eine Gemüsegartenmauer war, sieht er einen Mann sitzen, und das ist unterzeichneter Vertreter des Bischofs. Kaum hat der Gast diesen Mann erblickt, als er auch schon geradenwegs auf ihn zugeht.

Gast: »Tag, Kollege, bist du Bischof, willst du zu mir?«

Vebi: »Wer sind Sie, mit Verlaub?«

Gast: »Tja, ich bin bloß ein Arbeiter, du entschuldigst. Ich duze sowohl Gott als auch meinen Hund. Warum also soll ich dann nicht dich duzen, wenn du auch Bischof bist?«

Vebi: »Ich bin nicht Bischof.«

Gast: »Nun, was zum Teufel bist du dann?«

Vebi: »Mit Verlaub, sind Sie der Besitzer des Autos?«

Gast: »Ich bin bloß ein einfacher Isländer, das müssen Sie entschuldigen. Willst du rauchen? Willst du einen Schluck? Will er nicht, nein. Ein feiner Mann! Ich kann dir sagen, wenn ich auch bloß ein einfacher Isländer bin, so habe ich doch ganze Gemeinden und Marktflecken überall um die Bucht herum mit Sand und Kies und Zement und Steinen versorgt, alles Material herangeschafft für die Schnellgefrierhäuser, mehr als ein und mehr als zwei hier im Bezirk; für die leiht dir der Staat das Geld, damit du sie bauen und betreiben kannst; später bezahlt er dir deinen Verlust und übernimmt den Bankrott, und du selbst haust mit dem Gewinn ab. Und mit diesen Häusern steht und fällt Island, und wer nicht die Sendungen über den Bankrott der Schnellgefrierhäuser im Radio hört, der ist kein Isländer. Du kriegst es mit mir zu tun, wenn du keinen Schnaps von einem willst, weil er bloß Isländer und Arbeiter ist!«

Vebi: »Wenn Sie auch etwas sind, dessen Sie sich schämen, so ist mir doch für mein Teil die Stellung der Leute gleichgültig, vielleicht weil ich selber keine habe. Ich frage nur: Darf ich mit Ihnen sprechen?«

Gast: »Du unterstehst dich, einen einfachen Isländer und Arbeiter zu siezen? Ich verfüge über ein Transportmittel für eine Last von zwölf Tonnen, das achtzehn Räder hat und das die Straßen abnutzt wie fünfunddreißigtausend Autos. Wo ist dein Auto?«

Vebi: »Ich habe nie ein Auto besessen. Und es ist das erste Mal, daß ich mit einem Mann spreche, der einen Zwölftonner fährt. Es hat sich so gefügt, daß ich von der kirchlichen Obrigkeit mit kleinen Aufträgen aufs Land geschickt worden bin, doch es ist offensichtlich, daß Sie mit diesen zwölf Tonnen der Allmacht viel näher stehen als ich.«

Gast: »Ich habe hier echten dänischen Aquavit warm und gut in meiner Gesäßtasche. Komm, setzen wir uns auf ein Grab! Sind wir übrigens nicht verwandt?«

Vebi: »Vielen Dank, ich trinke nicht.«

Gast: »Du bist Bischof. Du hast den heiligen Geist. Aber welchen Gott haben wir einfachen Isländer, abgesehen vom Schwarzen Tod, wenn nicht schönen warmen dänischen Aquavit? Soll ich dich verprügeln?«

Vebi: »Es ist gleich, ob ich geschlagen werde oder nicht: Ich kriege warmen Aquavit nicht hinunter. Er ist wie Maschinenöl. Er bleibt einem in der Kehle stecken. Doch wenn es Ihnen jetzt nicht paßt, möchte ich Sie um Ihren Namen und Ihre Adresse bitten für einen späteren Zeitpunkt.«

Gast: »Ich bin ein Sohn des Volkes.«

Vebi: »Ist das nicht eine etwas unbestimmte Adresse?«

Gast: »Bist du dir zu gut, Isländer zu sein?«

Unterzeichneter ließ sich schließlich aus demagogischen Gründen herbei, die Flasche entgegenzunehmen. Er gießt ein wenig von dem lauwarmen Aquavit in die hohle Hand und befeuchtet damit sein Haar. Das gefällt dem Zwölftonnenmann nicht; er entreißt mir die Flasche und verflucht mich noch einmal unvermißverständlich, beendet seine Rede jedoch resigniert mit dem Sprichwort »Selber essen macht fett«, nimmt einen Schluck, steckt die Flasche wieder in die Tasche.

Gast: »Ich heiße Jodinus Alfberg. Ich bin Dichter. Jetzt werde ich das Palisandergedicht vortragen, das ich selbst verfaßt habe.«

Vebi: »Leider habe ich nicht genug Band, um ein Gedicht aufzunehmen.«

Jodinus Alfberg: »Keine isländische Ader in deinem Körper! Aber ich kann dir sagen, ich und meine Alte, wir haben eine Palisanderküche, genausogut wie ihr in Reykjavik. Ich habe so viel Palisander, daß ich kotzen könnte. Die Alte auch. Ich habe die Küche mit Zinkweiß streichen lassen.«

Vebi: »Wo bekommt man diesen ganzen Palisander?«

Jodinus Alfberg: »Ich handle im Auftrag des Grossisten, der über Himmel und Erde bestimmt.«

Vebi: »Nun ja. Bestimmt jetzt ein neuer Grossist darüber?«

Jodinus Alfberg: »Mein Grossist ist der, in dessen Auftrag ich heute an diese Adresse sage und schreibe drei Menschheitsbefreier geliefert habe, welche die Welt erlösen sollen. Sie sitzen dort beim Kalb. Sie können die Toten auf diesem Kirchhof auferstehen lassen und ihnen befehlen, sich mäuschenstill nach Hause zu trollen. Ich bin es und kein anderer, der den Schlüssel zum Haus hat. Ich kann in dieses Haus gehen, wann ich will, und stehlen, was ich will. Ich kann mit einer Frau hierherkommen, wann ich will. Ich lasse Fina hier im Frühjahr und im Herbst nach Quadratmetern schrubben, obwohl nirgends ein Stäubchen oder Fleckchen zu sehen ist: Die ganze Rechnung wird in Kalifornien bezahlt. Und ich verfüge über den Schrubber.«

Vebi: »Langsam begreife ich, von wem Sie die ganze Zeit sprechen, obwohl ich mir kein Bild von diesem Mann machen kann. Nun möchte ich fragen: Woher bekommt er das Geld?«

Jodinus Alfberg: »Geld! Der Grossist! Weißt du nicht, daß er Riesenläden in der ganzen Welt hat? Weißt du nicht, daß er es ist, der den Dreh bei Unterseebooten und Fallschirmen erfunden hat?«

Vebi: »Nein.«

Jodinus Alfberg: »Verstehst du denn nicht, Mann! Bevor er den Dreh erfunden hatte, kamen die Unterseeboote nicht aus dem Meer nach oben und die Fallschirme nicht nach unten auf die Erde. Jetzt kommen alle Unterseeboote nach oben und alle Fallschirme nach unten. Er verkauft den Generalen seine Patente en gros. Alle kriegerischen Nationen verdanken ihm ihr Leben. Aus dem Grunde müssen ihm alle Rüstungsgesellschaften eine jährliche Gebühr für die Patente bezahlen. Wenn alle, die mit Fisch und Brot handeln, auf den Hund gekommen sind, dann werden seine Läden immer noch stehen. Jetzt hat er ein Patent erfunden, um Tote wieder zum Leben zu erwecken.«

Vebi: »Ehe ich es vergesse – da Sie eben von Frau Fina Jonsen sprachen: Ich glaubte Frau Fina heute morgen so zu verstehen, daß Sie wahrscheinlich der Mann sind, der Näheres über einen Transport auf den Gletscher weiß, welcher vor einigen Jahren stattgefunden haben soll. Wissen Sie etwas darüber?«

Jodinus Alfberg: »Wie war das Zeug verpackt?«

Vebi: »Das ist mir nicht bekannt.«

Jodinus Alfberg: »Wie war die Aufschrift?«

Vebi: »Eben deswegen frage ich.«

Jodinus Alfberg: »Mein Wahlspruch ist: gute Verpackung, deutliche Aufschrift.«

Vebi: »Ich frage nach dem Inhalt.«

Jodinus Alfberg: »Wenn Verpackung und Aufschrift nicht in Ordnung sind, stehle ich den Inhalt. Das tun alle Transporteure.«

Vebi: »Es ist schade, daß wir nicht gleich stark betrunken sind; dann würden wir uns besser verstehen. Dennoch möchte ich Ihre Aufmerksamkeit auf die Tatsache lenken, daß es gegen die Kirchengesetze ist, wenn Sie eine Leiche auf den Gletscher gebracht und dort beigesetzt haben.«

Jodinus Alfberg: »Ich bin ein armer Arbeiter.«

Vebi: »Und wenn auch.«

Jodinus Alfberg: »Arbeiter tun nichts umsonst. Nur feine Leute tun etwas umsonst.«

Vebi: »Mit anderen Worten, Sie wollen nur gegen Geld sprechen.«

Jodinus Alfberg: »Das eine will ich dir sagen, Freund, wenn ich auch ein ungebildeter einfacher Isländer bin, so bin ich doch ebenso gut wie jeder x-beliebige Bischof. Wieviel kannst du zahlen?«

Vebi: »Ist es nötig, daß wir ständig Vergleiche zwischen uns beiden anstellen? Wir wissen beide, wie ich dabei abschneide. Ich habe keine Palisanderküche. Mein einziges Möbelstück ist ein Bücherregal, das ich mir aus Kistenbrettern zusammengenagelt habe. Punktum.«

Jodinus Alfberg: »Du bist ein armer Fußgänger, und deshalb kann ich dir eigentlich die Wahrheit sagen: Es ist eine Leiche in dem Sarg. Bitte sehr. Eine Leiche. Eine Frauenleiche. Eine verdammte tote Leiche. Nimm einen Schluck, please, hahahaha. Wir wollen Brüderschaft trinken und es uns gemütlich machen. Und ich sage das Gedicht vom Palisander auf.«

Vebi: »Nein – um Gottes willen.«

Unterzeichneter war jedoch nicht flink genug, das Taschentonbandgerät abzustellen, bevor der Dichter die erste Strophe des Palisandergedichts gesprochen hatte:

»Palisander, so scheint mir,
Paßt in meine Küche hier.

Ist von Farbe schwarz er gleich,
hell mit Zinkweiß ich ihn streich.«

20. Vorläufige Zusammenfassung

Sira Jon Primus am frühen Nachmittag zu »Amtsgeschäften« in die Gemeinde abgeholt. Abend. Vertreter hat einige Stunden zur Vorbereitung eines Berichts gebraucht: Stichpunkte geordnet, Bandspulen gekennzeichnet, Anmerkungen und Erläuterungen niedergeschrieben. Wie die Dinge liegen, scheint dem Vertreter eine Verlängerung seines Aufenthalts wenig erfolgversprechend. Beschreibung der Kirche und des Kirchhofs ist im Entwurf beigefügt. Zustand des Pfarrsitzes, Pflege des Viehs u. dgl. sind Punkte, die zu den Absurditäten dieser Pfarre gehören. Zum Beispiel besteht das Vieh auf der Pfarre aus dem einen Kalb der Wirtschafterin. Essen, das der Rede wert wäre, wird im Pfarrhaus nicht aufgetragen; von einem Heim kann wirklich keine Rede sein. Der Gemeindepfarrer verdient seinen Lebensunterhalt als Praktikus der Gegend.

Ich rekapituliere weiter:

Seelsorge. Soweit Unterzeichneter sehen kann, ist die Seelsorge in der Gegend nahezu auf dem Nullpunkt angelangt. Als Ergänzung zum Punkt »Zustand des Gotteshauses« dient das Zeugnis des Kirchenvorstehers Tumi Jonsen auf Brun, das jedoch mit Wohlwollen und vollkommener Ergebenheit gegenüber Pfarrer Jon abgegeben wurde; hinzu kommt die Unterredung mit dem Geistlichen selbst; beides auf gekennzeichneten Bandspulen. Aus diesen Unterlagen geht deutlich hervor, daß kirchliche Amtsgeschäfte im Sprengel kaum versehen werden, es sei denn, auswärtige Pfarrer werden hinzugezogen. Beerdigungen werden vernachlässigt. Zu Weihnachten kein Gottesdienst u. a. m.

Familienstand. Die angeordnete Nachforschung ergab folgende Familienverhältnisse Sira Jons: hat wahrscheinlich formal geheiratet, möchte es verheimlichen, vielleicht handelte es sich um bloße Form und keine consummatio. Der Name der Frau: verschiedene Derivationen vom Namen Ursula; Sira Jon selbst sagt, die Frau habe Ua geheißen. Die Hochzeit fand statt oder richtiger fand nicht statt vor zirka fünfunddreißig Jahren. Wer die Eheschließung vornahm, wenn sie überhaupt vorgenommen wurde, ist unklar. Hat Unterzeichneter die Vollmacht, vom Gemeindepfarrer Aussagen in einer Privatangelegenheit zu fordern, die weder innerhalb noch außerhalb der Gemeinde zum Stein des Anstoßes wurde, die aber, wenn sie offiziell behandelt würde, eine Sache der Polizei wäre? Bigamie kommt kaum in Betracht. Hervorgehoben wird der makellose Lebenswandel Sira Jons sowie die Liebe und Verehrung der Gemeindemitglieder; wahrscheinlich ohne Beispiel. Über die Frau, die Sira J. P. in Gegenwart des Unterzeichneten seine »Braut« genannt hat, habe ich nur in Erfahrung bringen können, daß sie aus einer jener alten Fischerhütten weiter südlich an der Küste stammt, die eher in Spukgeschichten als in der Wirklichkeit ihren Platz haben: An diesen Stätten wohnen Prinzessinnen von außergewöhnlicher Statur, die sich dadurch entwickelt, daß sie lange die Brust bekommen (vielleicht gibt es keine Kühe auf diesen Gehöften?); man meint, daß diese Frauen umgehen usw. Sowohl die Wirtschafterin des Pfarrers wie der Kirchenvorsteher T. J. haben in meiner Gegenwart den Ort Nedratradkot genannt. Wo sich die »Braut« aufhält, weiß man nicht genau. Sira Jon sagt, er habe sich in jungen Jahren mit einem Ingenieur isländischer Herkunft zusammengetan; dieser wurde in anderen Erdteilen früh ein vermögender Mann und nannte sich Professor Doktor Godman Syngmann (»Mundi Mundason, alias Gudmundur Sigmundsson«, sagt Sira Jon). NB: Stand nicht vor einigen Jahren etwas in den Zeitungen von einem in Australien, Argentinien oder Kalifornien lebenden Isländer, der sechs Bände über Lebewesen außerhalb der Erde verfaßt haben soll, d. i. Exobiologie; im Eigenverlag, glaube ich, zum Teil auf spanisch, zum Teil auf englisch; die Erscheinungsorte waren, soweit ich mich erinnere, ziemlich entlegen und ein wenig sonderbar. Unterzeichneter kennt niemanden, der dies gelesen hätte, doch existiert wohl eine Broschüre in unserer Sprache, in der die Botschaft dieses Landsmanns zusammengefaßt wird; leider habe ich sie nicht gesehen. (Könnte es sich hier nicht um einen weiteren Fall eines isolierten Inselbewohners handeln? Der Mann ist hochbegabt und an ausländischen Universitäten ausgebildet. Ihm gelingt es, im Orient oder in Australien aus der Armut herauszukommen und reich zu werden. Später wird er in den Hauptstädten ansässig, wo der größte Tumult und Wirrwarr der Weltgeschichte herrscht, in Paris, Buenos Aires, New York, Los Angeles. Dennoch behält in der Seele dieses Mannes der Inselbewohner die Oberhand, und es zieht ihn mit jedem Jahr mehr zur Öffnung im Snæfellsgletscher, in die sich nach dem Goldmacher Arni Saknussemm Professor Doktor Otto Lidenbrock stürzte.)

Prachtbau aus orientalischem Edelholz. Zum Beweis für die oben angeführte Inkongruenz, die Menschen auf entlegenen Inseln angeboren ist und die darin besteht, sich in Größe und Gestalt von allen Dingen um sich herum zu unterscheiden, möchte ich mir erlauben, auf den Prachtbau hinzuweisen, den Prof. Dr. Godman Syngmann schräg zur Kirche hat errichten lassen (Anlage: Bild). Das Haus hat drei Jahre unter der Aufsicht eines gewissen Jodinus Alfberg leer gestanden. Weder der Gemeindepfarrer noch andere Leute wissen etwas davon, daß für diesen Hausbau auf dem Grund und Boden der Pfarre eine Erlaubnis eingeholt worden wäre. Sira Jon erinnert sich jedoch dunkel daran, daß er vor langer Zeit seinem alten Freund halb und halb zugesagt hat, er dürfe dort zelten. Während ich dieses hier schreibe, soll der Eigentümer des Bauwerks nicht weit entfernt auf Meerforellenfang sein. Unterzeichneter ist der Ansicht, daß dieses Haus weder ihn noch seinen Auftrag betrifft. Für die Kirchenbehörde wäre es empfehlenswert, den Rechtsweg zu beschreiten, entscheiden zu lassen, ob besagtes Haus gesetzlich oder ungesetzlich ist, und dann je nachdem Maßnahmen zu ergreifen.

Lehre des Sira Jon Primus. Über die Lehre dieses Pfarrers geben die beigefügten Tonbänder Auskunft. »Erst wenn alle Scheite beisammen sind, brennt der Meiler«, sagt das Sprichwort. Leider lassen die Bänder recht wenig erkennen. Ihr Vertreter hat vergeblich versucht, den Geistlichen über seine innere Einstellung zum Bekenntnis zu befragen. Soweit ich jedoch sehe, könnten einige Ideen des Pfarrers irgendwie auf der christlichen Theologie fußen – doch wo sind die Ideen, die das nicht täten? Mir fehlt es an Wissen, um die Denkweise zu definieren, die aus diesen Bändern spricht. In meinen Fragen habe ich versucht, mich nach dem Bekenntnis zu richten, dessen Vertreter ich bin. Obwohl Unterzeichneter sich selbst für einen liberalen Vertreter des geistlichen Standes hält, würde ich Sira Jons Denkweise nicht vorbehaltlos dem Liberalismus zurechnen, wie die Protestanten diesen Begriff auslegen. Ich bin im Zweifel, ob Sira Jon wenigstens Unitarier im kirchlichen Sinne ist, geschweige denn mehr.

Am Ende des heutigen Gesprächs auf dem Kirchhof schien mir, daß Sira Jon meinte, alle von den Menschen verehrten Götter seien gleich gut. In der Bhagawadgita, auf die sich Sira Jon bezieht, werden Krischna, wie ich mich zu erinnern glaube, folgende Worte in den Mund gelegt: Ihr seid frei, euer Gebet an welchen Gott auch immer zu richten; doch der eure Gebete erwidert, der bin ich. Ist es das, was Sira Jon meint, wenn er sagt, alle Götter seien gleich gut, außer dem Gott, der die Gebete erwidert, denn der sei nirgends? Keine der beiden Ansichten kann man im Rahmen unseres Bekenntnisses behandeln. Der Gott, der aus den Worten Krischnas spricht, ist auch nicht sehr angenehm, denn er allein bestimmt das Spiel, die anderen Götter sind nur seine blinden Mitspieler, und er sagt ihnen, welche Karten sie ausspielen sollen. Zumindest hat dieser Gott recht wenig gemein mit jenem siebzigjährigen Großvater mit dem großen Bart, der, von zwei Engeln begleitet, zu Abraham, dem Hausherrn in Ur, zum Frühstück kam und sich bei ihm festsetzte und den die Juden als Erbe übernahmen, später der Papst und zuletzt die Sachsen. Wenn Krischna sagt, er sei der einzige Gott, der Gebete erwidere, dann haben wir in der Tat unseren rechtgläubigen Gott aus dem Katechismus vor uns, welcher sagt: Ich bin der Herr, dein Gott, du sollst keine anderen Götter haben neben mir. Sira Jon hingegen sagt: Du sollst alle anderen Götter haben, nur nicht den Herrn, deinen Gott. Was soll man darauf antworten?

Wie es sich auch mit der Theologie verhalten mag, die Menschen am Gletscher finden jedenfalls Vergnügen daran, daß Sira Jon Scharen von freigehenden Pferden, von Schneeammern und sogar von Raben folgen, wenn er im Februar von Gehöft zu Gehöft geht, denn er deckt diesen Geschöpfen den Tisch. Der Sittenkodex, der das Verhalten Sira Jons bestimmt, dürfte vielleicht in der Kompassionstheologie des 12. Jahrhunderts zu suchen sein.

Über ein Leichenbegängnis auf dem Snæfellsgletscher. Ob obenerwähntes Leichenbegängnis gegen den Willen oder irgendwie mit Wissen des Pfarramtes stattgefunden hat, darüber verweigert der Gemeindepfarrer jede Auskunft. Herr Tumi Jonsen auf Brun, der Kirchenvorsteher, weicht der Frage aus. Von der Tochter des Vorstehers, einer Witwe im mittleren Alter, waren Name und Adresse des Mannes zu erfahren, der im Auftrag von Prof. Dr. Syngmann, den die Leute auf Brun »den Angler« nennen, auf den Gletscher gefahren sein soll. Es gibt keine Anzeichen für einen verheimlichten Todesfall am Gletscher zu der Zeit, als dieses Begängnis stattgefunden haben soll. Alle kamen auf gesetzliche Weise in die Erde, die dort etwas zu suchen hatten, in jenem Sommer wie auch sonst, obwohl Sira Jon, wie bereits gesagt, es oft anderen überläßt, die Grabrede für seine Pfarrkinder zu halten. Vielleicht sind die Leute hier auch nicht für große Leichenpredigten geschaffen, wenn sie auch sonst gesund und langlebig sind.

Unterredung mit dem Handlanger des »Grossisten«. Ihr Vertreter hatte heute nachmittag eine Unterredung mit dem Mann, auf den die Witwe Josefina Jonsen ihn aufmerksam machte, nämlich mit dem Dichter Jodinus Alfberg. Dieser Mann ist offenbar der Bourgeois der Gegend; er fährt einen Zwölftonner mit achtzehn Rädern, der die Straßen abnutzt wie fünfunddreißigtausend gewöhnliche Autos. Er scheint ein recht empfindliches Gewissen zu haben und schämt sich bis in den tiefsten Grund seiner Seele dreier Verbrechen, die vor sich und anderen zu rechtfertigen er keine Gelegenheit versäumt, nämlich

1. Arbeiter zu sein,
2. ein einfacher Mann zu sein,
3. Isländer zu sein.

Hingegen bildet er sich etwas darauf ein, daß er ein Dichter ist. Er hat das Palisanderlied gedichtet. Er sagte, er sei der Beauftragte des besagten Syngmann, den er den »Grossisten« nennt. Er sagte, er bekäme dafür bezahlt, daß er den Mund halte, aber da er Lohnempfänger sei, würde er auch gegen Bezahlung sprechen. Als wir uns trennten, sagte er diese Worte zu mir: »Es ist eine Leiche in dem Sarg.« Doch da er nichts bezahlt bekam, ist es ebenso wahrscheinlich, daß er nicht die Wahrheit sagte.

Ich bin der Ansicht, daß die Untersuchung dieser Angelegenheit anderen Stellen als dem Vertreter des Bischofs obliegt. Es ist unter der Würde des Bischofsamts, sich mit Skandalgeschichten abzugeben. Ich schlage vor, daß das Kirchenministerium die Angelegenheit mit einer entsprechenden Begründung dem Justizministerium übergibt; dort kann man dann nötigenfalls von sich aus eine polizeiliche Untersuchung veranlassen.

Zum Schluß: Unterzeichneter sieht keinen Grund für noch längeres Verweilen am Ort, weil, wie bereits gesagt, auf diesem Pfarrsitz keinerlei Einrichtungen für die Aufnahme von Gästen vorhanden sind. Weitere Recherchen, wie zum Beispiel Nachforschungen nach Toten auf dem Gletscher, könnten Aufgabe der Polizei oder der Pfadfinderbewegung sein, doch keine schickliche Arbeit für die geistlichen Behörden des Landes. Außerdem glaube ich verstanden zu haben, daß mir nur noch dieser eine Tag hier im Westen bewilligt ist, um meinen Auftrag zu Ende zu führen. Der Linienbus geht morgen vormittag um 11.45 Uhr von hier ab.

21. De pisteria

Frischer Fisch? Zweimal an diesem Tage glaubt Ihr Vertreter Fischgeruch bemerkt zu haben, der aus dem »alten Gehöft« drang, dem Teil des Hauses, bei dem noch alle Wände aus Grassoden bestehen. Dieser Geruch weckt Hunger bei einem Gast, der den ganzen Tag von den Gastgebern nicht zu Tisch gebeten wurde. Sollte das Fräulein heimlich Fisch essen? Elfenfisch?

Spät am Abend, als Ihr Vertreter die Punkte seines Berichts geordnet und den Inhalt in kurzen Worten zusammengefaßt hatte (vgl. das vorige Kapitel), stand Fräulein Stößeldora in der Tür des Gästezimmers und sagte: »Darf ich Ihnen vielleicht ein bißchen Kaffee anbieten?«

Es war schwer, die Hoffnung aufzugeben, daß es vielleicht auch Fisch gäbe oder wenigstens einen Bissen Brot. Unterzeichneter folgte dem Fräulein zum Gästezimmer. Leider gab es keinen Fisch. Der Tisch war »zwiegeelft«, doch nicht in der Bedeutung zweimal elf, sondern als ob Riesen sich damit befaßt hätten. Hier hatte man jenen Tisch, der beladen ist mit einem Überfluß an Delikatessen, wie in der Mariengeschichte – mit Ausnahme einer Delikatesse: genießbarem Essen. Eine reichgedeckte Tafel dieser Art verursacht durch ihr bloßes Vorhandensein bei einem hungrigen Menschen einen ähnlichen Brechreiz, wie ihn ohne Zweifel die Wurzeln von Leimkraut und Grasnelke in alten Zeiten hervorriefen, wenn Hungersnot in Island herrschte. Hinzu kam der Geruch von »Zichorie« (Löwenzahnwurzel), die statt Kaffee vorn in der Küche gekocht wurde. Jedoch fiel mir auf, daß die Verwendung schreiender Farben für den Kuchen seit gestern abend nachgelassen hatte. Die Kuchen waren jetzt nicht nur trockener und appetitlicher als früher, sondern es war auch eine ziemliche Beteiligung von demokratischem Kaffeegebäck zu verzeichnen; zum Beispiel lagen dort Judenkuchen, die eine gefällige Form haben, etwa so dick wie Austern sind, mit einem farblosen Klecks aus Eiweiß und Zucker obendrauf, der an etwas Eingetrocknetes erinnert, das zu nennen unnötig ist. Ebenso gab es Schürzkuchen in großer Anzahl, die gestern nicht vorhanden waren und die so ordinär, ja fast obszön aussahen, daß sie das Anstandsgefühl verletzen und die Gedanken auf die Schürzkuchenmutter in China lenken mußten, von der in den Zeitungen stand, daß sie einen halben Meter lang und dementsprechend dick und dreimal geschürzt wäre. Insgesamt waren seit dem gestrigen Abend sechs neue Kuchensorten hinzugekommen. Obwohl die genaue Beschreibung einer solchen Gesellschaft nicht eigentlich in diesen Bericht gehört, möchte ich doch nicht unterlassen, die Hauptveränderung hervorzuheben, die seit dem gestrigen Abend eingetreten war. Es hatte nämlich eine neue großartige Sache die Macht von den Kriegstorten übernommen, und das waren mit Schokolade überzogene Waffeln, Prinz-Polo-Kekse von genau der gleichen Art, wie sie Unterzeichnetem heute morgen beim Kirchenvorsteher angeboten wurden; sie werden speziell für die Isländer in Polen hergestellt. Ich verweise hinsichtlich dieser Kekse auf Vorsteher Tumi Jonsen. An und für sich ist es kein geringes Lob für die Moral einer Nation, wenn darauf hingewiesen werden kann, daß sie, als sie reich geworden war und Geld hatte wie Heu, nicht nach dem Beispiel anderer reicher Nationen verfuhr und werktags Braten und Pasteten und sonntags gepfefferte Pfauen aß, dazu Würz- und Rotwein trank, sondern sich nach der gesäuerten Blutwurst und dem Walfleisch vieler Jahrhunderte als einzigen Leckerbissen Prinz-Polo-Kekse leistete.

Frl. Stößeldora: »Gestern abend ist mir aufgefallen, daß der Bischof von fettem Kuchen mit Konfitüre nicht gerade begeistert war; deshalb habe ich verschiedene einfache Kuchen gebacken und ein paar Prinz-Polo-Kekse aus Akranes kommen lassen, die jetzt groß in Mode sind und in Reykjavik als die feinsten gelten.«

Vebi: »Danke, ich glaube, ich warte, bis der Hausherr Platz genommen hat.«

Frl. Stößeldora: »Der Hausherr? Sira Jon? Platz genommen? Wo?«

Vebi: »Ich hoffe, der Pfarrer läßt sich herab, mit mir zu essen.«

Frl. Stößeldora: »Es ist doch bloß ein bißchen Kaffee.«

Vebi: »Danke, ich trinke Kaffee gewöhnlich erst nach dem Essen.«

Frl. Stößeldora erstaunt: »Dem Essen? Wovon spricht der Bischof?«

Vebi: »Zum Beispiel von Fisch.«

Frl. Stößeldora: »Es ist hier am Gletscher nie Brauch gewesen, besseren Leuten Fisch aufzutischen. Ich möchte nicht die erste sein, die einem gebildeten Mann Fisch anbietet. Ich wäre im ganzen Bezirk verschrien.«

Vebi: »Warum?«

Frl. Stößeldora: »Warum? Es ist nicht fein.«

Vebi: »Was ist fein?«

Frl. Stößeldora: »Unter siebzehn Sorten ist hier nichts fein.«

Vebi: »Der Pfarrer dürfte doch ab und zu Fisch essen.«

Frl. Stößeldora: »Der Pfarrer nimmt sich etwas aus seiner Tasche, wo er gerade ist. Die Bauersfrauen schicken ihm manchmal ein Roggenbrot, um ihre Liebe zu zeigen. Die Kraftwagenfahrer hinterlegen mitunter etwas im Schuppen.

Die vom Kirchenland aus Fischfang betreiben, überlassen ihm hin und wieder ein Bund Fische als seinen Anteil für den Bootsliegeplatz, und er härtet den Fisch selber an alten Trokkengerüsten draußen in der Lava; manchmal ist sogar ein Heilbutt dabei. Seinen Speisetang trocknet er auf den Felsen. Und Wasser ist in den Bächen. Das kann man sagen: Der Pfarrer lebt von den Schätzen des Landes.«

Vebi: »Sie selber dürften doch aber kaum darum herumkommen, von diesem – hm – Stoff zu kosten – ab und zu, unauffällig.«

Frl. Stößeldora: »Welchem Stoff?«

Vebi: »F-fisch.«

Frl. Stößeldora: »Man hat es hier am Gletscher nie für schicklich gehalten, daß sich bessere Frauen in aller Öffentlichkeit über Fisch hermachen.«

Das Fräulein ging hinaus, und mir wollte es so scheinen, als sei sie mir böse. Diesmal blieb sie nicht nach Landessitte bei mir stehen, um das Gebäck in mich hineinzutreiben, sondern ich mußte mich allein der Mühe unterziehen, damit fertig zu werden. Vielleicht bedeutete diese Regelung einen Fortschritt. Vielleicht konnte ich hoffen, morgen oder übermorgen einen bescheidenen Bissen Brot zu erhalten. Ich bereute jedoch, das Schamgefühl der Frau verletzt zu haben, indem ich Fisch erwähnte. Doch jetzt begriff ich besser als vorher, daß eine solche Frau einen Elfenwidder gesehen haben mußte; ebenso, daß man Ursalei und Frauen ihres Schlages nie essen sah.

22. Geheimnisvolle Tageszeit

4.15 Uhr. Die Sonne steht am Himmel und scheint dem schlafenden Nachtgast des Pfarrers schon ins Gesicht. Er setzt sich auf die Bettkante, entschlossen, sich so schnell wie möglich davonzumachen, und beginnt sich anzuziehen. Ich halte es nicht für meine Pflicht, hier auch nur noch einen weiteren Tag mit Hunger und Durst zu verbringen wegen einer Sache, an der meines Erachtens kaum jemand ernstlich interessiert ist, am wenigstens diejenigen, die darin verwickelt sind; auch wird ein zusätzlicher Tag wahrscheinlich nicht viel zum gestrigen Tag hinzufügen, was die Rettung der Seelen in diesem Teil der Welt betrifft. Ich beginne, meine Apparate, Tonbänder und Stenogramme im Seesack zu verstauen, in der Hoffnung, daß ich mich auf nichts eingelassen habe, was mir Unannehmlichkeiten bereiten könnte, und daß man mich nie für etwas anderes halten möge als für einen unparteiischen Berichterstatter über christliches Leben am Gletscher.

Sollte Sira Jon Primus meinetwegen aus dem Haus geflohen sein, so bitte ich, ihn zu grüßen. Sollte Fräulein Stößeldora mir wegen inhumaner Einstellung zu Kuchen böse sein, so muß sie das mit sich selber ausfechten. Ich glaube, daß ich von keinem hier auf der Pfarre abhängig bin; ich hoffe, daß schließlich das Kalb das Gebäck in seinen Trank gebrockt bekommt. Ich habe mir vorgenommen, den Morgen auszunutzen, an die Felsenküste am Rand der Hauswiese zu gehen und zu hören, was die Kolonie der Dreizehenmöwen zu sagen hat, die Ansiedlung, in der vieles von dem, was in meinem Bericht zu lesen ist, millionenmal öfter geschieht. An den Felswänden der Küste – die Hauswiese des Pfarrers reicht, wie bereits gesagt, an einer Stelle bis an den Abgrund heran – wohnt eine Million Dreizehenmöwen, meint Sira Jon. Doch es scheint mir ebensogut möglich, daß die Zahl dieser weißen Bewohner der schwarzen Felswände sieben Millionen beträgt. Die Vögel haben ihre Nester bezogen und zu legen und zu scheißen begonnen. Die kohlschwarzen steilen Felsen sind weiß von ihren Exkrementen. Die Leute, die die Großstädte der Welt lieben, würden sich ohne Zweifel glücklich schätzen, wenn sie für den Rest ihres Lebens hier sitzen dürften.

Das Geschrei dieser Vögel ist eine Funktion ihres Fluges, denn wenn sie sitzen, sind sie still. Ihr Gekreisch ist Ausdruck jenes Glücks, das diese geheimnisvolle Tageszeit zwischen drei und sechs Uhr morgens erfüllt. Der Klang ist weich und voll zugleich, kraftvoll, sicher, rhythmisch. Oder beschreibe ich vielleicht das Hörvermögen des Mannes, der jung und gesund aufgewacht ist, während der Morgen offiziell noch nicht angebrochen ist und alles menschliche Leben noch schläft? Dann und wann tritt Totenstille ein. Sind es Kunstpausen? Oder ist eine böse Nachricht eingetroffen?

Das Ei auf der äußersten Kante ist das Bankkonto, das Statussymbol und Bekenntnis dieses Völkchens. Die Frau schmiegt sich an ihren Mann, was auch immer geschieht. Es ist, als wären ihre Sinne ausgeschaltet. Viele sitzen stundenlang regungslos da und scheinen Kopfrechnen zu üben. Einige schweben aus unerklärlichen Gründen ohne jede Anstrengung vor der Felswand über der Tiefe, wie Schneeflocken bei Windstille. Vielleicht halten sie Ausschau nach ihrem Feind, dem Eissturmvogel. Die Dreizehenmöwe gehört zur Gattung larus und hat den Artnamen tridactylus. Es ist, als blickte man in eine andere Welt. Es ist, als zeigten sich einem vernunftbegabte Wesen der Spiralnebel. Manchmal scheinen sie aus einem geistlosen Buch vorzulesen, eine Vorlesung zu halten oder sogar aus der Hauspostille vorzustottern; einzelne alte Frauen zetern währenddessen leise mit sich selbst. Doch wenn bei dem schönen Wetter gerade alle der Schlummer überkommen will, erhebt irgendeiner, doch wahrscheinlich nicht immer derselbe, seine Stimme, denn ihm ist etwas Merkwürdiges eingefallen, wie er da bei seiner Frau und dem Ei saß; wer weiß, ob er nicht im Einschlafen eine patriotische Anwandlung bekommen hat und sie jetzt von sich gibt: O Island, erwache. Ein anderer hat plötzlich eine Idee und will sofort die Welt erlösen und fliegt auf mit den Worten: Alles ist besser als passiv sein! Wieder ein anderer verschafft sich laut Gehör, nur weil er einen Witz erzählen will. In der nächsten Sekunde umgibt tiefes Schweigen den Fels.

23. Hirten

Nun soll der Faden dort wieder aufgenommen werden, wo wir ihn fallen ließen: Drei Hirten aus fernen Landen waren hierhergekommen. Unterzeichneter sah sie gestern nur einen Augenblick lang, als sie aus Jodinus Alfbergs Zwölftonner stiegen und sich auf der Hauswiese um Stößeldoras Kalb setzten. Es gehört nicht zum Aufgabengebiet des Unterzeichneten, bärtige Männer zu beobachten. Der Bungalow und seine Leute gehören nicht zu meinen Lebensinteressen.

Als ich in einer Senke unterhalb der Hauswiese stand und nach beiden Seiten Ausblick auf die Felswände hatte, wollte es mir so scheinen, als hätte ein Steinhagel auf die Vogelkolonie eingesetzt. Vom Felsenrand an der Westseite der Senke wurden Steine nach der Felswand an der Ostseite geworfen, dorthin, wo sie am dichtesten bevölkert war. Einige Steine verfehlten ihr Ziel, doch schließlich wurde ein Vogel getroffen, fiel verwundet aus einer Felsennische und verendete hilflos im Meer. Zwei oder drei Vögel, die diesem am nächsten saßen, flogen erstaunt auf, doch sie setzten sich wieder, und das Unglück erregte keine allgemeine Aufmerksamkeit am Fels. Es war aber doch ein Vogel getötet worden. Als ich nach der Ursache Umschau hielt, sah ich die drei Männer auf der Felskante sitzen.

»Wir sind liebevolle, blumenliebende Affen«, sagte der Bärtige, der das Wort führte und Collegeenglisch sprach, wobei er den Mund nach amerikanischer Art bewegte. Dicht neben ihm saß ein Mann mit einer Blumenkrone auf dem Kopf, wie sie in der alten isländischen Literatur als Garland oder Schapel bekannt ist; mein Gesprächspartner riß eine Blume aus dem Schapel dieses Mannes und warf sie mir zu. Die Blume war nicht echt. Das tote Lächeln des Blumenträgers hingegen war echt; meißelförmige, ebenmäßige weiße Zähne, wie Zähne von Menschen, die in Ländern, wo Unruhen normal sind, aus dem Schatten der Mangobäume lächeln. Das Weiße in seinen schwarzen, glänzenden Augen war von derselben Art; sein Bart war blauschwarz, seine Hautfarbe in der Mitte zwischen Schokolade und Milchkaffee. Er saß in Buddhastellung mit dem Blumenkranz im Haar auf der Felskante, den Rücken zum Meer, das Gesicht zum Gletscher.

Der dritte Krausbart lag auf den Knien, mit den Hacken am Gesäß, zupfte recht kraftlos an den Saiten einer Art Laute und blickte dabei starr auf das Instrument, gespannt auf das, was käme, erhob sodann seine Augen zum Himmel und blickte dem entschwindenden Klang nach. Bevor er von neuem ansetzte, schaute er murmelnd in sein Instrument, als ob er etwas verloren hätte, hörte aber mit seiner Musik nie gänzlich auf.

Unbegreiflich, daß man so struppige, schlecht beschuhte und in Lumpen gehüllte Männer durch die Ausländerkontrolle gelassen hat! Solche Leute kommen in Island nur noch in der alten Literatur und in den Volkssagen vor und in modernen Romanen und Dramen einzig durch den Anachronismus der Schriftsteller. Sie hüten Schafe bei Schneesturm, ringen zu Weihnachten mit Gespenstern und gehen um, nachdem ihnen das Trollweib das Rückgrat gebrochen hat. Von ihnen stammt die Forderung in Island, daß die Menschen ihr Essen haben sollten und keine Ausflüchte. Wenn auch Gespensterriesen seit vielen Jahrhunderten ausgestorben sind, so liegt es doch in der Natur von uns Isländern, daß uns diese Menschen bekannt vorkommen, wann immer wir sie sehen, sogar wenn sie in Bettlerkleidung mit Laute und Blumenkranz auftreten.

Der Vertreter des Bischofs fragt, ob diese liebevollen, blumenliebenden Affen nicht Winterweide-Schafhirten seien (engl. winter pasture shepherds).

Erster Hirt: »Ich bin Saknussemm der Zweite, der berühmte Goldmacher, der einzige, der die Geheimnisse des Snæfellsgletschers kennt – wiedererschaffen in Kalifornien. Der Blumenträger ist Epimenides. Er schweigt. Er schläft seit siebenundfünfzig Jahren. Er spricht nicht einmal im Schlaf. Doch im Schlaf erweckt er Insekten zum Leben oder tötet sie mit den Augen. Wenn er aufwacht, wird er sprechen. Und Schiwa wird aufhören zu tanzen. Der Lautenschläger, das ist der Tropfen; der Tropfen der Erdgeschichte.«

Vebi: »Wer hat euch getauft, mit Verlaub?«

Saknussemm II.: »Lord Maitreya, der uns durch kosmobiologische Induktion Leben in Menschengestalt gegeben hat, hat uns mit der Erdgeschichte sowohl im theologischen als auch im historischen Sinn verbunden, und er hat uns auch getauft. Er ist unser Herr und Meister.«

Vebi: »Ist dieser Lord ein Mensch oder was sonst?«

Saknussemm II.: »Er ist ein Bodhisattwa.«

Vebi: »Hat er etwas gegen diese Vögel?«

Saknussemm II.: »Sie gehören ihm.«

Vebi: »Warum ärgert ihr diese Vögel?«

Saknussemm II.: »Sie sind dort.«

Vebi: »Haben diese Vögel Ihnen etwas getan?«
Saknussemm II.: »Ich habe sie noch nie gesehen.«
Vebi: »Wißt ihr, was für Vögel das sind?«
Saknussemm II.: »Habe ihren Namen nie gehört.«
Vebi: »Warum wollen Sie diese Vögel töten?«
Saknussemm II.: »Weil wir sie lieben, Sir.«
Vebi: »Ich verstehe nicht.«
Saknussemm II.: »Warum reißen wir Blumen ab? Haben die Menschen etwas gegen sie? Zutiefst in uns ist etwas, das ihnen entspricht. Sie sind zu gut, um zu leben. Wir reißen sie ab und binden uns aus ihnen einen Kranz, weil wir sie lieben.«
Vebi: »Es ist ganz lehrreich, Sie predigen zu hören, Sir.«
Saknussemm II.: »Warum schießen Menschen Tiere? Weil die Menschen sie lieben, weil sie sie lieben wie sich selbst, so heiß, daß sie sie essen können. Die Blume wohnt wehrlos zutiefst in dir selbst.«
Vebi: »Sollen das Argumente für das Töten von Vögeln sein?«
Saknussemm II.: »Wenn jemand nicht versteht, dann deshalb, weil er Schiwa nicht versteht.«
Vebi: »Wer ist Schiwa?«
Saknussemm II.: »Schiwa bedeutet die Erschaffung der Welt und die Vernichtung der Welt. Erschaffen, das ist zerstören. Leben erzeugen, das ist Leben vernichten.«
Vebi: »Wo steht das?«
Saknussemm II.: »Dies beides, das gleichzeitig geschieht, heißt der Tanz Schiwas, unseres Gottes.«
Vebi: »Wie ich höre, kommen Sie aus den Vereinigten Staaten. Was wollen Sie hier?«
Saknussemm II.: »Wir Brüder sind Lebenserwecker. (NB: Er sagte allerdings: ›We are bioinductors‹, ein Wort, das Unterzeichneter noch nie gehört oder gedruckt gesehen hat.) Wir sind hierhergekommen, um in den Snæfellsgletscher Leben zu induzieren.«
Vebi: »Durch das Töten von Vögeln?«
Saknussemm II.: »Vögel zu töten ist genauso ein Spiel wie der Krieg.«
Vebi: »Warum reist ihr Amerikaner in fremde Länder, um Vögel zu töten?«

Saknussemm II.: »Krieg war schon immer das Hauptvergnügen des Menschengeschlechts. Andere Vergnügungen sind nur Surrogate für Krieg. Was sind die Olympischen Spiele? Bullshit.«

Vebi: »Es ist schändlich, sich ein Vergnügen daraus zu machen, wehrlose Geschöpfe zu töten.«

Saknussemm II.: »Es war schon immer ein beliebter Sport, die Schwächeren anzugreifen. Die Versuchung, es mit ihnen aufzunehmen, ist riesengroß – ganz gleich, ob sie weiß, schwarz oder rot sind. Bittere Enttäuschung, wenn sich herausstellte, daß sie sich wehren konnten; schmerzhaft, wie wenn man sich an einer Rose sticht.«

Vebi: »Wenn jemand einen Schwächeren angreift, so gilt er hierzulande als Feigling und Unmensch.«

Saknussemm II.: »Bullshit. Der wirklich Schwächere lebt zutiefst in mir selbst. Er und deine Blume sind ein und dasselbe. Solange diese Blume in dir lebt, stehst du schutzlos da. Wehrlose Menschen kennen nur das Vergnügen, wehrlose Menschen zu töten. Von allen Lebewesen, die der Mensch zu seinem Vergnügen tötet, gibt es nur eins, das er aus Haß tötet: den anderen Menschen. Nichts haßt der Mensch so sehr wie sich selbst. Deswegen wird der Krieg der Aussatz der Menschenseele genannt.«

Vebi: »Ich fürchte, dies ist nur die halbe Wahrheit, guter Mann. Zumindest gefällt mir dieser Ausdruck nicht. Ich bin Theologe. Die Seele hat keinen Körper.«

Saknussemm II.: »Die Menschenseele liebt die Aussätzigen so heiß, daß sie viel dafür geben würde, wenn sie sie alle umbringen könnte und zugleich sich selber. Warum marschierten die Deutschen hurraschreiend und singend nach Stalingrad? Weil die Russen das einzige Volk sind, von dem die Deutschen hoffen, daß sie noch größere Jämmerlinge sind als sie selber. Warum fahren wir Amerikaner um die halbe Welt mit den raffiniertesten Gewehren der Weltgeschichte, um nackte Bauern in einem Land niederzuschießen, von dem wir nicht wissen, wie es heißt? Deshalb, weil wir diese Menschen lieben wie uns selbst. Wir bewundern sie. Wir bezahlen gern eine Million Dollar für die Möglichkeit, einen Bauern niederzuschießen. Wir sind bereit, die letzte Goldmünze aus unserem Tresor herauszugeben, nur um einen Bauern niederschießen zu können.«

Vebi: »Ich rate euch, das nicht laut zu sagen.«

Saknussemm II.: »Sie verstehen uns nicht, weil Sie außer acht lassen, daß wir im Grunde unserer Seele selber nackte Bauern jenseits fremder Meere sind. Wir sehnen uns danach, den nackten Bauern in uns selbst zu töten. Es ist unser Glaube, daß der, welcher mit einem raffinierten Gewehr einen nackten Landmann tötet, der größte Mensch der Welt ist.«

Vebi: »Ich habe immer gehört, daß es im Krieg nur eine gute und eine schlechte Sache gibt.«

Saknussemm II.: »Bullshit.«

Vebi: »Mit Verlaub, sind Sie Anarchist, Sir?«

Saknussemm II.: »Fußball besteht aus einem Ball und einer Übereinkunft. Wenn zwei Hunde sich beißen, teilen sie miteinander dieselbe Idee, denselben Glauben. Im Krieg gibt es nur die Sache des Krieges, und die ist, Krieg zu führen. Wer aussätzig ist, dessen Sache ist es, aussätzig zu sein. Die Sache des Aussatzes ist es, Aussatz zu sein. Schiwa tanzt. Because I love you. Bekennt, liebe Brüder!«

Mir war klar geworden, daß ich mich hier mit einem Rabulisten herumstritt.

Der Lautenschläger, der den Namen »Tropfen« trug, beugte sich noch tiefer über sein Instrument, um dessen leisen Ton durch das Geschrei der Vögel hindurch zu vernehmen. Der Yogi Epimenides, der seit siebenundfünfzig Jahren schlief und das schöne Antlitz der ewigen Unruhen Indiens trug, erhob sich feierlich, als wollte er sich auf eine wichtige Reise begeben. Doch er drehte sich nur halb herum. Danach setzte er sich wieder am Felsenrand auf seine Hacken und lächelte im Schlaf über das weite Meer, doch der Gletscher war hinter ihm verschwunden.

24. Der Fuchs gefunden, der Schimmel wieder entlaufen

Eine gute halbe Stunde, bevor mein Linienbus abfährt, sehe ich, daß der Gemeindevorsteher der Langenseer, Bauer Helgi auf Torfhvalastadir, unschlüssig auf dem Hofplatz steht und ein fuchsrotes Pferd am Zaum hält. Endlich entschließt er sich, am Pfarrsitz anzuklopfen, doch das Klopfen ist nicht bis in das alte Gehöft zu hören, zumindest gelangt es nicht an das lederne Ohr von Fräulein Stößeldora. Da geht der Nachtgast des Pfarrers zur Tür und begrüßt den Gemeindevorsteher der Langenseer.

Langenseer: »Tja, Glück und Segen, Vizebischof! Welch ein Glück für mich, daß nicht alle kirchlichen Beamten in alle Winde verschlagen sind. Obwohl ihr wenig entgegenkommend seid, rechne ich noch immer mit eurer Hilfe. Ich komme zurück auf die Kleinigkeit, die ich gestern morgen beim alten Sira Jon anschnitt.«

Vebi: »Ich freue mich mit Ihnen, daß Sie den Fuchs schon gefunden haben.«

Langenseer: »Tja, das ist nun so eine Geschichte. Als ich heute morgen aufwache, hier weiter südlich an der Küste, wo ich mit beiden Pferden übernachtet habe, wahrhaftigen Gotts, ist da nicht der Schimmel wieder entlaufen! Pferde zieht es stets zu den Stellen, wo sie am wenigsten zu fressen finden, hinein in Seitentäler, hinaus auf Landzungen, wo nicht einmal ein Spatz etwas in seinen Schnabel bekommt. Jetzt bin ich wieder unterwegs, um meinen Grauen zu suchen, denn beide sind für eine Gletscherwanderung morgen früh versprochen. So ist die Welt. Gott sei Lob und Dank, daß ich doch sozusagen den Bischof angetroffen habe. Nun sage ich, wie es in der Bibel steht: Ich lasse dich nicht, du segnest mich denn.«

Vebi: »Ich bin im Begriff, nach Reykjavik abzureisen.«

Langenseer: »Ach, wie schade, daß man nie Gelegenheit hat, mit euch aus dem Südland in Ruhe zu plaudern, wo ich doch eine ganze Menge mit euch zu disputieren habe; doch alles in Güte.«

Vebi: »Bitte, kommen Sie doch herein, ich bin mit dem Pakken fast fertig. Hier gibt es wenig Sitzgelegenheiten, aber Sie können sich auf meine Bettkante setzen. Doch ich befürchte, daß wenig herauskommt, wenn man mit einem Mann disputiert, der keine besondere Erleuchtung hat, nicht einmal einen ordentlichen Spleen. Ich tauge nicht mal dazu, einem Mann zu helfen, ein entlaufenes Pferd zu finden.«

Langenseer: »Wie Sie sicher wissen, ist der Meister in der Gegend.«

Vebi: »Was für ein Meister?«

Langenseer: »Der große Meister.«

Vebi: »Ach ja.«

Langenseer: »Als der Meister sich das letzte Mal hier aufhielt, ließ er von zwei zuverlässigen Männern – wir wollen doch hoffen, daß sie zuverlässig sind – einen kleinen Kasten auf den Gletscher transportieren. Einen Schrein. Der eine dieser Männer war ich mit meinen Pferden, der andere war Jodinus.«

Vebi: »Ich weiß, was in dem Kasten war. Es wäre interessant zu erfahren, wann das Kirchenministerium die Erlaubnis für diesen Transport gegeben hat.«

Langenseer: »Vielleicht hat man nicht daran gedacht.«

Vebi: »Wurde diese Person umgebracht, oder was war?«

Langenseer: »Damit hatte ich nichts zu tun. Ich durfte nie in den Kasten hineinsehen. Ist das nicht auch nebensächlich? Die Hauptsache scheint mir zu sein, daß der Meister jetzt wieder da ist samt seinen Untermeistern, drei Lebenserweckern – ich hoffe, ich sage nichts Falsches –, hohen Wiedergeborenen, um das Werk zu vollenden. Binnen kurzem wird dieser Körper mit Leben erfüllt werden. Für die Arbeit brauchen wir eine Kirche. Aber Sira Jon will die Kirche nicht öffnen.«

Vebi: »Er hat sie gestern geöffnet.«

Langenseer: »Er hat sie bereits wieder zugenagelt. Ich sehe keinen anderen Weg, als mich an Sie als den Bischof zu wenden.«

Vebi: »Den Kasten können Sie mir nicht aufbuckeln, sagte der Mann, der es ablehnte, Grettir aufzunehmen. Auch habe ich nicht die Vollmacht, irgend jemand diese Kirche zu leihen. Zuallerletzt zu solchem Zweck. Das Christentum hat seine Auferstehung ein für allemal gehabt. Außerdem will mir scheinen, daß hier eine Art mechanische Auferstehung durchgeführt werden soll. Dafür sind Kirchen nicht da. Wenn ich den

Bischof von Island telegraphisch oder telefonisch um die Erlaubnis bäte, die Kirche zu diesem Zweck zu benutzen, würde er denken, ich hätte den Verstand verloren.«

Langenseer: »Hat der Bischof denn nicht die Bücher von Gudmundur Sigmundsson gelesen?«

Vebi: »Das weiß ich nicht.«

Langenseer: »Manch einer ist sicherlich der Meinung, die Kirche würde weiterhin genausogut dastehen, auch wenn in ihr ein Versuch durchgeführt würde, der ohne Übertreibung das Weiterleben auf der Erde betrifft. Wenn es möglich wäre, die Auferstehung des Lebens in so einer Kirche stattfinden zu lassen, wäre das fein, meine ich.«

Vebi: »Es ist nicht gerade eine großartige Kirche.«

Langenseer: »Ich garantiere, daß der Bischof nur ein Wort zu sagen braucht, und der Meister läßt hier ein Gotteshaus errichten, das würdig ist, der Dom des Gletschers zu heißen und Verbindung mit den Spiralnebeln aufzunehmen.«

Vebi: »Was für eine Verbindung haben denn eigentlich Sie selber?«

Langenseer: »Ich habe die gleiche Verbindung mit dem Meister, die der Mond mit der Sonne hat.«

Vebi: »Wo haben Sie diesen Meister aufgegabelt?«

Langenseer: »Als Gudmundur Sigmundsson nach mehr als dreißigjährigem Aufenthalt im Ausland hierher ins Westland kam, wurde ich dafür gewonnen, ihn zu Pferd auf Angeltouren zu begleiten, ihm die Flüsse zu zeigen, ihn an die Kolke und Stromschnellen zu führen, ihm seine Sachen zu tragen.«

Vebi: »Das Bild, das ich jetzt an einem Tag von diesem Mann gewonnen habe, ist dem verdächtig ähnlich, das sich vier Blinde vor langer Zeit von einem Elefanten machten – ich glaube, in Indien.«

Langenseer: »Ich glaubte auch, er wäre ein Mensch wie jeder andere, ein Angler und Großkaufmann, bis er seine Broschüre herauszog, die damals noch ein Manuskript war – da sah ich, was los war. Also, es war ein ungebildeter Landlehrer der alten Schule, der ihm den Text korrigieren half, denn der Meister war nach all den Jahren nicht mehr imstande, in seiner Muttersprache einen sauberen Stil zu schreiben. Ich war auch derjenige, der im Herbst mit dem Büchlein nach Reykjavik fuhr und es drucken ließ und die Druckkosten auf Heller und Pfennig bezahlte. Ich war es, der das Büchlein verkaufen und das, was einkäme, als Entgelt für meine Mühe bekommen sollte. Denn, wie es in dem Büchlein heißt, in Island herrscht Protomorie und Heteromorie und Dysexelixis. Niemand versteht etwas von Bioradiophonie oder von Astrotelekinesis. Und die Diexelixis ist bei der Regierung nicht gut angeschrieben. Ich bin der Mensch, der als einziger ausersehen war, dieses Büchlein zu verstehen und dadurch erlöst und wiedergeboren zu werden.«

Vebi: »Und der Dichter Jodinus Alfberg?«

Langenseer: »Jodinus baute das Haus und fuhr das Palisanderholz an. Doch kaum jemand wird einen Heiligenschrein auf einem Zwölftonner auf den Snæfellsgletscher fahren. Für so etwas ist ein kleiner Mann erforderlich, der Pferde besitzt. Wenn ich auch bloß Ratsvorsitzender einer toten Gemeinde bin, ich garantiere, daß der Bischof für die Kirche jede Miete bekommt, die er fordert.«

Vebi: »Wir setzen die Sache von der Tagesordnung ab. Es ist besser, Sie machen sich auf die Suche nach dem Pferd.«

Das sonnige Lächeln des Gemeinderatsvorsitzenden gleicht eher dem Hochsommer als der für das Schaf unsicheren Zeit zwischen Heufütterung und frischem Gras. Unterzeichneter meint, daß ein Mann, der Pferde sucht, weder für sich noch für andere die Gelegenheiten dazu versäumen sollte. Doch er hört nicht auf zu brabbeln.

Langenseer: »Es könnte sein, daß die Weltgeschichte vom morgigen Tag ab hier am Gletscher eine andere Richtung nimmt.«

Vebi: »Um so besser, wenn dann die Pferde wieder da sind.«

Langenseer: »Ich vertraue auch darauf, daß Sie als junger Mann, Christ und Bischof es sich zweimal überlegen, ehe Sie ein solches Ereignis von der Kirche fernhalten; denn trotz allem ist sie eine heilige Stätte.«

Vebi, den es wurmte, daß er dauernd Bischof genannt wurde: »Lieber, hochgeehrter Vogt, Schulmeister, Erbhofbauer und Torfwal dort im Langenseetal! Wenn der Glaube, durch den Sie erlöst worden sind, eine andere Auferstehung lehrt als das Neue Testament, warum vergraben Sie Ihren Wal nicht selber im Torf auf Torfhvalastadir und lassen ihn dort auferstehen?«

Langenseer: »Der Meister stellt besondere Forderungen im Interesse des Lebens, und ich nehme an, daß sie im Kirchenministerium nicht ganz unbekannt sind.«

Vebi: »Was für Forderungen sind das?«

Langenseer: »In dem Büchlein von Gudmundur Sigmundsson wird Gewicht auf das heilige Recht des irdischen Lebens auf himmlische Mitbestimmung gelegt.«

Vebi: »Soweit ich mich erinnere, sind dies die Forderungen der Landwirtschaft an die Staatsmacht.«

Langenseer: »Mein Meister wird von seinen lieben Jüngern und Anhängern Lord Maitreya genannt.«

Vebi: »Dann scheint es mir wahrscheinlicher, daß die Angelegenheit an das Außenministerium weitergeleitet worden ist. Übrigens würde es mich interessieren, warum diese Bronchos nicht bei sich am Äquator bleiben oder wenigstens in der heißen Zone, wo die Irrlehren nicht einfrieren.«

Langenseer: »Geisterseher wissen schon lange, daß nicht alle Orte gleich empfänglich sind für die Nähe des Geistes. Von den Stätten aus, die das Allwissen sich zur Wohnstatt genommen hat, kann der Menschengeist die Große Verbindung aufnehmen, wenn er überhaupt fort kann und wenn er sich Mühe gibt. Island ist eins der Gebiete dieser besonderen Nähe; man wußte das sogar schon im Mittelalter, als noch die Hölle in Island war. Hier gibt es besondere Stellen, wo die Allweisheit in den Elementen selbst greifbar ist; Stellen, wo das Feuer zu Erde, die Erde zu Wasser, das Wasser zu Luft und die Luft zu Geist geworden ist.«

Vebi: »Ich dachte, es wäre umgekehrt.«

Der Langenseer kommt vom alten Lehrerseminar und hat Algebra auf dänisch nach Pedersen gelernt: Faktorernes orden er ligegyldig, die Reihenfolge der Faktoren ist gleichgültig. Die Hauptsache ist, daß man hier am Gletscher die Zugochsen der Unsterblichkeit vor den Seelenpflug spannen kann: Wir sind in der Großen Verbindung, und der Urquell des Lebens ist in unserer Gewalt.

Vebi: »Ich habe Ihretwegen meinen Bus verpaßt und stehe nun da. Wir wollen uns trotzdem einigen. Ich warte, bis ihr morgen mit dem Schrein vom Gletscher kommt. Sie öffnen ihn. Und wenn der Inhalt die Theologie angeht, werde ich dafür sorgen, daß die Kirche sich um ihn kümmert. Und jetzt gehen Sie den Schimmel suchen.«

Langenseer: »Ich nehme dies als eine Zusage von seiten des Bischofs, ich wünsche Ihnen dafür alles Gute und Gottes Lohn, und gern möchte ich Sie zu meinen Freunden zählen.«

Bauer Helgi auf Torfhvalastadir verabschiedet sich von Unterzeichnetem mit einem Kuß und reitet auf dem Fuchs los, um den Schimmel zu suchen. Mit neidischem Blick sehe ich diesem streitlustigen, doch keineswegs unangenehmen Mann nach, der zwar seine Rosse verloren hatte, dafür aber ein weitaus größeres Roß eingehandelt hatte als sonst ein Mensch. Hoffentlich landet ein solcher Mensch nicht auf einem der Sterne in den Spiralnebeln, die hunderttausendmal größer sind als die Erde und wo es demzufolge hunderttausendmal schwieriger ist, seine Pferde zusammenzuhalten, nicht davon zu reden, sie wiederzufinden, wenn sie entlaufen sind.

Jetzt bleibt mir wahrscheinlich nichts anderes übrig, als mir von Fräulein Stößeldora Kaffee und Kuchen verabreichen zu lassen.

25. Bewirtung mit gehärtetem Heilbutt

Sira Jon Primus sprach am Abend seinen Nachtgast an, als dieser auf der Bettkante saß und noch in seinen Aufzeichnungen las.

»Leute aus dem Südland haben mir gehärteten Steinbutt geschenkt. Mögen Sie das?« sagte der Gemeindepfarrer.

Sonderbar, »das« von gehärtetem Steinbutt zu sagen. Gewiß haben wir keinen Partitiv wie im Französischen, doch eine höflichere Sprache und besseres Isländisch wäre es, wenn man zum Beispiel sagte: »Man hat mir Fisch geschenkt, darf ich Ihnen davon anbieten?«

Sira Jon Primus: »Das Kilo zehn Pfund Sterling, sagten sie: das teuerste Essen der Welt nach dem Mammutfleisch in den Tundren.«

Er ging mit mir in das Besuchszimmer, das vor Leere widerhallte, seit die Schubladen aus den Möbeln des Hauses im großen Schneefrühling ins Feuer gewandert waren. Dann reichte er mir einen Streifen von diesem weißen, guten Hartfisch.

Vebi: »Mir scheint, daß man sehr wohl ein größeres Wort als ›das‹ für eine Delikatesse hätte wählen können, die zehn Pfund Sterling das Kilo kostet.«

Wir kauten eifrig den gehärteten Heilbutt.

Sira Jon: »Ich hoffe, daß ein so guter Fisch in den Bericht kommt.«

Vebi: »Es ist die Frage, ob das Essen eines Berichterstatters in den Bericht gehört. Lukas hat die Apostelgeschichte aufgezeichnet, aber es steht nicht darin, was er dabei gegessen hat.«

Sira Jon: »Leider.«

Wir saßen auf Lattenbänken ohne Lehnen einander am Plankentisch gegenüber; dort pflegte Fräulein Stößeldora ein Tischtuch aufzulegen, wenn sie Kaffe und Kuchen reichte. Zum Glück ist es nicht Brauch, Hartfisch an gedeckten Tischen zu essen; Hartfisch ist räumlich jenseits von Messer und Gabel und zeitlich in der Steinzeit oder wenigstens im Mittelalter. Als Frl. Stößeldora durch den Raum ging und dieses Treiben sah, konnte sie sich folgender Worte nicht enthalten:

»Gott im Himmel helfe und vergebe dem Gemeindepfarrer, daß er einem ordentlichen Menschen Fisch anbietet, noch dazu einem aus der Hauptstadt, ja gewissermaßen dem Bischof! Und jetzt ist der Doktorprofessor auch noch gekommen, vielleicht will man auch ihn an dem steinharten Stockfisch herumnagen lassen! Und dabei ist er so ein Wrack! Wenn er anklopft, gehe ich nicht einmal zur Tür; fällt mir nicht ein, zur Tür zu gehen, wenn ich nicht wenigstens fünfunddreißig Sorten habe. Darf ich noch hinzufügen, daß ein dreistes Schaf hier auf den Hofplatz gelaufen ist und die Butterblumen wegfrißt; sein Lamm hat es natürlich verloren. Und der Professor stakst auf der Hauswiese herum und verängstigt mir das Kalb, ebenso wie die dänischen Menschheitserlöser, die jetzt hier sind.«

Sira Jon: »Glücklicherweise sind immer, wenn die Menschheit erlöst wurde, Schafe zugegen gewesen, liebe Stößeldora.«

Frl. Stößeldora: »Ich für mein Teil sage, wenn hier etwa noch Professoren und Doktoren zu den Bischöfen und Erlösern hinzukommen und das arme Kalb umkommt, dann mache ich das Haus zu, und keiner kriegt etwas von mir, ob ich nun lebe oder tot bin, daß Sie es wissen, Sira Jon.«

26. Verbindung mit den Spiralnebeln (Intergalactic Communication)

Prof. Dr. Godman Syngmann, alias Gudmundur Sigmundsson, stammt, wie bereits gesagt, von Kaufleuten, Vögten oder Bezirksvorstehern aus Handelsorten weiter westlich ab. Er ist ein großer, kräftiger älterer Mann, nicht zu dick, doch mit auffällig breiten Schultern; er geht schon etwas gebeugt; wahrscheinlich würde er seine drei Ellen groß sein, wenn man ihn streckte. Er setzt die Zehen nach außen und hat einen kurzen, dicken Hals, wie gewisse Meeresvögel auf dem Land, zum Beispiel die Trottellumme und ganz besonders der Pinguin. Beim Gehen drückt er die Knie durch. Sein Gesicht ist sehr groß. Seine Augen haben den feuchten Glanz der Schlange. Für einen älteren Mann ist das Haar schön gewellt und dicht, von brauner Farbe; es lebt sein eigenes Leben wie der Bart des heiligen Olafs nach seinem Tode; grauer Zahnbürstenbart. Die Unterlippe ist an der einen Seite ausgebuchtet; bei Hunden sagt man, sie fletschen die Zähne; vielleicht hatte der Professor dort einmal einen vorstehenden Zahn, der gezogen wurde und so etwas wie eine Bortenfalte auf der Lippe hinterließ; vielleicht hatte der Professor auch irgendwann einmal die Zähne zu sehr zusammengebissen. Das leere Besuchszimmer des Pfarrers wurde von diesem Mann allein ausgefüllt, er bewegte sich jedoch nicht viel, zumindest nicht mehr als nötig; sogar seine Handbewegungen waren gemessen; vielleicht hatte er lange Übung darin, sich zu beherrschen, oder aber es waren lediglich Anzeichen des Alters. Seine Sätze waren kurz und knapp, wenn er sprach. Die Worte wurden begleitet vom Anflug eines Lächelns, als rechne der Sprecher damit, daß der Angesprochene ihnen nicht gerade große Bedeutung beimaß. Er kniff die Augen zusammen und sah seinen Gesprächspartner von der Seite an wie ein Experimentator, der den Zeiger eines Meßgeräts beobachtet, während er etwas in der Retorte brodeln läßt. Dr. Syngmann trug eine lange, weite Joppe und einen verschossenen, verknitterten Hut, der eingelaufen, viel zu klein und mit Kunstfliegen, Blinkern und farbschönen Blechfischchen gespickt war. »Hallo, John« – mit diesen Worten grüßte Dr. Syngmann und bewegte den Mund wie ein alter Amerikaner; er war ein bißchen heiser.

Sira Jon Primus: »Mundi? Nein, du hier? Na so was. Stößeldora ahnte das. Immer noch mit den Zehen nach außen.«

Dr. Syngmann: »Und du nach innen.«

Sira Jon: »Ja, ich stoße ständig mit den Zehen an meine Hakken. Der selige Sira Jens auf Setberg pflegte zu sagen, daß Leute, die die Zehen nach innen setzen, zuletzt in sich gehen, und Leute, die sie nach außen setzen, zuletzt aus sich herausgehen. Darf ich dir einen Streifen gehärteten Steinbutt anbieten, mir und einem jungen Mann zur Gesellschaft?«

Dr. Syngmann: »Nein, John.«

Sira Jon: »Er kostet zehn Pfund Sterling das Kilo.«

Dr. Syngmann: »Skip it, John.«

Sira Jon: »Es hat keinen Zweck, mit mir englisch zu sprechen.«

Dr. Syngmann: »Nebenbei bemerkt, wer ist dieser hübsche junge Mann?«

Sira Jon: »Er ist der Vertreter des Bischofs.«

Der Doktor reichte dem Unterzeichneten zerstreut die Hand und sagte dabei: »Fahr hinaus aufs weite Meer, junger Mann.«

Vebi: »Danke.«

Sira Jon: »Setz dich, lieber Mundi!«

Dr. Syngmann hatte einen Spazierstock in der Hand, wie ihn bessere Engländer tragen, wenn sie zu Pferderennen gehen; solche Apparate heißen Derby sticks. Diese Spazierstöcke kann man in einen Sitz im Freien verwandeln. Der Griff des Stocks besteht aus zwei Haltern, von denen man jeden nach einer Seite klappen kann und die dann eine Sitzfläche bilden; andere Vorrichtungen sorgen dafür, daß der Sitz fest steht. Darauf sitzt man bei Pferderennen. Statt einen Platz auf Sira Jons Lattenbänken anzunehmen, klappte Dr. Syngmann seinen Stock auseinander und setzte sich darauf. Sira Jon Primus verliebte sich sofort in diesen Stock, stand auf, betrachtete ihn von oben bis unten und sagte, er müsse sich unbedingt einen solchen Stock anschaffen; er fragte, was so ein Stock koste, doch das wußte Dr. Syngmann nicht mehr. Nachdem der Gemeindepfarrer sich diesen Derby stick genau angesehen und beobachtet hatte, wie der Doktor ihn aufstellte und sich daraufsetzte, sagte er: »Jaja, lieber Mundi, wo kommst du her?«

Dr. Syngmann: »Aus Ojai.«

Sira Jon: »Steht es gut um die Landwirtschaft bei denen dort?«

Dr. Syngmann: »Ja und nein.«

Sira Jon: »Was treibst du selbst?«

Dr. Syngmann: »Ich habe dort einige Jahre lang ein Haus besessen.«

Sira Jon: »Was zog dich dort hin?«

Dr. Syngmann: »Das Licht der Welt.«

Sira Jon: »Lüg mir noch etwas mehr vor, mein Lieber.«

Dr. Syngmann: »Nada, John, nada.«

Dr. Syngmann ging mit seinem Derbystock zum Fenster, denn draußen blökte das fremde Schaf. »Schön, Schafe blöken zu hören. Bei uns in Ojai gibt es nicht viel Schafe.«

Unterzeichneter kennt sich in Sprachen nicht gut genug aus, um einen ausländischen Akzent in jedem Fall lokalisieren zu können, zum Beispiel nicht bei einem vielseitigen Mann wie diesem. Oft gibt er unverkennbar amerikanische Laute von sich. Mitunter jedoch kommt ein Gaumen-R vor, das vielleicht ursprünglich ein isländischer Sprachfehler gewesen sein könnte und das auf dänische Saisonkaufleute zurückgeht, Gurgellaut oder »Skroll« genannt. Plötzlich ertönt ein griechischer Chi-Laut, wie in den Wörtern »Dach« und »Charkow«. Im Spanischen wird dieser Laut mit j geschrieben, zum Beispiel in dem Ortsnamen, den der Doktor nannte: Ojai.

Sira Jon Primus: »Wo ist Ua?«

Der Doktor bekam einen kleinen Schreck, er drehte sich auf seinem Sitz um und sah den Gemeindepfarrer forschend an. »Ua?« sagte er, als fiele er aus allen Wolken. »Sie ist schon lange tot. Habe ich dir das damals nicht erzählt? Sie schickte mir ein Telegramm und sagte, sie wäre gestorben. Wir wollen hoffen, daß sie nicht irgendwo in Paris ist oder in der Schweiz.«

Sira Jon: »Ich glaube mich zu erinnern, daß du, als du das letzte Mal hier warst, sagtest, du wolltest an ihr ein Wunder vollbringen.«

Dr. Syngmann: »Habe ich das gesagt?«

Sira Jon: »Wie ging das?«

Dr. Syngmann: »Ich verwandelte sie in einen Fisch.«

Sira Jon: »Nein, bist du des Teufels! Wie hast du das angestellt?«

Dr. Syngmann: »Nous sommes en route pour l'épagogique et l'astrobiologie.«

Sira Jon: »Ich kann kein Französisch.«

Dr. Syngmann: »Ich befasse mich mit Epagogik und Astrobiologie.«

Sira Jon: »Ach so.«

Dr. Syngmann: »Wir induzieren Leben. Wir leiten Leben aus einem Körper in den anderen: Biotelekinesis. Desgleichen von einem Himmelskörper zum anderen: Astrobioradiophonie. Ich reise mit Determinatoren von drei Enden der Welt und bin selber Vertreter des vierten Endes. Wir haben Versuche mit Fischen gemacht. Wir wollen Menschen in Fische verwandeln und Fische in Menschen. Wir sind schon so weit, daß wir nicht nur Insekten von den Toten haben auferstehen lassen, sondern auch eine Woche alte Fischbrut und sogar Jungfische. Wir haben in Amerika eine Sammlung von einzelnen Tieren, sowohl Insekten wie niederen Wirbeltieren, die wir von den Toten auferweckt haben. Wir hoffen, daß es uns mit besonderen Methoden gelingen wird, Leben über dreitausend Jahre zu konservieren. Vielleicht werden wir noch die ägyptischen Mumien auferwecken. Das alles beruht auf kosmobiologischen Grundlagen. Wir haben Verbindung mit den Galaxien hergestellt.«

Sira Jon: »Ich glaube, ich muß mir noch etwas gehärteten Heilbutt nehmen. (Zum Unterzeichneten:) Bitte, junger Mann, nehmen Sie sich noch von dem Hartfisch, ehe er aufersteht. Tja, großartig lügst du, Mundi. Erzähl weiter, mein Lieber.«

Dr. Syngmann zieht ein ledernes Etui mit langen Coronazigarren hervor. »Möchtest du eine Henry Clay, John?«

Sira Jon: »Ich halte mich an den Fisch. Wie heißt bloß gehärteter Heilbutt auf griechisch? Na, siehst du! Doch wenn jetzt Ua ein Fisch ist und sich zugleich in Paris oder in der Schweiz herumtreibt, wie ist es dann möglich, sie einzusammeln?«

Dr. Syngmann: »Man kann sein eigener Wiedergänger sein und an verschiedenen Stellen umgehen, manchmal an vielen zugleich. Ich bin vielleicht nicht ganz richtig an die Sache herangegangen. Ein Gespenst ist stets eine liederliche Pfuscherei; ein Gespenst bedeutet eine mißglückte Auferstehung, den Schatten einer Gestalt, die vielleicht einmal lebendig war; eine Art Fehlgeburt im Universum.«

Sira Jon: »Ja, das Uni-vers-um, liebe Kinder, pflegte der selige Sira Jens zu sagen, das ist ein Vers, der es in sich hat. Du solltest diesem jungen Theologen etwas Gutes zu rauchen geben.«

Glücklicherweise wurde Unterzeichneter in dieser Beziehung nicht berücksichtigt, auch wäre ich in Verlegenheit geraten, wenn ich eine Henry Clay von der großen Sorte hätte paffen müssen. Bei einem Geschäftsmann, der so hoch über mir stand, genoß ich den Vorzug, mich auflösen und mit den Urbestandteilen der Luft vereinen zu dürfen, gleich nachdem man mich mit einer ziemlich nichtssagenden Schmeichelei begrüßt hatte. Ich saß schräg hinter dem Gast, und das lautlose Tonbandgerät lief ohne Stocken zwischen den Pausen, in denen ich ein neues Band aus meiner Jackentasche auflegte. Leider ertönt lange Zeit im Abstand von je dreißig Sekunden ein ohrenbetäubendes Blöken; das ist das Schaf, das draußen auf dem Hofplatz nach seinem Lamm sucht.

Sira Jon: »Tja, Freund, wie schon immer, hast du auch jetzt keine Kleinigkeit vor. Das steht außer Frage. Auferstehung des Fisches, nicht wahr?«

Dr. Syngmann: »Yes, Sir, Auferstehung des Fisches. Es war vor drei Jahren. Ich stand gerade hier in der Blafeldara, als das Telegramm kam, daß Ua gestorben sei. Ich angelte natürlich weiter. Einige Minuten später hing der größte Lachs am Haken, der je bei mir in irgendeinem Fluß irgendwo auf der Welt angebissen hat. Er nahm so heftig an, daß er mir die Rute zerbrach und mit dem abgebrochenen Stück davonschwamm. Am Abend fanden wir den Fisch weit flußabwärts; die Schnur hatte sich um einen Stein gewickelt. Es war ein Weibchen und es wog vierzig Pfund. Ich habe diesen Fisch aufbewahren lassen. Ich erkannte sofort, daß es ein besonderer Fisch war und daß er eine besondere Aufgabe hatte. Jetzt bin ich mit meinen drei Determinatoren hierhergekommen.«

Sira Jon: »Ist es wahr, daß diese Männer Menschheitserlöser sind? Oder sind es bloß Apostel?«

Dr. Syngmann: »Das wäre eine falsche Bezeichnung. Für mich sind sie Wissenschaftler. Ich sammle Laboranten, keine Jünger. Wir haben das Einstimmungsgesetz untersucht, the law of determinants. In Kalifornien haben wir ein Laboratorium dafür. Wir stützen uns auf die Erfahrungen von wenigstens drei Hauptreligionen und außerdem auf alle bekannten Methoden in der wissenschaftlichen Wahrheitsfindung.«

Sira Jon: »Eine große Arbeit, lieber Mundi, eine große Arbeit.«

Dr. Syngmann: »Könnte es werden. Nicht zuletzt am Gletscher. Diese Stätte ist einmalig auf der Erde.«

Sira Jon: »Ja, wir haben hier den Snæfellsgletscher. Das ist sicher.«

Dr. Syngmann: »Island könnte auf diesem Gebiet tonangebend werden.«

Sira Jon: »Ja, es hat einen sehr guten Einfluß auf den Menschen, zum Beispiel hier auf der Nordseite des Wiesenhügels zu sitzen, wo ich meinen Schuppen habe, und bei schönem Wetter auf den Gletscher zu sehen.«

Dr. Syngmann: »Okkultisten in der ganzen Welt kennen diesen Punkt, haben ihn immer gekannt. In diesem Gletscher ist eine der bedeutendsten natürlichen Energiequellen unseres Sonnensystems enthalten, eine der Einstrahlungsstätten der Allweisheit. Mittels des Einstimmungsgesetzes ist es möglich, diese Energie zu nutzen.«

Sira Jon: »Entschuldige, Mundi, wovon sprichst du?«

Dr. Syngmann: »Ich spreche von der Eigenschaft, die allein wert ist, daß die Welt entstanden ist; von der Energie, die allein wert ist, daß wir über sie bestimmen.«

Sira Jon: »Ua?«

Dr. Syngmann mit müder, grober Baßstimme: »Ich höre, daß du wieder diesen Namen nennst, der kein Name ist. Ich weiß, du beschuldigst mich; ich beschuldige mich selber. Ua war nun einmal Ua. Ich konnte nicht dagegen an. Ich weiß, du hast dich nie davon erholen können, John. Ich auch nicht.«

Sira Jon: »Dieses Wort konnte alles und nichts bedeuten, doch als es zu erklingen aufhörte, da war es, als hätten alle anderen Wörter ihren Sinn verloren. Doch das machte nichts. Es kam nach und nach wieder.«

Dr. Syngmann: »Kam nach und nach wieder – was?«

Sira Jon: »Vor einigen Jahren stürzte ein Pferd den Godafoss hinunter. Es trieb lebend unten auf die Klippe. Der Gaul stand mehr als einen Tag und eine Nacht regungslos unten an diesem gewaltigen Wasserfall, der ihn hinabgerissen hatte, und ließ den Kopf hängen. Vielleicht versuchte er, sich daran zu erinnern, wie eigentlich das Leben hieß. Oder er dachte darüber nach, warum die Welt entstanden war. Es gab keine Anzeichen dafür, daß er wieder auf die Weide gehen würde. Schließlich aber stieg er auf das Flußufer und begann zu grasen.«

Dr. Syngmann: »Nur eines ist wichtig, John: Läßt du das gelten?«

Sira Jon: »Die Blume des Feldes ist bei mir, wie der Psalmist sang. Ich besitze sie zwar nicht, aber sie wohnt hier; im Winter wohnt sie in meinen Gedanken, bis sie wieder aufersteht.«

Dr. Syngmann: »Ich lasse das nicht gelten, John! Es gibt Grenzen für die Zumutungen des Schöpfers. Ich lasse es mir nicht bieten, diese Welt auf dem Buckel zu haben, als ob es meine Schuld wäre, daß sie existiert.«

Sira Jon: »Tja, so ist das. Ich bin hingegen wie jenes Pferd, das einen Tag und eine Nacht lang platt vor Staunen war. Ziemlich lange glaubte ich, ich könnte es nicht ertragen, davongekommen zu sein. Dann ging ich wieder hinaus auf die Weide.«

Dr. Syngmann: »Du bist in Wirklichkeit Mohammedaner, John.«

Sira Jon: »Hier werden Primuskocher repariert.«

Dr. Syngmann, ungeduldig und ein wenig ärgerlich: »Nein, ich gehe darauf nicht ein. Ich akzeptiere es nicht.«

Sira Jon: »Gegen Ende des Winters freue ich mich auf den Frühling, wenn die erste Dreizehenmöwe ins Land fliegt. Im Sommer wächst diese kleine Blume, die stirbt. Im Herbst freue ich mich auf den Winter, wenn alles außer der Brandung verstummt und rostige Schlösser, kaputte Töpfe und abgebrochene Messer sich um den Tausendsassa häufen. Vielleicht ist einem beschieden, um Weihnachten bei Kerzenlicht zu sterben, während die Erde in das Dunkel des Weltalls schwebt, wo Gott und alle Weihnachtsmänner wohnen.«

Dr. Syngmann: »Habe ich dir nicht schon oft genug gesagt, John, daß ich das nicht gelten lasse? In diesem Zentrum hier auf dem Gletscher werden wir die wissenschaftliche Bioinduktion zwischen den Sternen vollziehen. Wir werden hier und jetzt Kontakt mit entfernten Himmelskörpern aufnehmen, wo das Leben so weit gediehen ist, daß es nicht sterben kann – hörst du, was ich sage, John? Wir arbeiten so lange, bis es mit Hilfe des Einstimmungsgesetzes gelungen ist, hier Leben zu induzieren, das nicht sterben, sondern nur stärker und schöner werden kann.«

Sira Jon: »Mach mir keine Angst, lieber Mundi.«

Dr. Syngmann: »Wir wohnen hier am Rande des Weltraums. Der Versuch, hier zu leben, läuft. Er ist noch nicht sehr weit gediehen. Vielleicht mißlingt er ganz und gar. Wir wohnen in einer Welt, in der Teufel bestimmen. Die Mordwaffe ist es, wofür sie leben, der Mord, woran sie glauben; alles andere lügen sie. Und wenn ich sage, daß die Welt von lauter Teufeln regiert wird, die Teufel bleiben, bis sie die Welt vernichtet haben, dann schimpfe ich nicht, sondern gebrauche das Wort Teufel als Fachausdruck, als Formel, die für eine bestimmte chemische Verbindung steht, ohne politische, religiöse oder ethische Nebenbedeutung.«

Sira Jon: »Meinst du, daß der Schöpfer uns ganz verlassen hat, Mundi?«

Dr. Syngmann: »Ich habe eine Offenbarung in sechs Bänden geschrieben, da steht alles drin. In meiner Abhandlung über Bioastrochemie wird chemisch-wissenschaftlich erklärt, was Teufel sind und weshalb sie von übermäßigem Wachstum befallen sind. Es gibt keine andere Möglichkeit, diesen lebensfeindlichen Stoff zu vernichten, als mit dem Beistand höherer denkender Wesen auf vollkommeneren Sternen. In einem anderen Buch habe ich das Einstimmungsgesetz erklärt und dargelegt, daß die Beziehungen zwischen den Spiralnebeln, intergalactic communication, auf der Kosmobiologie und der Biodynamik beruhen. Ich habe die Grundlagen der Epagogik und der Epigenetik dargelegt und aufgezeigt, daß nicht nur die Protomorie, sondern vor allem die Heteromorie der gegenwärtige Zustand der Menschheit ist und die Entwicklung in Richtung auf den Tod geht: Dysexelixis contra Diexelixis; daß also Teufel sich darauf vorbereiten, alles Leben auf der Erde zu vernichten; und das wird gelingen, wenn ihnen nicht von Stellen im Weltall aus, wo das Leben eine höhere Stufe erreicht hat, das Handwerk gelegt wird.«

Sira Jon: »Schrecklich, wie schlecht ich im Griechischen geworden bin. Eins aber möchte ich gerne wissen, nämlich wie mein guter Helgi auf Torfhvalastadir es fertigbringt, so etwas zu verstehen. Ich würde mich nicht daranmachen, ein Buch von dir zu lesen, Mundi.«

Dr. Syngmann: »Meine Bücher werden auf der Erde noch nicht gelesen. Ich bin bisher niemandem begegnet, der auch nur einen Buchstaben von mir gelesen hätte, außer Helgi auf Torfhvalastadir. Bei uns auf der niedrigsten Stufe der belebten Welt finden Bücher nur dann Beachtung, wenn sie von stoffbedingten Teufeln verfaßt sind oder wenigstens für sie. Dichter und Philosophen werden in dem Maße geschätzt, wie sie die Schöpfung des Lebens mit Verachtung und Widerwillen betrachten. Unseren täglichen Krieg gib uns heute, das ist das Gebet derer, die Länder regieren. ›Laßt uns töten, töten‹, sagte Skuggasveinn. ›Das Leben ist etwas, das besser nicht wäre‹, sagte ein anderer Skuggasveinn, einer der Jesusse Deutschlands; und dann kreischt Ketill der Schreier, sein Lakai, dazwischen und will nicht geringer sein: ›Der Mensch ist etwas, das überwunden werden muß.‹ Nach dieser Formel wurde die Atombombe konstruiert. Ich frage dich, John, gibt es einen Grund, das gelten zu lassen?«

Sira Jon: »Und jetzt watest du mit Jagdfieber in den Flüssen, Mundi, und tötest Fische.«

Dr. Syngmann: »Eben deswegen; und weil ich mein Leben lang daran gearbeitet habe, Mordwaffen zu verbessern; und weil ich aus Erfahrung weiß, daß eine Mordwaffe die einzige Sache ist, die hier auf der Erde Beachtung findet – eben deswegen, John!«

Sira Jon: »Entschuldige, daß der armselige Pfarrer Jon Primus kein Stück von dem begreift, was du da sagst: Diese höheren, mit Vernunft begabten Wesen in den anderen Galaxien, die uns ewiges Leben geben sollen – sind sie uns näher oder ferner als Gott?«

Dr. Syngmann: »Gott – ist er nicht Jude?«

Sira Jon: »Ach, ist er das? Das hatte ich fast vergessen. Und wenn es so ist und obwohl es so ist – ändert das viel?«

Dr. Syngmann: »Nein, es ändert akkurat nichts. Andererseits brauchen wir keinen Juden – und noch weniger brauchen wir die, die Gott von den Juden gestohlen haben, wie der Papst und Mohammed.«

Sira Jon: »Ich wußte nicht, daß du was gegen Juden hast, Mundi.«

Dr. Syngmann: »Gott ist der Gott der Juden, sage ich! Deswegen sollst du ihn in Ruhe lassen, John. Was du gestohlen hast, wird niemals deins. Die Juden könnten diese Gottesdiebe verklagen und sie ins Zuchthaus bringen nach der Berner Konvention, die für Diebstahl von Patenten und Ideen schwere Strafen androht. Ganz zu schweigen von Skandalen wie dem, daß die Christen sich nicht entblödeten, die Nationalliteratur der Juden zu stehlen und griechische Nachtarbeit daranzuhängen, die sie Neues Testament nennen. Das Neue Testament ist zum größten Teil eine Verdrehung des Alten Testaments und außerdem eine antisemitische Schrift. Meine Devise ist: Lassen wir die Juden in Frieden. Diejenigen, die sich mit gestohlenen Göttern ausstaffieren, sind nicht real.«

Sira Jon: »Es ist lustig, daß du das Wort ›real‹ aufgeschnappt hast, das unsere Kraftfahrer jetzt für eine neue und wirksame Sorte Frostschutzmittel gebrauchen. Sag mir geradeheraus, Mundi, sind wir real, du und ich? Ist die Welt, in der wir leben, real und echt?«

Dr. Syngmann: »Ich frage zumindest nicht die Juden danach und noch weniger den Mufti von Konstantinopel oder den Vatikan oder den Patriarchen von Antiochia« – da bemerkt der Doktor, daß ihm die Zigarre ausgegangen ist; er sucht nach einem Streichholz und ist in seinen Bewegungen etwas unbeholfen, als wären ihm die Hände eingeschlafen;

dann sagt er: »Irgendwer hat das doch gemacht. Oder meinst du nicht, John?«

Sira Jon: »Du sollst den Herrn, deinen Gott, liebhaben von ganzem Herzen und so weiter, sagte der selige Sira Jens.«

Dr. Syngmann: »Hör mal, John, wie ist es möglich, Gott zu lieben? Und welchen Grund gibt es dafür? Lieben, ist das nicht die Vorstufe zum Beischlaf; etwas, was mit den Geschlechtsorganen zu tun hat; bestenfalls eine Ehetragödie bei den Affen? Es wäre lächerlich. Die Menschen haben ihre Kinder gern, all right, doch wenn jemand sagte, er hätte Gott gern, wäre das nicht Gotteslästerung?«

Sira Jon gebraucht wiederum das sonderbare Wort »das« und sagt: »Ich lasse das gelten.«

Dr. Syngmann: »Was meinst du, wenn du sagst, du läßt Gott gelten? Hast du damit zugegeben, daß er die Welt gemacht hat? Scheint dir die Welt so gut zu sein? Diese Welt! Oder bist du so zufrieden mit dir selbst?«

Sira Jon: »Hast du bemerkt, daß das Mutterschaf, das draußen vor dem Fenster blökte, verstummt ist? Es hat sein Lamm gefunden. Und ich glaube, daß das Kalb auf der Hauswiese durchkommt.«

Dr. Syngmann: »Ich weiß so gut wie du, John, daß die Tiere vollkommen sind, soweit es ihre Belange betrifft, und daß der Mensch in der Rückentwicklung des Lebens auf der Erde die niedrigste Stufe ist: Man braucht nur das Bild eines Kaisers und eines Hundes zu vergleichen, um das zu sehen, oder das Bild eines Bauern und des Pferdes, auf dem er reitet. Doch ich für meinen Teil lehne es ab, das anzuerkennen.«

Sira Jon Primus: »Lehnst es ab, das anzuerkennen – was ist damit gemeint? Selbstmord oder was?«

Dr. Syngmann: »Jetzt, da die Harmonie mit einem höheren Menschengeschlecht unmittelbar bevorsteht, beginnt eine Epoche in der Erdgeschichte, der man Bedeutung beimessen kann. Die Epagogik liefert Argumente, um dem Schöpfer zu beweisen, daß das Leben ein gänzlich bedeutungsloser Schwindel ist, wenn es nicht ewig währt.«

Sira Jon: »Wer hängt der Katze die Schelle um?«

Dr. Syngmann: »Die Epagogik liefert eine völlig logische Beweisführung. In sechs Bänden habe ich mein Anliegen mit unwiderlegbaren Argumenten untermauert; sogar juristischen. Doch es genügt natürlich nicht, nur kalte Argumente vorzubringen. Ich erlaube mir, die Rechtschaffenheit dieses begabten Baumeisters anzurufen. Ich frage: Wie kann es dir in den Sinn kommen, die Erde Teufeln zu überlassen? Das einzige Ideal, auf das sich Teufel einigen können, ist das, Krieg zu führen. Warum gestattest du den Teufeln der Erde, dir in Messen und Gebeten ihre Liebe zu bekunden, als ob du ihr Gott wärst? Willst du, der Schöpfer der Welt, daß aufrichtige Menschen dich Demiurg nennen? Wessen Niederlage ist es, wenn die Teufel der Erde jetzt in den Besitz einer Maschinerie gelangt sind, die es ihnen ermöglicht, alles Leben auszulöschen? Wessen Niederlage ist es, wenn du das Leben auf der Erde in deinen Händen sterben läßt? Darf der Erbauer der Himmel so tief sinken, daß er sich von deutschen Philosophen Vorschriften machen läßt? Und schließlich, ich bin ein Lebewesen, das du geschaffen hast. Und deswegen bin ich hier wie du. Wer hat dir das Recht gegeben, mich auszulöschen? Ist Gerechtigkeit in deinen Augen lächerlich? Heraus mit der Sprache!« (Er murmelt etwas vor sich hin.) »Du bist zumindest verpflichtet, mich auferstehen zu lassen!«

Jetzt war das Band zu Ende, so daß ich die letzten Argumente dafür, daß juristische Kniffe notwendig seien, um den Schöpfer zur Vernunft zu bringen, nicht mitbekam; ich bekam auch keine vollständige Darlegung der Philosophie Schopenhauers und Nietzsches. So vorsichtig wie möglich legte ich ein neues Band auf, im Vertrauen darauf, daß diese beiden Männer so zu Jahren gekommen seien, daß sie nicht mehr gut hörten und mein heimliches Getue nicht bemerkten.

Als sich die Spule wieder dreht und das Band zu laufen beginnt, scheint mir, daß Sira Jon Primus begonnen hat, Einwände gegen die Epagogik vorzubringen, mit Argumenten, wie sie für ihn charakteristisch sind: Er mache keinen Unterschied zwischen Theorie und Fabel, nur daß die Fabel für Kinder bestimmt sei und Theorien in erster Linie dem Zweck dienten, Gott von irgendeiner Absurdität zu überzeugen, oder als Entschuldigung oder Vorwand gebraucht würden, um zu schießen.

Er spricht weiter.

Sira Jon Primus: »Ach, all das ist immer derselbe Tobak. Nur haben in unserer Zeit Philosophen und Geistliche begonnen, sich Ideologen zu nennen; Theorien und Religionen, besonders aber Märchen für Kinder, werden immerfort Ideologien genannt. Ich habe nur eine Theorie, lieber Mundi.«

Dr. Syngmann: »Sieh mal an! Vielleicht wird sie noch die Welt erlösen.«

Sira Jon: »Sie ist zumindest nicht schlechter als andere Theorien.«

Dr. Syngmann: »Heraus damit, John!«

Sira Jon: »Ich habe die Theorie, daß Wasser gut ist.«

Dr. Syngmann: »Gegen Erkältung oder was?«

Sira Jon: »Unbedingt. Man braucht sich nicht einmal an meine Theorie zu halten, außer wenn man durstig ist.«

Dr. Syngmann: »Das ist Poesie, John; längst überholt; es steht sogar bei Goethe: Grau ist alle Theorie.«

Hier wird es still auf dem Band. Dann hört man, daß wieder gesprochen wird, leise und langsam; es ist Sira Jon. Ich hatte gehofft, daß er wieder den Psalm Davids von der Blume zitieren würde, der so gut ist. Solch ruhiges Sprechen mit langen Pausen dazwischen erinnert an die Ringe auf der Wasseroberfläche eines windstillen Sees, wenn die Forellen gegen Abend hie und da nach Insekten steigen. Doch was er spricht, sind keine Psalmen Davids.

Sira Jon Prismus: »Weißt du noch, wie Ua die Locken schüttelte? Weißt du noch, wie sie uns ansah und lachte? Ließ sie nicht die Schöpfung gelten? Protestierte sie gegen irgend etwas? Sie war der Sieg des Schöpfers, ein für alle Mal. Alles Alltägliche, alles Durchschnittliche, alles Begrenzte existierte nicht mehr, wenn sie kam: Die Welt war vollkommen, und nichts war mehr wichtig. Was meint Ua, wenn sie ein Telegramm schickt und sagt, sie sei tot?«

Dr. Godman Syngmann ist aufgestanden und hat seinen Derby stick zusammengeklappt. Er sieht zum Fenster hinaus. Das Schaf liegt auf dem Hofplatz und käut wieder, und das Lamm, dicht an die Mutter geschmiegt, käut ebenfalls wieder und bewegt das Maul sehr schnell. Dr. Godman Syngmann antwortete Sira Jon Primus, wobei er ihm den Rücken zukehrt und aus dem Fenster sieht: »Ja, sie war deine Frau.«

27. Löwenzahn und Honigbiene

Sira Jon Primus: »Es ist vielleicht zuviel gesagt, Mundi, daß sie meine Frau war. Wem gehört eine Frau wie Ua? Wem gehört die Blume des Feldes?«

Dr. Godman Syngmann steht im Licht, das durch das Fenster fällt, und betrachtet das Schaf; mit seinen breiten Schultern in der langen Joppe verdunkelt er fast das Zimmer. »Man sagt, daß der Mann, der zum ersten Mal darauf verfiel, die Frau mit einer Blume zu vergleichen, ein Genie gewesen sein muß. Aber derjenige, der es als nächster nachplapperte, war bestimmt ein Esel. Als was wollen wir den Mann bezeichnen, der so etwas als dritter über seine Lippen brachte?«

»Als Jammerlappen«, antwortete Sira Jon Primus, »und ich bin gern bereit, dies alles zugleich zu sein. Doch hoffe ich, daß es den Worten des Psalmisten in keiner Weise Abbruch tut. Ist es dir nie in den Sinn gekommen, von Gott gut zu denken, weil er die Lilien auf dem Felde geschaffen hat?«

Dr. Syngmann: »Blumen? Nein. Ich bin gottesfürchtig in des Wortes vollster Bedeutung. Ich habe Gott stets gefürchtet. Ich habe ihn so gefürchtet, daß kein Heiliger des Mittelalters den Teufel mehr gefürchtet haben kann. Der Gott ist furchtbar, der eine Frau wie Ua geschaffen hat. Nachdem sie drei Jahre lang ein öffentliches Haus geleitet hatte, das ich in Südamerika besaß, schickte ich sie in ein Kloster. Als ich sie das nächste Mal sah, hatte sie in Nordamerika viele Kinder gehabt; von ihren Männern war sie geschieden; die Kinder waren tot.«

Sira Jon Primus: »Mundi, der du so tüchtig im Lesen und Schreiben von Büchern bist, eine Geschichte solltest du lesen, die mir immer sehr gut gefallen hat. Es ist die Geschichte vom Löwenzahn und der Honigbiene. Darf ich sie dir erzählen?«

Dr. Godman Syngmann dreht sich um und sieht den Gemeindepfarrer, seinen alten Freund, verwundert an aus seinen nassen Augen mit den geröteten, faltigen Lidern; die Augen sind zugleich anklagend und bittend, traurig und fromm, demütig und grimmig, wie bei jenem Hund, der den schaurigen Namen Bluthund führt und dennoch das harmloseste Tier ist.

Sira Jon Primus: »Es waren einmal ein Löwenzahn und eine Honigbiene –«

Dr. Syngmann: »Wenn du vorhast, mir die Geschichte vom Löwenzahn und der Honigbiene zu erzählen, John, dann verprügle ich dich. Lyrik ist das widerlichste Geschwätz der Welt, die Theologie nicht ausgenommen. Ich schlafe ein dabei.«

Sira Jon Primus: »Wenn die Löwenzahnblüte mit ihrem Duft eine Biene anlockt, um ihr Honig zu geben, und die Biene nimmt den Blütenstaub mit auf ihren Weg und bestäubt damit eine entfernte Blüte – das nenne ich eine Große Verbindung. Wir können froh sein, wenn es möglich ist, eine größere Verbindung herzustellen, auch wenn der Verkehr mit den Spiralnebeln in Ordnung gebracht werden würde.«

Dr. Syngmann hat sich wieder zum Fenster umgedreht. »Merkwürdig, daß man nie müde wird, Schafe zu betrachten. Woher mag das kommen?«

Langes Schweigen, mit Ausnahme des Surrens der Spule, was auch Ohrensausen sein könnte. Der Doktor wendet sich vom Fenster ab und möchte gehen: ein alter Troll, mitgenommen, weil er auf Berggipfeln wohnte und auf dem Heimweg reißende Flüsse durchwatete; asthmatisch, vielleicht mit Herzschmerzen. Er hört auf, als Autor der Epagogik zu sprechen, und seine Stimme wird heiser und spröde.

Dr. Godman Syngmann: »Ich möchte in die Hütte und mich hinlegen, bis wir nach Mitternacht zum Gletscher aufbrechen. John, willst du mit mir beten?«

Sira Jon Primus: »Am liebsten nicht, Freund. Ich bin ganz heraus aus solchen Dingen. Die heutige Zeit putzt sich die Zähne, statt ein Abendgebet zu sprechen.«

Dr. Godman Syngmann: »Vielleicht ist es auch nicht richtig. Mir fiel es nur gerade so ein. Weil wir beide Ua gekannt haben. Löwenzahn und Honigbiene, sagst du. Das ist es eben: Löwenzahn und Honigbiene. Das ist die ganze Sache. Dennoch schien mir, wir hätten dieses Gebet zusammen sprechen können.«

Sira Jon Primus: »Welches Gebet?«

Dr. Syngmann: »Ach, ich weiß nicht. Vielleicht das von Sira Paul.«

Sira Jon: »›Noch im Glauben‹. Wie ist es möglich, daß du es noch kannst, nachdem du so weit gereist und so lange fort gewesen bist?«

Dr. Syngmann: »I don't know, John. Vielleicht bin ich ein bißchen müde. Ich hoffe, du nimmst es mir nicht übel, John.«

Sira Jon Primus: »Ich bin bloß lange heraus aus solchen Dingen. Der selige Sira Jens auf Setberg betete nie, und dabei war er ein Heiliger und ein Prophet. Gott würde laut lachen, wenn ich anfinge zu beten.«

Dr. Syngmann: »Entschuldige noch mal, John. Und laß es mich wissen, wenn du irgend etwas brauchst, was es hier in Island nicht gibt. Ich werde es kaufen und es dir per Post zuschicken.«

Sira Jon Primus: »Das ist ein schönes Angebot und ganz deine Art, lieber Mundi. Aber ich kann dir natürlich auch Geld geben. Das Schlimme ist nur, daß mir nichts fehlt. Doch da fällt mir ein, wenn du im Ausland auf einen ordentlichen Pferdestriegel treffen solltest, dann solltest du ihn kaufen und mir per Post zuschicken. Hier bei uns haben sie nur einfache Rinderstriegel.«

Dr. Syngmann: »Pferdestriegel, yes, yes. Ich werde mir Mühe geben, daran zu denken, John. Gute Nacht, John. Und du, junger Freund, der du im Begriff stehst, aufs weite Meer hinauszufahren, fahr hinaus!««

Exit Dr. Godman Syngmann und zog die knarrende Tür hinter sich zu.

28. Der Gletscher

Wenn man über die Pflege des Christentums am Gletscher berichtet, darf man nie den Gletscher vergessen; wenigstens nicht für lange. Vielleicht sind einige anknüpfende Gedanken des Unterzeichneten zu diesem Thema, die im folgenden wiedergegeben werden, nicht gänzlich unzutreffend, wenn sie vielleicht auch nicht dem heutigen Tag angehören: Doch alle anderen Tage sind einmal der heutige Tag gewesen, und die, welche noch kommen, werden einmal der heutige Tag sein.

Dieser Gletscher ist nie wie ein gewöhnlicher Berg. Wie bereits gesagt, ist er nur eine Kuppe und ragt nicht sehr hoch in den Himmel. Es ist, als hätte dieser Berg keine Meinung. Er behauptet nichts. Er will niemandem etwas aufdrängen, möchte keinem zu nahe treten. Geübte Bergsteiger kommen auf dem kürzesten Weg hierher, um den Berg zu besteigen, weil er einer der berühmtesten Berge der Welt ist. Und wenn sie ihn sehen, fragen sie: »Ist das alles?« und haben keine Lust mehr, ihn zu besteigen. In dem Gebirge, das sich nach Osten an den Gletscher anschließt, gibt es eine Unzahl verschiedener Berge, wie Leute auf einer Fotografie, diese Berge sind nicht alles und nichts wie der Gletscher, sondern mit kleinen Besonderheiten ausgestattet. Einige sollen sich bei Nordsturm aufblasen und zu brüllen anfangen. Manche guten Bergsteiger sagen, der Gletscher sei nicht interessant, aber die Helgrindur seien interessant, und es läge näher, die Helgrindur zu besteigen. Helgrindur bedeutet Tor der Hölle.

Oft hört man von hellseherischen Leuten, daß ihre Seele den Körper verlassen kann. Das passiert dem Gletscher nicht. Doch das nächste Mal, wenn man wieder hinsieht, hat der Körper den Gletscher verlassen, und nur die Seele ist übrig, in Luft gehüllt. Wie Unterzeichneter weiter oben im Bericht erwähnt hat, steht der Gletscher zu gewissen Tageszeiten verklärt in einer besonderen Helligkeit da, in goldenem Licht von großer Strahlungskraft, und alles außer ihm wird armselig. Es ist, als gehöre der Berg nicht mehr zur Erdkunde, sondern sei in die Ionosphäre entrückt. Ob nicht der Elfenwidder, den Stößeldora gesehen hat, der Gletscher war? Ein eigenartiger Berg. Des Nachts, wenn die Sonne hinter den Bergen steht, wird der Gletscher zu einem stillen Schattenbild, das in sich selbst ruht und Menschen und Tieren das Wort »nie« zuatmet, das vielleicht »stets« bedeutet. Komm, Hauch des Todes!

29. Wahrzeichen vertagt

Nun ist davon zu berichten, wie Ihr Vertreter frühmorgens aus dem Schlaf gerissen wurde, nachdem er am Abend zuvor das Gespräch mit angehört hatte, das oben aufgezeichnet ist. Es wird mit Fäusten an meine Tür gehämmert, doch nicht mit den Knöcheln, sondern mit der Handinnenkante, wie es Frauen tun, wenn sie mit der Faust klopfen.

Vebi springt wenig bekleidet erschrocken aus dem Bett. »Was ist denn los?«

Eine Frauenstimme: »Es ist nicht möglich, den Angler zu wecken.«

Vebi: »Ich bin hier Gast. Sprechen Sie mit Sira Jon.«

Die Frau: »Man hat ihn auf die Landzunge geholt, um ein Schloß aufzubrechen.«

Vebi: »Sind Sie Fräulein Stößeldora?«

Die Frau: »Ich heiße Frau Fina Jonsen aus Hafnarfjördur und bin keine verdammte Stößeldora.«

Vebi: »Was wollen Sie von mir?«

Frau Fina Jonsen: »Nun, man muß den Mann wecken.«

Vebi: »War nicht gestern abend ein Zwölftonner hier?«

Frau Fina Jonsen: »Der Jodinus! Soviel ich weiß, habe ich ihn die beste Zeit der Nacht zwischen den Knien gehabt. Ich habe mit dem Lümmel nichts mehr zu besprechen. Außerdem liegt er auf dem Rücken unter dem Auto und hat angefangen zu murksen.«

Vebi: »Und die Hirten?«

Frau Fina Jonsen: »Die mit den langen Haaren und Bärten? Sie haben draußen auf der Hauswiese bei dem Kalb einen Lachanfall gehabt. Der englische Fahrer weiß, daß Sie Bischof sind, und er hat mich geschickt, Sie zu holen.«

Vebi: »Wo ist der Mann aus dem Langenseetal? Er ist eher Bischof als ich.«

Frau Fina: »Der Helgi auf Torfhvalastadir hat die ganze Nacht nach Pferden gesucht. Niemand ist hier, der bei vollem Verstand ist.«

Der Imperial des Professors steht schwarzglänzend, taubedeckt im Nebel auf dem grasbewachsenen Weg zur Kirche.

Ihr Vertreter hatte gedacht, daß Godman Syngmann in seinem Bett läge, weil man ihn wecken wollte, doch der Professor war nur bis in das Wohnzimmer gelangt. Er hatte keine Zeit mehr gehabt, seine lange Joppe abzulegen; er hatte nur noch den Kragen seines Hemdes öffnen können. Der verbeulte Hut lag mitten auf dem Fußboden, als wäre er dorthin geworfen worden, gespickt mit Kunstfliegen und farbschönen Blechfischchen. Der Doktor hatte sich auf ein zweisitziges Sofa fallen lassen, wahrscheinlich Schmerzen bekommen, Tabletten aus der Tasche gezogen und angefangen, sie einzunehmen, denn auf einem Tischchen neben ihm lagen zwei angebrochene Röhrchen, das eine mit gelben, das andere mit braunen Tabletten. Er saß schief und ließ den Kopf zur Seite hängen, die Augen waren zusammengekniffen, der Mund stand offen. Der Mann war tot. Die Perücke war im Tod heruntergefallen und lag auf dem Fußboden.

»Der Fahrer« war in Wirklichkeit der Mann, der die Ausrüstung der Expedition unter sich hatte. Er grüßte und nannte sich Mr. James Smith, the Butler. Dieser Butler wollte, daß die Leiche in das Schlafzimmer hinter dem Wohnraum gebracht würde. Das Telefon wird auf dem Lande erst um 8.00 Uhr in Betrieb genommen, so daß nicht sofort ein Arzt zu erreichen war, um den Totenschein auszustellen. Unterzeichneter fragte den Butler, ob es nicht richtig wäre, die drei Mitarbeiter des Professors hinzuzuziehen.

Butler James Smith: »Was sind das für Leute?«

Als es mir gelungen war, ihm verständlich zu machen, was für Leute ich meinte, sagte er: »Sie werden nicht gefragt. Wenn sie hereinkommen, gehe ich hinaus.«

Vebi: »Es ist doch wohl angebracht, mit ihnen zu sprechen.«

Butler: »Auf Ihre Verantwortung!«

Hingegen stimmte es nicht, daß die Hirten einen Lachanfall bekommen hatten, sondern sie machten auf der Hauswiese ihre Morgenübungen gemäß dem Hathayoga, die darauf abzielten, die weibliche Gottheit Kundalini, die im Kreuzbein wohnt, aufzurichten; zähmt man sie richtig, so wird sie allmächtig über Leib und Seele des Menschen. Die Männer saßen in Buddhastellung oder knieten und verneigten sich unablässig so tief, daß sie mit der Stirn auf die Erde schlugen, oder sie lagen auf dem Bauch; und das hatte Frau Fina Jonsen für einen Lachkrampf mit Schütteln gehalten.

Als diese Männer erfahren hatten, was sich ereignet hatte, und daß sie die Leiche ihres Meisters einige Schritte von dem einen in das andere Zimmer tragen sollten, sagte Saknussemm II., der ihr Wortführer war, die Brüder mäßen dem Tod keine Bedeutung bei und wollten keine Hand reichen für das, was von ihnen verlangt würde; so etwas gehöre nicht zu ihrem Arbeitsgebiet. Der Wortführer der Hirten sagte, es komme nicht unerwartet, daß ihr Herr und Meister Lord Maitreya seine Arbeit bei sich zu Hause aufnehme, in dem Himmel, in dem der fünfte Buddha seinen Sitz habe und wo mehr zu tun sei als hier; er habe jetzt den Körper eines amerikanischen Geschäftsmannes, den er eine Weile zu seiner Hülle gemacht habe, hier zurückgelassen. Sie drei hätten hingegen eine Reise hierher an den Nordpol unternommen zu dem Zweck, eine hohe Wiedergeborene, die im Schnee schlafe, von den Toten zu erwecken, und bis dieses Vorhaben ausgeführt sei, würden sie keine andere Tätigkeit ausüben. Für diese Männer bestand jetzt die dringende Notwendigkeit, in sich die Allmacht aus dem Feuer zu entwickeln, das bei menschlichen Wesen im Ende des Wirbelkanals verborgen ist, dem Schlangenfeuer Kundalini. Der Lautenschläger wollte für sein Teil die Gleichgültigkeit ausnutzen, die aus der Erklärung des Anführers Saknussemm II. herauszuhören war, und begann mit klangloser Stimme in holprigem Englisch, in das sich spanische Brocken mischten, etwas vor sich hin zu murmeln.

»Señores, ich schlage vor porque yo amo vosotros, daß wir seinen Kopf trocknen. Wir trocknen ihn, bis er steinhart und so klein wie eine Kartoffel geworden ist, und verwenden ihn als Wetterzeichen auf der Domkirche des Nordpols. Dann kann der, der ihn sich geliehen hatte und jetzt in den fünften Himmel heimgegangen ist, weiter mit ihm, durch ihn und für ihn zu uns sprechen, también muchas gracias.«

Der schlafende Meister Epimenides stand lächelnd auf, drehte sich um und tat drei Schritte von den anderen weg. Die Blumenkrone des Mannes lag im Gras. Sie hatte nahezu keine Blumen mehr, und leider war die Wahrscheinlichkeit gering, daß neue nachwachsen würden. Dann stützte er die Hände auf den Boden und ließ die Stirn auf der Erde ruhen.

Da stellte es sich heraus, was infolge der Inanspruchnahme an diesem Morgen niemand bemerkt hatte, daß der Gletscher, den Männer von vier Enden der Welt im Laufe des Morgens zu besteigen entschlossen waren, verschwunden war. Alles war bis weit hinunter ins Tal im Nebel ertrunken, und Helgi auf Torfhvalastadir suchte im Nebel nach Pferden.

Dichter Jodinus Alfberg: »Der Grossist ist tot, doch er hatte schon bezahlt. Er bezahlte gut, denn er war ein Großgrossist.

Doch da Helgi auf Torfhvalastadir die Pferde nicht findet und selber verloren gegangen und der Gletscher zum Teufel ist, was vermögen da zwölf Tonnen und achtzehn Räder? Bitte sagt dem englischen Macher, daß Jodinus jetzt mit dem Zwölftonner und dem Besenkram wegfährt und wiederkommt, wenn der Nebel aufhört. Sagt dem Macher, wenn ich auch kein feiner Mann bin, sondern bloß ein einfacher Mensch und Arbeiter und dazu noch Isländer und Dichter, lasse ich doch keinen Toten im Stich, der schon bezahlt hat.«

Hier ist hinzuzufügen, daß es einer jener Morgen war, an denen es aussieht, als ob die Risse und Löcher in der Welt zugestopft und verschmiert wären; nicht einmal ein Spalt für ein Wunder ist geblieben.

30. Vier Witwen oder eine vierfache Frau

Unterzeichneter war bei der Leichenschau des Arztes anwesend und übersetzte den Totenschein für den Butler. Gleich darauf entwarf der Mann vier Blitztelegramme nach New York, Sydney, London und Buenos Aires. Die Telegramme waren alle an denselben Empfänger adressiert: Mrs. Professor Dr. Godman Syngmann, gemäß amerikanischem Brauch bei der Titulierung von Ehefrauen. Mr. Smith bat mich, die Telegramme aufzugeben. Der Telegraphenbeamte beanstandete, daß die Telegramme offensichtlich alle an ein und dieselbe Person gerichtet seien, jedes Telegramm jedoch in ein anderes Land adressiert sei. Das Telegraphenamt schicke nicht dasselbe Telegramm desselben Absenders unter vielen Adressen an denselben Empfänger. Der Text des Telegramms lautete so: »dr. godman syngmann verstarb heute nacht stop herzschlag stop bitte um anweisungen stop james smith butler.« Die auf dem Telegraphenamt sagten, sie gestatteten sich; mit gesundem Menschenverstand zu urteilen, und legten dar, da der Empfänger offenbar keine internationale Vereinigung sei, sondern die Witwe des Mannes, dessen Tod im Telegramm mitgeteilt werde, dürfte diese Frau nur an einem Ort anzutreffen sein.

Unterredung zwischen Unterzeichnetem und Mr. Smith (hiernach Diener oder auch »Hausdiener« genannt):

Vebi: »Die auf dem Telegraphenamt wollen nicht derselben Person dasselbe Telegramm in vier Länder gleichzeitig schikken.«

Diener: »Es wird bezahlt.«

Vebi: »Der Familienstand des Verstorbenen war mir nicht bekannt und kümmert mich auch wenig. Ich glaubte jedoch, daß Dr. Syngmann Witwer gewesen sei. Mit Verlaub, wer ist die Frau, die diese vier Adressen hat?«

Diener: »Das ist meine Sache.«

Vebi: »Ich habe Sie über die Vorschriften des Telegraphenamtes unterrichtet.«

Diener: »Zufällig bin ich hier Hausdiener (wörtlich auf englisch: It so happens that I am the butler of this household).«

Vebi: »Ich bin der Vertreter des Bischofs von Island.«

Diener: »Bad luck. Im übrigen trage ich die Verantwortung für die Telegramme, die ich unterschrieben habe.«

Vebi: »Wenn ich auch mit dieser besonderen Angelegenheit direkt nichts zu tun habe, so kann man doch nicht mit Stillschweigen darüber hinweggehen, daß es uns nicht gleich ist, wen wir hier beerdigen. Es ist nicht so, als ob wir ein Pferd verscharrten. Nach Ihren Telegrammen zu urteilen, scheint Doktor Godman Syngmann so ziemlich überall verheiratet gewesen zu sein. Obwohl es mich nicht unmittelbar angeht, möchte ich doch sagen, daß es hier in Island üblich ist, nach Alter, Adresse, Staatsbürgerschaft und Familienstand zu fragen, wenn unbekannte Leute sterben und begraben werden.«

Diener: »Unbekannte Leute? Wovon reden Sie? Er ist einer der größten Männer der Welt.«

Vebi: »Lassen wir das einstweilen offen. Um wieder auf die Telegramme zurückzukommen: Wenn diese Anschrift der Name eines Unternehmens ist, das in vielen Ländern Filialen hat, dann sieht die Sache anders aus. Aber weshalb steht dann nicht entweder »Limited« oder »Incorporated« dahinter? Hat der Mann hingegen vier Frauen gehabt, wie es nach den Telegrammen den Anschein hat, so ist meines Erachtens keine dieser vier Frauen in dieser Angelegenheit gesetzlich zuständig, sondern sie müßten jede für sich hinter Schloß und Riegel sitzen. In all den Ländern, in die die Telegramme gehen sollen, ist Vielweiberei ein schweres Verbrechen.«

Diener: »Wollen Sie diese Telegramme abschicken lassen oder nicht, Sir?«

Der Vertreter des Bischofs riet dem Mann, mit der Leitung des Haupttelegraphenamts zu sprechen, und es endete damit, daß die Telegramme abgeschickt wurden.

31. Ihre neuen Anweisungen und Tätigkeitsbericht

Der Schlosser Sira Jon bittet mich, erst abzureisen, wenn alles vorüber ist. Der Geistliche wiederholt, daß die Verantwortung des Pfarramts schwer auf ihm laste. Er sagt, er hoffe, daß bald Flugzeuge aus den vier Haupthimmelsrichtungen kämen, um Mundis Körper zu vierteilen und je einen Teil in das in Betracht kommende Land zu bringen. Axlarbjörn, der berühmteste Mann am Gletscher, wurde in drei Steingräbern beigesetzt, sagt der Gemeindepfarrer; auch hat er gehört, daß die Könige der Ming-Dynastie in je zwölf Grüften zur letzten Ruhe gebettet wurden.

Der Tag vergeht, ohne daß Antworten der vier Witwen eintreffen. Der Diener fährt in der Limousine, Marke Imperial, fort in die Stadt; der Zwölftonner mit Dichter Jodinus hinterher wie ein Hund. Sira Jon und ich bleiben zurück und harren der Dinge, die da kommen sollen; ich gebe Obacht auf die Hirten, damit sie nicht der Leiche den Kopf abschneiden und ihn mumifizieren. Ich sage, daß ich nach Reykjavik fahren werde, denn mein Auftrag sei erledigt; darüber ist Sira Jon ein wenig traurig, bis es ihm einfällt, mich in den Schuppen einzuladen; er sagt, eine alte Frau draußen auf der Landzunge habe ihm geräuchertes Bauchfleisch gegeben. Davon schnitt er dicke Scheiben ab, und wir aßen es roh; es war der reinste Lekkerbissen, und außerdem war ich hungrig. Er setzte den Kessel auf und kochte seinen starken Kesselkaffee, und es fand sich Roggenbrot und Butter genug und sogar gehärteter Heilbutt für wenigstens zwanzig Pfund Sterling. Endlich kam ein Telegramm, und die Spannung, was die vierfache Weltdame sagen würde, verschlug uns fast den Atem.

Es war jedoch ein Telegramm von Euer Hochwürden, dem Bischof von Island – an mich. Ich füge es als Anlage bei:

»I. A. des Kirchenministeriums bitte Bestattung australischen Ingenieurs isländischer Herkunft kontrollieren, der heute morgen am Gletscher verschied. Soll auf der Pfarre beerdigt werden gemäß Verlangen in soeben erhaltenem Telegramm von Mowitz & Cattleweight Ltd., Solicitors & Brokers, Securities Corporation, London W. C. etc., so lautend: Mr. Syngmann of Australia died in Iceland this morning. Kindly bury the man immediately. Attestations of responsible authority requested. Costs payable in this London office.« (Übersetzung des Unterzeichneten: Herr Syngmann aus Australien heute morgen in Island verstorben. Bitte den Mann sofort begraben. Bestätigung der betreffenden Behörde erforderlich. Unkosten werden in diesem Londoner Büro erstattet.) Übertrage Ihnen Verantwortung für vollgesetzliche Vorbereitung und Durchführung gewünschter Aktion. Zuständige Beamte und Repräsentanten des Auslands nehmen teil. Bischof von Island.«

Vebi: »Es ist wahrscheinlich besser, die Scheiben in die Kirchenfenster einzusetzen, Sira Jon.«

Sira Jon: »Ach, die Kirche hat nichts in der Kasse.«

Vebi: »Die in London bezahlen.«

Sira Jon: »Was macht es denen aus, ihn nach London zu bringen? Danach könnten sie ihn nach Australien bringen, wo sie meinen, daß er registriert ist. Und was sagen seine drei Mitarbeiter hier?«

Vebi: »Sie wollen seinen Kopf trocknen. Etwas anderes haben sie nicht im Sinn. Von denen können Sie nichts erwarten.«

Sira Jon: »Vielleicht wollen Sie selbst ihn beerdigen?«

Vebi: »Was für eine Idee! Ich habe nicht die Weihe. Ich bin nicht einmal berechtigt, Erde auf den Sarg zu werfen. Ich habe hier in diesem bestätigten Telegramm vom Bischof meine Anweisungen bekommen. Sie besagen kurz und bündig, daß ich die Verantwortung für den vollgesetzlichen Ablauf dieser Angelegenheit trage. Für mich ist ersichtlich, daß Sie, der Gemeindepfarrer, rechtlich zuständig sind.«

Sira Jon: »Kommt es Ihnen gar nicht komisch vor, diesen Mann hier zu beerdigen, in meinem Kirchhof?«

Vebi schwenkt das Telegramm: »Hier sind meine Anweisungen.«

Sira Jon: »Die Sache ist die, daß ich nicht Manns genug bin, für diesen Mann die Leichenrede zu halten. Wir waren Rivalen. Er war ein solcher Zauberer, daß er unsere Liebste in einen Fisch verwandelte.«

Abend. Der Diener kommt im Imperial aus der Stadt, und Jodinus trödelt hinterher mit einem Sarg auf dem Zwölftonner und keiner weiteren Ladung als Frau Fina Jonsen auf dem Vordersitz. Auch ein Baumeister ist dabei, um nachzusehen, was für die Kirche getan werden müsse; er sagt, daß morgen Handwerker geschickt würden. Der Gemeindepfarrer macht sich auf die Suche nach einem Zimmermannshammer, einem sogenannten Kuhfuß, denn jetzt sollen die Fenster wieder geöffnet und die Querhölzer abgerissen werden, die er erst gestern sorgfältig vor die Tür nagelte, nachdem der Vertreter des Bischofs eine Besichtigung vorgenommen hatte. Frau Fina Jonsen wartet draußen mit dem Schrubber, und man kann jetzt in die Kirche hinein. Vom Erdboden bis zur Schwelle sind es achtundvierzig Zentimeter, wie in diesem Bericht bereits vermerkt wurde, aber Frau Fina Jonsen meint, das mache nichts aus und ihr Schritt sei für solche Schwellen weit genug. Doch in dieser Kirche können weder Schrubber noch Seife und nicht einmal der Reisigbesen etwas ausrichten, so daß Jodinus sagt, er werde morgen einen Mann mit einer Schaufel holen. Der Baumeister macht Notizen, verspricht ebenfalls, morgen mit einem Trupp zu kommen, und fährt nach Hause.

Der Leichnam mußte eingesargt werden. Wir trugen den Sarg in den Bungalow. Die Hirten hatten sich auf der Veranda unter dem Vordach, da, wo es nicht regnete, hingelegt; es ist bei ihnen nicht Brauch, in die Häuser zu gehen, außer bei Unwetter, vgl. »Füchse haben einen Bau« usf. Sie guckten aus ihren Schlafsäcken, ohne guten Abend zu sagen, und verkrochen sich wieder. Im Wohnzimmer rückten wir die Möbel beiseite und stapelten einiges an den Wänden übereinander; sodann machten wir auf dem Fußboden eine Bahre zurecht. Frau Fina Jonsen wusch die Leiche, wie sie da im Bett lag, und wir hoben sie je nach Bedarf an, um der Frau die Arbeit zu erleichtern. Die Leiche war sehr steif; die Knie, die zu Lebzeiten sich kaum abzeichneten, waren wie Eisklumpen. Frau F. J.

holte ein Totenhemd aus ihrer Tasche und sagte: »Ich habe es aus Nachthemdenstoff genäht, den ich für mich zurückgelegt hatte.« Dann kleideten wir die Leiche an. Als diese Arbeit getan war, sagte die Frau: »So ist das Leben«, und meinte damit, daß das Nachthemd aus dem Stoff, den sie für sich hatte haben wollen, nun für den größten Angler der Welt verwendet würde. Dann trugen wir die Leiche nach vorn in die Stube und legten sie in den Sarg, und Unterzeichneter durfte den Kopf des berühmten Mannes halten. Es kostete Mühe, seine Arme auf der Brust zu kreuzen. Jetzt lag er da, im Gesicht nicht mehr blaupockig, sondern braun von altem Sonnenbrand in heißen Ländern. Danach fand folgender Wortwechsel statt:

Der Diener: »Ist hier niemand, der ein Gebet spricht?«

Sira Jon Primus, ziemlich kleinlaut: »Ach, ich bin schon lange aus dem Beten heraus.«

Vebi zum Diener, auf englisch: »You are the butler.«

Da begann der Butler leise ein englisches Gebet zu murmeln, aber so schnell, daß Unterzeichneter nicht recht unterscheiden konnte, ob es das Vaterunser war oder »It's a long way to Tipperary«. Ihrem Vertreter kam es so vor, als ob Sira Jon während des Gebets an seinem Körper Läuse zu verspüren glaubte. Frau Fina Jonsen blickte die Männer an, als wollte sie sie fragen, ob das von ihrer Seite alles sei. Es schien tatsächlich alles zu sein. Da zog die Frau ein altes, abgegriffenes Gesangbuch mit Goldschnitt hervor und legte es der Leiche auf die Brust. Sie machte das Kreuzeszeichen über dem Gesicht, sachverständig, erst mit einer kerzengeraden Handbewegung von oben nach unten, den Längsbalken bezeichnend, dann deutete sie mit der flachen Hand den Querbalken an, wobei die Handfläche nach unten zeigte. Schließlich breitete sie ein Tuch über das Gesicht des Mannes und sagte: »Der Herr sei dir gnädig.«

Das war alles, und mehr war auch nicht nötig. Sira Jon sagte, daß Fräulein Stößeldora uns zu Kaffee und Kuchen ins Pfarrhaus einlade.

Auf Ihren Wunsch werde ich meinen Aufenthalt hier um so viele Tage verlängern, wie die Leiche Dr. Godman Syngmanns aufgebahrt liegt. Ich bin jedoch nicht bereit, die Verantwortung für Dinge zu übernehmen, die sich eventuell hier ereignen werden. Unberechenbare Akteure sind hier mit im Spiel. Doch verspreche ich, mein möglichstes zu tun, um zu verhindern, daß die Leiche auf den Gletscher gebracht, ihr Kopf abgeschnitten und getrocknet wird usf.

Ich habe bemerkt, daß das Kirchenministerium mit dem Diener des Verstorbenen, Mr. Smith, einem Engländer, sowie mit seinem örtlichen Beauftragten, Jodinus Alfberg, zusammenarbeitet. Diese Zusammenarbeit hat vielleicht dazu geführt, daß in die Kirche Fenster eingesetzt wurden, das Dach repariert wurde u. a. m. Unterzeichneter möchte auch dankbar erwähnen, daß man den Unrat aus der Kirche geschaufelt und die Tür einigermaßen repariert hat, wenn sich auch das Knarren nicht gänzlich beseitigen ließ. Um den Altar herum wurde ein wenig Ordnung geschaffen. Mir scheint es auch viel wert, daß eine Stiege von achtundvierzig Zentimeter Höhe an die Kirchentür gestellt worden ist, so daß die meisten Pfarrkinder, soweit sie rüstig und beweglich sind und normal lange Beine haben, in das Gotteshaus am Gletscher hineingelangen können – wenn die Kirchentür nicht vorzeitig zugenagelt wird. Auch eine Leiter wurde an die Glockenpforte gestellt, so daß man jetzt hinaufklettern und läuten kann.

Hinsichtlich der Altartafel, die in diesem Bericht bereits erwähnt wurde, möchte ich hervorheben, daß ich verhindert habe, daß die alten Bilder darauf mit Lauge und mit einer Schrubbürste, wie man sie in Hafnarfjördur zum Entschuppen des Schellfischs verwendet, gescheuert wurden. Vielleicht kann man die Tafel mit geeigneten Mitteln reinigen, wenn sich dafür ein Experte findet.

Was die Bretter aus der Kanzel betrifft, die früher zu einem Bündel zusammengebunden waren, und den kostbaren Kerzenleuchter im deutschen Barockstil, der in hundertdreiunddreißig Teilen auf dem Fußboden lag, so halte ich es für wahrscheinlich, daß man diese Dinge beim Ausschaufeln hat mitgehen lassen, weil Unterzeichneter es versäumt hatte, sie in Verwahrung zu nehmen.

Die drei Hirten halten sich noch immer hier auf; sie haben die Veranda des Bungalows bezogen und sagen, daß sie wegen des Nebels ihre Aufgabe später erfüllen werden; danach würde der Butler für ihre Heimreise sorgen.

Diese Männer sind gefragt worden, welcher Glaubensgemeinschaft Dr. Godman Syngmann angehört habe; des weiteren, ob es wahrscheinlich sei, daß ein Vertreter der betreffenden Gemeinde nach Island reisen und die Beerdigung durchführen würde, falls der hiesige Gemeindepfarrer aus Gründen des Bekenntnisses Bedenken dagegen hätte, daß Lutheraner in die Sache hineingezogen würden.

Sie sind nicht gerade bequeme Gesprächspartner. Von der Leiche Dr. Syngmanns sagen sie, daß es der Körper eines internationalen Geschäftsmannes sei; ihr Meister hätte sich diese Hülle geliehen. Es wäre gleich, was mit so einem Gerümpel geschehe (»skip it«). Ihr Meister habe keinen Glauben gehabt. Er sei selber Buddha gewesen. Buddha begebe sich oft in wichtigen Angelegenheiten auf die Erde, ohne wiedergeboren zu sein; dieses Mal kam er, um eine besondere Offenbarung in sechs Bänden zu verkünden und ein ziemlich dringendes Auferstehungsmysterium durchzuführen. Die Offenbarung sei erfolgt, doch das Wunder werde erst vollbracht, sobald es zu regnen aufhöre. Der Lord habe jetzt seine grobe Hülle abgeworfen und sei in seinen Himmel heimgekehrt. Von dort werde er in wiedergeborener Gestalt als der fünfte Buddha nach etwa dreitausend Jahren von neuem auf die Welt kommen, um das Erlösungswerk zu vollenden, das er jetzt mit Buch und Wunder vorbereitet habe.

Unterzeichneter kann nicht beurteilen, ob diese Lehre Buddhismus oder etwas anderes ist. Eines ist sicher, daß mir das eine oder andere davon bekannt vorkommt, obwohl ich kein Buddhist bin. Unterzeichneter versucht nicht, etwas zu erklären oder hinzuzufügen, doch meines Erachtens ist obengenannter Leichnam nach dieser Lehre dazu berechtigt, gemäß dem allgemeinen christlichen Bekenntnis mutatis mutandis beerdigt zu werden. Etwas anderes ist es, daß einer der Hirten, der Lautenschläger, offensichtlich von den Kopfjägern in Südamerika abstammt und verlangt hat, den Kopf Dr. Syngmanns zum Trocknen zu bekommen.

Ich habe gegenüber Mr. Smith die Notwendigkeit betont, daß bei der Leiche feierliche Totenwacht gehalten wird im Auftrag der Firma Messrs. Mowitz & Cattleweight Inc., Solicitors & Brokers etc., und ich übertrage ihm die Verantwortung dafür, solange sie im Bungalow aufgebahrt liegt; doch sobald die Kirche in Ordnung ist, wird Unterzeichneter bei der Leiche Totenwacht halten im Auftrag und gemäß Anweisungen des Kirchenministeriums und im Einvernehmen mit dem Gemeindepfarrer.

Am Abend vor der Beerdigung. Die Handwerker sind fort, und die Totengräber waren am Werk. Der Sarg ist in die Kirche gebracht worden. Hinsichtlich dieser Beerdigung ist nur noch eins ungewiß, und zwar, ob sie überhaupt stattfinden kann. Sira Jon Primus hat noch immer keine eindeutige Zusage gegeben; er war heute morgen vor dem Aufstehen verschwunden und hat sich den ganzen Tag lang nicht sehen lassen. Es wurde ohne Erfolg in der ganzen Gegend herumtelefoniert.

Nacht, dunkler Himmel, Nieselregen. Die Hirten schlafen auf der Veranda des Bungalows unter dem Vordach. Die Leiche ist an ihrer Stelle, und der Sarg steht am Kopfende auf; der Deckel wird erst ganz aufgelegt, nachdem die offiziell zuständigen Personen die Leiche mit ihren Papieren verglichen haben. Ich beschließe, mich für eine Stunde hinzulegen und die Sorgen zu vergessen in der Hoffnung, der Schöpfer werde sich schon irgendwie aus den Schwierigkeiten des morgigen Tags herausrappeln.

Ich hatte kaum länger als eine Minute gelegen, als ich draußen vom Hofplatz her flüchtige Schritte vernahm. Machten sich jetzt die Hirten mit dem Kopf zu schaffen? Doch als ich nachsehen ging, liefen dort Schafe umher; sie gaben sich zu erkennen, indem sie blökten. Die Nacht war naß und schwer. Es war die Art Regen, die einen ohne Rücksicht auf die Temperatur frieren macht; Seelenregen. Ich legte mich wieder hin, erschöpft von Sorgen, die nachweislich nicht aktuell waren. Dieses Mal überfiel mich der Schlummer, doch fast gleichzeitig bekam ich Alpdrücken. Mir war, als hätte ich vergessen, die Kerze am Kopfende der Leiche zu löschen, und jetzt wäre die Kerze auf den Fußboden gefallen und blaue Flammen liefen wie ein flüssiger Stoff über den Boden der Kirche. Ich fahre in meine Schuhe und rase in die Kirche. Doch da war natürlich nie eine Kerze gewesen, geschweige denn Licht. Im Schlaf waren in mir ungezügelte Erinnerungen an Totenwachtbilder in Chiaroscuro aufgestiegen, mit Kerzenschimmer am Kopfende des Abgeschiedenen.

Es war schummerig in der Kirche trotz der neuen Scheiben; doch werden die Nächte zwischen der Kreuzesmesse und den Ziehtagen nie so dunkel, daß man die dichten Regentropfen auf dem Gras nicht sehen könnte, das draußen sprießt.

Die Altartafel aber war schwärzer als je zuvor. Ich dachte daran, ob es nicht Einmischung von mir gewesen war, Frau Fina Jonsen zu verbieten, diese altertümliche Kunst mit Schrubbürste und starker Lauge zu behandeln; denn hatte sie nicht dieses alles nach Quadratmetern übernommen? Mir kam es so vor, als ob diese Bilder mich aus ihrer stummen Zerstörung vorwurfsvoll ansahen, und es kann sein, daß sie recht gehabt haben und daß es falsch ist, Putzmittel zu erfinden, um das wieder sichtbar zu machen, was verschwunden ist.

Ich war schon zweimal aufgestanden, und ich hielt es nicht mehr für lohnend, zum dritten Mal zu Bett zu gehen. Die Hirten meinten, daß sie sich am Nordpol befänden und dies hier die Domkirche des Pols wäre. Mag sein, daß es sich in gewisser Hinsicht um eine Übertreibung handelte, doch etwas ging hier um wie spukende Walrosse; mein Kopf war voller zeitlich ferner Dinge, und dabei bin ich doch erst fünfundzwanzig Jahre alt. Ich setzte mich auf das Fußende der Bahre und ließ einnickend den Kopf sinken.

Da kreischten die schlechten Scharniere abscheulich, und ich schreckte auf. Jemand betrat die Kirche: Sira Jon Primus. Er schleppte sich sozusagen durch die Tür. Er wirkte schrecklich mitgenommen und war bis auf die Haut durchnäßt, der arme Mann. Wie sah sein Schuhzeug aus, nachdem er durch Lehm und rostfarbenen Schlamm gegangen war! Ich glaubte zu wissen, daß ich träumte, dennoch sagte ich vorsichtshalber guten Tag.

Sira Jon Primus: »Guten Tag.«

Vebi: »Ich sehe, Sie sind spazieren gewesen, Sira Jon. Wo sind Sie bloß hineingeraten, daß Sie so schlimm aussehen?

Sira Jon Primus: »Hier am Gletscher sind die berühmtesten Mineralquellen der Welt. Dort bin ich hineingeraten.«

Er setzte sich auf das Altargeländer, zog einen Schuh aus, dann den Strumpf und sagte: »Ich habe mir ein bißchen den Knöchel verrenkt. Ich will nachsehen, ob er geschwollen ist.« Er befühlte den Knöchel, sagte: »Wahrscheinlich ein kleiner Bluterguß!«, und zitierte einen Vers aus den Psalmen Davids.

»Deines Opfers halben strafe ich dich nicht, sind doch deine Brandopfer immer vor mir; denn alle Tiere im Walde sind mein und das Vieh auf den Bergen, da sie bei tausend gehen; ich kenne alle Vögel; die Lilien auf dem Felde sind bei mir.«

Nach diesen Worten zog er den nassen Strumpf und den lehmigen Schuh wieder an. »Dann ist es am besten, ich besuche Mundi«, sagte er.

Vebi: »Gottes Gnade, daß Sie sich eingefunden haben, um den Mann morgen früh zu beerdigen, Sira Jon.«

Sira Jon Primus: »Ich beerdige akkurat keinen einzigen verdammten Mann! Haben Sie Streichhölzer?«

Der Deckel war nicht ganz zu, der Sarg am Kopfende offen, wie bereits gesagt. Wir lüfteten das Tuch und beleuchteten das Gesicht mit einem Streichholz. Es trug den Ausdruck größter Ferne. Wer es erblickte, mußte sich auf einen Tag freuen, den ersten Tag nach seinem Ableben.

Jetzt habe ich berichtet, wie ich in dieser merkwürdigen Kirche neben Sira Jon Primus stand und wir den Ausdruck größter menschlicher Ferne betrachteten. Das Streichholz ging aus.

Sira Jon Primus: »Sonderbar, daß eine solche Tube sich wirklich darum gekümmert hat, wie man die Schöpfung regieren soll.«

Unterzeichneter wollte den Gemeindepfarrer fragen, ob er Tube oder Type gesagt hatte, doch war es mir zuwider, davon Aufhebens zu machen; auch konnte es mir gleich sein. Er hatte aber ganz bestimmt Tube gesagt. Ich breitete das Tuch wieder über das Gesicht.

33. Trauernde und ihr Trost

Die Beerdigung Dr. Godman Syngmanns wurde den Beteiligten für den 19. Mai, 11.00 Uhr, angekündigt. Zur festgesetzten Zeit kamen zum Imperial des Verstorbenen sechs schwarze Limousinen hinzu. Aus diesen repräsentativen Funktionärswagen stiegen einige schwarzgekleidete Männer. Das Trauergefolge war zwar nicht groß, doch feierlich und eindrucksvoll. Im folgenden eine Liste dieser Personen (Begleiter, Fahrer und Angestellte sind nicht aufgeführt):

Mr. Christie, britischer Generalkonsul in Island;

Mr. Smith, Dr. Syngmanns Diener;

Mr. David, Beamter in der Botschaft der Vereinigten Staaten;

ein englischer Vertreter der Firma Messrs. Mowitz & Cattleweight Ltd., Securities Corporation, Solicitors & Brokers, London W. C. etc.;

der Bezirksvorsteher des Snæfellsbezirks;

ein Vertreter des Justizministeriums;

ein Vertreter des Bischofs (Unterzeichneter);

Jodinus Alfberg, Dichter, örtlicher Beauftragter des Verstorbenen, Verfasser des Palisandergedichts;

eine Sängergruppe (bestehend aus Tumi Jonsen, Kirchenvorsteher, und zwei anderen alten Männern, alle schon recht hinfällig);

Witwe Fina Jonsen aus Hafnarfjördur, die hier im Bericht bereits erwähnt wurde und die ein Totenhemd u. a. m. beigesteuert hatte.

Hingegen vermißte man die vier Witwen des Verstorbenen, das heißt die Frauen, die in Buenos Aires, Sydney, London und New York seinen Namen trugen; sie hatten jedoch alle ein Telegramm bekommen.

Vom Langenseer erhielt der Gemeindepfarrer folgendes, im Bezirk Hunavatn aufgegebenes Telegramm: »Bedaure, nicht zur Beerdigung erscheinen zu können. Hoffe zur Auferstehung zurechtzukommen. Habe die Pferde verkauft. Herzlicher Gruß. Helgi auf Torfhvalastadir.«

Über die langwierigen, bis zum letzten Augenblick unternommenen Versuche, Sira Jon Primus dazu zu überreden, den

Toten zu beerdigen, wird hier schnell hinweggegangen; so unangenehm war es dem Pfarrer, dieser Feierlichkeit vorzustehen, oder besser gesagt, so schwer war es, ihn dazu zu bewegen. Er sagte, er hätte ein schlimmes Bein und wäre erkältet – was nicht gänzlich erfunden ist. Er hätte drei Tage lang wegen verantwortungsvoller Amtsgeschäfte keine Zeit zum Schlafen gehabt – anfechtbar. Im Hause sei kein Papier, um die Leichenrede zu schreiben, auch keine Zeit für Schreibarbeiten; außerdem hätte er die Buchstaben verlernt – Vorwände.

Unterzeichneter wies darauf hin, daß vom Pfarrer nichts anderes verlangt werde, als daß er in der Kirche an der Bahre des Verstorbenen dessen Geburts- und Sterbetag bekanntgäbe und danach irgendein einfaches Gebet spräche, und wäre es auch nur das Vaterunser; daß er schließlich die drei Spatenvoll Erde der Staatsmacht würfe und die vorgeschriebenen harmlosen Floskeln spräche: »Von Erde bist du gekommen« usw., wie es dabei üblich ist.

Sira Jon Primus: »Diese Floskeln sind nicht so harmlos, wie es aussieht. Sie stammen von den Scholastikern, die sich immerfort angestrengt haben, Aristoteles zu verfälschen, wo er doch ohnehin schlecht genug war. Sie versuchten, die Fabeln mit noch größeren Fabeln zu stützen, wie etwa damit, daß die Urbestandteile der Materie sich erst auflösen, sich später aber wieder vereinigen, um aufzuerstehen. Im Mittelalter logen sie so schnell, daß sie keine Zeit hatten zu stottern.«

Vebi: »Im Mittelalter war es auch Brauch, eine Formel auf ein Stück Papier zu schreiben und es auf die Wunde zu legen, dann heilte sie. Gegen innere Krankheiten wurde eine Mixtur gebraut und dem Hund desjenigen eingegeben, der krank war, dann wurde der Betreffende wieder gesund. Als ich klein war, brachte ich eine Warze weg, indem ich ein Zungenbein in eine Mauer steckte.«

Sira Jon Primus: »Kaltes Wasser für mich.«

Vebi: »Aber manchmal auch schön heiß, und genug Kaffee dazu.«

Da lachte Sira Jon Primus. Philosophie und Theologie haben keinen Einfluß auf ihn, und gesunder Menschenverstand erst recht nicht. Unmöglich, diesen Mann mit Argumenten zu überzeugen. Doch Witzeleien hört er sich stets an, auch wenn es Spitzfindigkeiten sind. Vielleicht ist er ein echter Isländer. Manchmal hätte Ihr Vertreter nicht wenig dafür gegeben, die Welt vom Standpunkt des Sira Jon Primus sehen zu können.

Vebi, als Sira Jon aufgehört hat zu lachen: »Hier treten nur ausländische und einheimische Beamte in Erscheinung, und deren Aufgabe ist es, Bericht zu erstatten. Wenn sie keinen Pfarrer zu sehen bekommen, gibt es keinen Bericht, keine Beerdigung, nichts, nichts; alles endet mit Nachforschungen und Streitereien, mit diplomatischen Aktionen und internationalen Verwicklungen in der ganzen Welt. Wir beide, Sie und ich, werden vielleicht ins Gefängnis gesteckt.«

Würdevolle Herren standen in der Kirche kerzengerade um den Sarg herum und warteten. An die Sänger waren aus Altersgründen Sitze ausgegeben worden; ihnen wurde gesagt, sie sollten erst aufstehen, wenn ihnen ein Zeichen zum Singen gegeben werde. Sira Jon betrat die Kirche um 11.13 Uhr. Er machte die Tür nicht hinter sich zu, die Kirche stand offen. Vögel flogen vor der Tür hin und her. Eine gelbgestreifte verwilderte Katze saß auf einem Grab und hatte Appetit auf ein Frühstück, doch das Frühstück sang mit schmetternder Stimme vom Kirchgiebel herab. Über den Spitzen des Gebirges hing Nebel, doch im Tal herrschte trockenes Wetter.

Der Talar des Gemeindepfarrers gehörte ursprünglich wohl einem viel kleineren Pfarrer als Sira Jon Primus; vielleicht hatte Sira Jon ihn gefunden, oder aber er war erheblich eingelaufen; jedenfalls war er ihm zu eng. Der Talar war ungleichfarbig, als hätte er einige Jahre im Freien gelegen, die meiste Zeit im Schnee, und durchlöchert, als hätten Insekten darin gehaust, vielleicht auch Mäuse. Der Pfarrer ging achtlos zum Sarg, gänzlich unberührt von der Anwesenheit feierlicher Trauergäste, und blieb links vom Kopfende des Sarges stehen. So soll ein Pfarrer nicht stehen, doch vielleicht hatte Sira Jon das Gefühl, daß er ein Pferd beschlagen müsse. Er stand eine Weile still und blickte ein wenig nachdenklich geradeaus durch die offene Tür; er fuhr mit der Hand durch seinen wolfsgrauen Haarschopf, kratzte sich den Kopf und versuchte, sich an etwas zu erinnern; strich sich dann so stark über das Gesicht, als ob er ein Gummigesicht zusammendrückte. Schließlich zog er sein Handbuch aus der Tasche des Talars, doch er hatte seine Brille vergessen.

Er hielt das Buch vor die Nase und kniff die Augen zusammen, aber er konnte offenbar keine annehmbare Stelle finden. Er wurde ein wenig unruhig, während er in dem Buch suchte. Bis dahin hatte ich geglaubt, Sira Jon wäre der allerletzte, der in Verlegenheit geraten könnte. Doch den Anwesenden konnte es kaum entgehen, daß sich der Gemeindepfarrer im Talar nicht wohl fühlte. Ich selbst glaubte zum ersten Mal zu sehen, daß Sira Jon nicht spielte. Der britische Konsul beugte sich zu Unterzeichnetem und fragte leise im Auftrag Ihrer Majestät, ob Verlaß darauf sei, daß dieser Mann an Gott glaube.

Vebi: »Yes.«

Jetzt fand Sira Jon hinten im Buch die Formeln, die am Grabe sogenannter »Abberufener«, die keine besondere Leichenrede erhalten, vorgeschrieben sind; damit sind gewöhnlich Gemeindearme und Diebe oder Ertrunkene oder auf Schären Umgekommene gemeint. Unter anderem stehen dort die Worte: »Herr, du läßt den Leib zu Staube werden.« Doch Sira Jon Primus schüttelte den Kopf und übersprang auch diese Stelle. Nachdem er hier und dort geblättert hatte, hielt er schließlich bei einer anderen Stelle inne; er hatte sie selbstverständlich vergessen. Er begann nun diese Stelle zu prüfen und wog und maß jedes Wort, doch so, daß man es gut hören konnte; dann las er laut: »Denn keiner unser lebt sich selber und keiner stirbt sich selber. Denn leben wir, so leben wir dem Herrn; sterben wir, so sterben wir dem Herrn. Darum wir leben oder sterben, so sind wir des Herrn.«

Sira Jon Primus zu sich selbst: »Das ist recht gut.«

Damit steckte er das Buch in die Tasche des Talars, wandte sich zum Sarg und sagte:

»Es war diese Formel, Mundi. Ich versuchte sie dir verständlich zu machen, doch es gelang mir nicht; das machte in der Tat auch nichts aus. Wir kommen sowieso nicht um diese Formel herum. Es kostet wenig Mühe, zu beweisen, daß diese Formel falsch ist; doch sie ist wenigstens insofern richtig, als die Welt entstanden ist. Es ist die Worte nicht wert, dem Schöpfer demokratische Ideen und gesellschaftliche Tugenden anzudichten oder zu glauben, daß man ihn mit Weinen und Wehklagen rühren und mit Logik und juristischen Kniffen überzeugen kann. Nichts geht so ins Blaue wie Worte. Dieses alles und noch mehr wußte der selige Sira Jens auf Setberg. Und er wußte auch, daß die Formel zur Hand ist. Alles übrige kommt von selbst. Die Schöpfung, also auch du und ich, wir sind in der Formel – hier in dieser Formel, die ich eben vorgelesen habe, und es gibt keinen Weg heraus. Denn keiner lebt sich selber und so weiter; und ob wir leben oder sterben, so und so weiter.

Dir gefällt nicht, daß Teufel die Erde regieren und infolgedessen in den Zeitungen nur eine Tugend von Bedeutung ist: Menschenmord.

Du sagtest, sie hätten eine Maschine erfunden, um alles zu vernichten, was auf Erden atmet; jetzt seien sie dabei, sich auf eine Methode zu einigen, um diese Arbeit schnell und gut zu verrichten, am liebsten, während sie einen Cocktail trinken. Sie möchten aus der Formel ausbrechen, die armen Kerle. Wer kann es ihnen verdenken? Wer hätte es nicht gewollt?

Viele meinen, daß der Mensch das erbärmlichste Geschöpf auf Erden oder sogar die niedrigste Entwicklungsstufe des Lebens im gesamten Universum darstellt und daß die Zeit längst gekommen ist, diese Kreatur auszulöschen wie das Mammut in den Tundren. Wir kannten einmal eine Schildmaid, du und ich. Es ließ sich nur ein einziges Wort für sie finden: ua. So wundervoll war dieses Geschöpf, daß es nicht übertrieben ist zu sagen, sie war ganz und gar unerträglich; ich glaube auch, daß wir zwei einander geholfen haben, sie wie einen Geist zu bannen, und vielleicht lebt sie dennoch. Es gab nichts, was ihr glich.

Wie alle großen Rationalisten glaubtest du an Dinge, die doppelt so unglaublich sind wie die Theologie. Ich heiße dich willkommen auf dieser ärmlichen Pfarre am Gletscher, um dich mit der Kraftquelle der Schöpfung und mit vernunftbegabten Wesen, die auf den Erden der Spiralnebel wohnen, zu vereinen. Es war ein guter Gedanke, daß du zu deiner Begleitung die Männer berufen hast, die über das Einstimmungsgesetz verfügen und damit über die Verbindung mit lebenspendenden Wesen des unendlichen Weltenraums. Ich verstehe gut, daß solche Männer nicht in eine so arme Kirche wie die meine kommen. Ich verneige mich vor deinen hochverehrten

Trauergästen, lieber Mundi, die aus fernen Orten hierher gekommen sind, um an einer Seelenmesse teilzunehmen.

Zum Schluß danke ich dir als Ortspfarrer dafür, daß du mit mir daran teilgenommen hast, die Schöpfung auf den Schultern zu tragen. Diese Pfarrstelle am Gletscher ist gewiß eine gute Stelle, doch mitunter ist sie etwas beschwerlich, ganz besonders für Pferde. Oft versuche ich allerorten etwas Abfallheu herauszuschlagen und es ihnen in der Kälte des Winters vorzuwerfen. Dennoch sind Pferde draußen im Freien stets voller Mutwillen und schlagen mit Brunstgewieher nach vorn und hinten aus, wie sehr sie auch Mangel leiden; und wie weiß man überhaupt, ob sie es ernst meinen; ja, man kann viel von diesen Geschöpfen lernen in einer Pferdequälergesellschaft wie der unseren. Über die Schneeammer habe ich dem nichts hinzuzufügen, was ich neulich zu einem jungen Mann sagte, der nach der Wahrheit suchte: Wenn es im Weltenraum eine Allmacht gibt, dann ist sie in der Schneeammer. Was für Wetter auch immer hereinbricht, die Schneeammer überlebt es; kaum sind die Stürme vorbei, so ist sie der Sonnenvogel. Und die Lilien des Feldes, sie arbeiten nicht und sie spinnen nicht. Darf ich auch an die farbenprächtigen Vögelchen auf den Südseeinseln erinnern. Eines ist gewiß, wir brauchen nichts zu befürchten, hochverehrte Trauergäste, denn ob wir leben oder sterben, wir haben denselben Gott wie die Mohammedaner in der Wüste, und von ihm sagte der selige Sira Jens auf Setberg: ›Allah ist groß.‹« (Bandaufnahme).

34. Zusätzlicher Tag am Gletscher

Ich wache auf, ausgeschlafen.

Gestern abend legte ich mich in dem Glauben zu Bett, daß jetzt meine Aufgabe abgeschlossen und die Pflege des Christentums am Gletscher einigermaßen zu Papier gebracht wäre. Das Hinscheiden Prof. Dr. Godman Syngmanns hatte ebenfalls mit einem Sieg geendet; und danach hatte ich wieder einmal meine Sachen gepackt. Lange habe ich nicht so gut geschlafen. Fahrplanmäßige Abfahrtzeit des Busses dieselbe wie früher (11.45).

Erst als ich mich fertig rasiert habe, sehe ich, daß ein Zettel zwischen Tür und Pfosten durchgesteckt worden ist; er liegt an der Schwelle auf dem Fußboden.

»Drei Uhr nachts. Lieber, guter Herr Vertreter. Werde heute abend die Kirche brauchen, wie wir vereinbart haben; mochte Sie aber diesbezüglich tief in der Nacht nicht wecken. Brechen am frühen Morgen bei Sonnenaufgang zum Gletscher auf und hoffen heute abend zur Schlafenszeit mit einer kleinen Ladung zurück zu sein, ich und Jodinus und drei Menschheitserleuchter mit Lastauto, Raupenschlepper und Jeep, da meine Pferde wahrscheinlich im Nordland für Suppe verwendet worden sind. Leider sind Motormaschinen für das Einstimmungsgesetz nicht günstig. Doch jetzt muß die Sache zu Ende geführt werden, denn unsere Determinatoren wollen abreisen und trockenes Wetter ist vorausgesagt, auch ist es klar über dem Gletscher. Trotz Maschinerie wird Diexelixis über Dysexelixis siegen, i wird über Ypsilon siegen, das ist unser Glaube. Dann wird alles gut sein. Dann wird die Welt gesunden. Und ich werde große Pferde kaufen. Helgi.«

Nun sieh einer an, sagte sich Unterzeichneter, war denn nicht damit zu rechnen? Oder war ich so einfältig, mir einzubilden, daß ein sonnig lächelnder Weltdisputierer wie der Gemeindevorsteher auf Torfhvalastadir die Ruder einziehen würde? Natürlich hören solche Männer nicht eher auf, als bis Diexelixis über Dysexelixis gesiegt hat. Jetzt steht also das Gotteshaus schutzlos jedem beliebigen Irrgläubigen offen, und Sira Jon ist über alle Berge, um wie eh und je verantwortungsvollen Amtsgeschäften nachzugehen.

Infolgedessen muß ich mich hier noch bis zum Abend aufhalten und versuchen, mit bischöflicher Vollmacht und geistlicher Befugnis diesen Erlösern die Benutzung der Kirche zu verwehren.

Statt nach Hause zu fahren, froh über meinen Erfolg, spaziere ich nun den Tag über allein auf dem Hofplatz herum oder liege am Rand der Felsenküste, höre den Vögeln zu und schlafe ein. Fräulein Stößeldora ist sicher unterwegs; ich möchte annehmen, daß sie sich mit Backen überanstrengt hat, da sie doch gestern für die Großmächte, den Vertreter des

Weltkapitalismus aus London und weitere gute Leute Kaffee und Kuchen bereithalten mußte; vielleicht ist sie weggefahren, um sich zu erholen.

Unterzeichneter geht die Straße entlang, auf der Suche nach einer Metropole, die gewissenhaft auf der Karte eingezeichnet ist und nach dem Maßstab etwa fünf Kilometer entfernt liegt; doch der Weg ist so kurvenreich und führt so viele Moränen hinauf und hinunter, daß ich hin und zurück insgesamt fünf Stunden unterwegs war.

Die Stadt stellte sich als eine Gruppe von drei verstreut liegenden Gehöften heraus, dort, wo die Felsenküste aufhört und der flache Strand beginnt. Im Keller eines der Gehöfte gab es einen kleinen Laden, und als ich endlich die Bäuerin gefunden hatte, verkaufte sie mir aus den Lebensmittelbeständen des Ladens überlagerte Schokolade, Würstchen in Dosen und selbstverständlich die berühmten Prinz-Polo-Kekse, jenen einzigen Luxus im Essen, den sich die Isländer gestatten, seit sie ein reiches Volk geworden sind. Zwischen den Zähnen ist dieser Leckerbissen dem Bimsstein nicht unähnlich, den man in ausgetrockneten Gletscherbachläufen finden kann, nur daß noch gratis ein süßlicher Geschmack hinzukommt, der normalen Bimsstein noch ein wenig ungenießbarer als gewöhnlich machen würde. Diesen Gaumenkitzel verschlang Unterzeichneter wie ungereinigten Tran, wie es in dem Gedicht über Asmundur in Rembihnutur erzählt wird, denn der Hunger quälte ihn. Ich sitze auf einem grünen Hügel an der Straße, wo ein kleiner Bach fließt, und nehme den Bach und die Würstchen als Nachtisch. Das Wasser ist von der Art, daß ich endlich die Kaltwassertheorie von Sira Jon Primus verstehe, der sagt, daß es genügt, eine einzige Theorie zu haben, die man nur dann befolgen muß, wenn man Durst hat.

Sollte ich vergessen haben, über das Wetter zu schreiben, so ist das schnell getan: Es hat sich aufgeklärt. Ein wolkenloser Tag. Der Gletscher thront ganz weiß und still über dem ungeweihten Pfarrerlein, das auf einem Hügel an einem Bach sitzt, Prinz-Polo-Kekse kaut und sich im Geiste rüstet, die Offenbarung, die Glaubenssätze und Gottes Christentum gegen Geisterbeschwörer, Wundertäter, Pferdehändler und Zwölftonnenleute zu verteidigen. Ein schöner Tag. Ein Tag, an dem man den Glauben nicht verliert. Und wie klar der Gletscher sich spiegelt im See des Berggeistes Bardur!

35. Noch ein Disput über das gleiche Thema

Vebi spätabends zu Bauer Helgi auf Torfhvalastadir, Langenseetal: »Solange ich mich im Auftrag des Bischofs auf dieser Pfarre befinde, bleibe ich bei dem, was ich neulich sagte: zuerst einmal sehen, was in dem Kasten ist, und erst danach entscheiden, ob man dem Inhalt kirchliche Behandlung zuteil werden läßt oder nicht.«

Langenseer: »Meinem Lehrmeister, der mir jetzt näher ist als je zuvor, lag sehr daran, daß der Kasten epagogische Behandlung erführe.«

Vebi: »Sie entschuldigen – es ist eine christliche Kirche.«

Langenseer: »Wenn ich auch zu Kosmobiologie sowie Astrochemie, Biotelekinesis und all diesen Dingen neige, so rührt das nicht daher, daß mein Lehrer etwa vergessen hätte, in seinen Schriften hervorzuheben, daß die Seele in der Kirche zu Hause ist. Wer bestreitet, daß die Kirche der Pferdemarkt der Seele ist?«

Vebi: »Nun sieh mal einer an! Wenn Sie auf den Pferdemarkt gehen, verhalten Sie sich dann nicht nach den Regeln des Pferdemarktes? Sie kaufen doch kaum ein Pferd unbesehen. Das tun wir auch nicht.«

Langenseer: »Mein Lehrmeister hat drei Geister hierher gerufen, die der Meinung sind – und ich glaube, sie haben einigen Grund dazu –, daß er selber sie in Menschengestalt zum Leben erweckt hat, wie die Lappen den Eyvindur Wangenriß zum Leben erweckten. Diese Einstimmungsgruppe ist mit der Absicht hierhergekommen, eine Zeitenwende in der Biologie herbeizuführen. Sie wissen so gut wie ich, daß die Strahlen der Spiralnebel sich im Gletscher brechen. Unser Bischof sollte also unsere Bitte zum Anlaß nehmen, der Seele zu gestatten, in einer Kirche zu erwachen und aufzuerstehen.«

Vebi: »Ich frage, was in dem Kasten ist. Nur darauf kommt es an.«

Dichter Jodinus legt ein Wort mit ein, er siezt mich: »Wenn wir auch nur einfache Leute sind, Freund, so steht es uns doch frei zu sprechen, nicht wahr? Wir haben die Weltbefreier auf unserer Seite. Verbieten Sie uns den Mund, wenn Sie es wagen.«

Langenseer: »Dürfte ein Bauer und Pferdeliebhaber etwas im Namen seines Lehrers sagen, der auf den Erden der Spiralnebel wohnt und uns dennoch näher ist, als wir uns selber sind, und von dort mit den Augen der Allweisheit und Allherrlichkeit auf alles herniedersieht, was in der Zeit geschieht?«

Vebi: »Sollten wir nicht lieber den Kasten aufbrechen und hineinsehen und so weit wie möglich unsere eigenen Augen gebrauchen? Danach können wir die Sache besprechen.«

Bauer Helgi auf Torfhvalastadir war von Gottes Gnaden ein solcher Meister darin, sich um Pferde zu streiten und ihren Preis herunterzuhandeln, daß sein Gesicht mit der Brille des Weltalls im Dunkeln leuchtete; obwohl es Mitternacht war, brauchte man kein Licht, wo er zugegen war, wenigstens nicht zu dieser Zeit des Jahres. »Unsere Augen, was sind sie? Erbe aus den Tagen der Ungeheuer, dem Zeitalter der Saurier; Überbleibsel des Körperbaus der großen Sprungechse, die Tyrannosaurus rex hieß, zwanzig Tonnen wog und den scheußlichen Kopf zwölf Meter hoch streckte: Aus dem Kopf kommen unsere Augen; deswegen sitzen wir noch immer im Gefängnis irdischen Sehens aus dem Mesozoikum; mit solchen Augen wird nichts anderes wahrgenommen als die Welt dieses furchtbaren Geschöpfs. Doch, lieber Bischof, da ist ein Auge, das sieht: das Auge, das zutiefst im Weltall wohnt. Diesem Auge sollen wir heute abend begegnen.«

Jodinus nimmt einen Schluck aus der Taschenflasche und wendet sich mir zu. »Obwohl Helgi und ich nur Isländer sind, sind wir doch Dichter und stehen über der Welt, wenn auch in kleinen Dingen. Und obgleich ich nur ganze zwölf Tonnen habe gegenüber diesem großen Vieh, das Helgi erwähnte und das zwanzig Tonnen hatte, wurde mir dennoch ein Kasten anvertraut von einem Mann, der vielleicht ebenso allmächtig war wie du, Freund, und ihr Bischöfe. Bitte, hier ist er. Jetzt zeig, daß du keine Angst hast.«

Ein merkwürdiger Klang – woher kommt diese Musik, die fast gar keine ist? Unterzeichneter steht in der nächtlichen Stille draußen auf dem Hofplatz; er hält es für angebracht, so lange aufzubleiben, bis er sicher sein kann, daß diese Männer die Lust verlieren, in die Kirche zu gehen. Obwohl ich ihnen einstweilen die Kirche verboten habe, finde ich es wenig schön von ihnen, daß sie mir nicht sagen, ich solle zugegen sein, wenn der Deckel des Kastens aufgeht. Wenn ich nur die Herren nicht beleidigt habe! Ich setze mich also auf die Kirchentreppe, wie um auf die Kirche aufzupassen, und die Treppe duftet noch nach frischverarbeitetem Holz; da merke ich, daß diese leise Musik um die Ecke der Kirche kommt. Jetzt zeichnet sich der halb durchsichtige Schattenriß des Gletschers gegen den Himmel ab; auch er lauscht und wartet dort in der Stille der Nacht.

Diese Musik gleicht einem Tropfen, der mit drei verschiedenen Tönen fällt, wie Tropfen in einer dunklen Höhle. Dazwischen Schweigen. Doch das Schweigen ist unterschiedlich lang, und der Ton hängt davon ab, wieviel der Tropfen angesammelt hat, wenn er in der Finsternis vom Felsgewölbe hinabfällt. Dieser tönende Tropfen ist einsam im Weltall und sich selbst genug, während er den Stein höhlt; auch ist kein Ohr zugegen. Es ist Musik in derselben Weise, wie die Ewigkeit in einem getrockneten Menschenkopf echt ist. Musik, die wir kennen, ist riesenhafte Denkmalskunst, eingegeben von Nationalfeiern und Pontifikalmessen und anderem erregendem Verzweiflungsjubel von der Art der Neunten Sinfonie; ist sie aber echt? Von diesem Tropfen kann man das sagen, was einmal über den kleinsten Mann auf dem Thing gedichtet wurde: Viel Stoff ist nicht für dich gewesen, doch war er wirklich auserlesen. Dieser erbärmliche Kopfjäger und Lautenschläger aus den Anden, der jetzt eine Zeitlang einem Kalb am Gletscher vorgespielt hat, ist er es nicht zu guter Letzt, der die Musik des Absoluten spielt?

Der Langenseer, der Zwölftonnenmann und der Anführer der Hirten, der leider Bücher gelesen hat, sie trugen zusammen den Kasten an der Kirchentür vorbei, wo Ihr Vertreter auf einer Stufe saß; dann bogen sie um die Ecke. Unterzeichneter stand auf und trottete in einigem Abstand hinter dieser rätselhaften Sache her.

Vebi: »Ich möchte lieber dabei sein, obwohl ich begriffen habe, daß ich nicht eingeladen bin – falls sich etwas ereignen sollte, was das Christentum betrifft.«

Der einfache Mann Jodinus sagte, »so ein Mensch«, das heißt ein Mensch wie der Unterzeichnete, habe es nicht verdient, Isländer zu heißen, denn die Isländer hätten seit undenklichen Zeiten Tote auferweckt, sie hätten es von den Lappen gelernt. Helgi auf Torfhvalastadir begrüßte es hingegen, daß der Bischof sich herabließe, seinen Stellvertreter anwesend sein zu lassen, auf daß er Zeuge eines Substanzwandels würde, den die Lutheraner beim Abendmahl – wenn auch nur mit Zurückhaltung – verkünden, den aber jeder gewöhnliche Priester des Papismus in der römischen Messe an jedem Tag des Jahres so leicht vollbringt, wie er Wasser trinkt.

Ich durfte auf die Veranda des Bungalows unter das Vordach kommen. Der Mond war im zweiten Viertel.

Der Schläfer Epimenides saß auf seinen Hacken und lächelte in der Dämmerung, und manchmal funkelten seine Pupillen blaugrün wie die eines Tieres. An seinem Schapel hatte er Löffelkraut und Krähenbeerenkraut befestigt und glich jetzt einem Gott mehr denn je zuvor.

Der Tropfen saß auf den Waden und zupfte in langen Abständen an seiner Laute, auf der Suche nach dem Ton, der nur aus der Vergangenheit der Erdgeschichte zu holen ist. Es ist bewiesen worden, daß einmal eine zweihundert Millionen Jahre dauernde Trockenperiode auf der Erde geherrscht hat. Kein Tropfen fiel vom Himmel, alles Leben verdorrte. Dennoch existierte die Idee des Wassers, welche die Idee des Lebens ist, in der Wüste der Erde weiter. Vielleicht hatte dieser Lautenschläger den Ton des Tropfens erhascht, der in den Höhlen der Anden zweihundert Millionen Jahre lang fiel und fiel und fiel. Hoffen und wünschen wir, daß die Musik des Absoluten nicht wieder eine Abart jener angelsächsischen Antimusik ist, von der die Massenmedien der Welt Tag und Nacht voll sind.

Saknussemm, der zweite dieses Namens, den ich leider im Verdacht habe, Professor in Los Angeles zu sein, gab sich alle

Mühe, in heiligen Stellungen dazusitzen wie Buddha, und das Bronchotuch mußte seinen offensichtlichen Mangel an Übung im Buddhismus verhüllen; er setzte einen alten Hut auf und zog ihn »über dunklen Rand« (was, wie ich hoffe, »bis auf die Augenbrauen« bedeutet). Hinter seinem Rücken befindet sich die Eingangstür des Bungalows, die vom Bezirksvorsteher versiegelt wurde, da die rechtmäßigen Erben des Hauses auf der Welt noch nicht gefunden sind. Ich vermute, daß die Hirten jetzt »nichts haben, da sie ihr Haupt hinlegen«.

Ziemlich lange sieht es so aus, als werde nichts geschehen. Ob sie wohl vorhaben, einfach so dazusitzen, jeder für sich, ohne Verbindung miteinander, ohne eine Zeremonie, ohne Anstalten zu machen, einander Zauberkräfte einzuflößen, wie drei blinzelnde Kater, die an der Mauer sitzen und nicht einmal miauen, geschweige denn Psalmen singen? Doch wenn jetzt eine Maus käme? Wollen sie es den Isländern allein überlassen, die Geheimnisse des Weltalls aufzudecken? Oder besteht das Einstimmungsgesetz darin, teilnahmslos auf jenes Sonderbare zu warten, das sicherlich existiert und das Unendliche in Zeit und Raum regiert? Nach einer Weile sind jedoch unsere Landsleute, einen Kuhfuß schwingend, zur Stelle.

Der hölzerne Kasten, der seinen Inhalt drei Jahre lang vor dem Gletscherschnee geschützt hat, ist schätzungsweise etwa ein Meter lang, etwa fünfundzwanzig Zentimeter breit und ebenso tief – ist vielleicht ein Kind darin? Oder nur ein Bein, eine Art pars pro toto? Oder ein zerstückelter Leichnam wie die Leichname der Jünglinge, die der heilige Nikolaus von Bar aus der Salzlake seligen Angedenkens auferstehen ließ? Der Kasten war stabil gearbeitet, doch das Holz war durchnäßt, nachdem man ihn aus dem Frost des Gletschers genommen hatte und er jetzt einige Stunden lang von etwa zwölf Grad warmer Luft umweht worden war. Doch als man die Bretter auseinandergesprengt hatte, erwiesen sie sich nur als die äußere Verpackung. Darin war ein Behälter aus hellem Metall, das aussah wie leicht oxydiertes Silber, sich jedoch als Zink herausstellte; dieses Metall hat eine Farbe zwischen Blauweiß und Muschelgrau, die Zinkweiß heißt und dazu verwendet wird, Palisanderpaneel in Küchen anzustreichen.

Nun liegt der Zinkbehälter auf der Veranda, und sie machen Anstalten, den Deckel zu entfernen. Unterzeichneter konnte sich nicht enthalten, etwas zu sagen, als die Dinge so weit gediehen waren.

Vebi auf englisch: »Denkt niemand daran, ein Wort zu sagen? Ist es nicht angebracht, ein Gebet zu sprechen, wenn man Tote auferstehen läßt?«

Nach einer ganzen Weile kam folgende Antwort unter dem Hut Saknussemms II. hervor: »Lord Maitreya ließ uns drei aus Nichts auferstehen, und dabei wurde kein Wort gesprochen.«

Was auch immer Lord Maitreya tun mag, es wäre mir unentschuldbar vorgekommen, wenn nicht Bauer Helgi, der Langenseer auf Torfhvalastadir, etwas gesagt hätte, da die Hirten sich drückten.

Vebi zu Bauer Helgi: »Möchten Sie nicht etwas sagen, Mann?«

Nach einigem Zögern geht der Bauer an das Geländer der Veranda, auf das halb durchsichtige, vom Mond goldig umrandete Schattenbild des Gletschers zu. Er streckt die Arme aus, erhebt sein Angesicht mitsamt der Brille zu den Spiralnebeln und spricht mit seinem Meister, Lehrer und Doktor in dem Jargon, den sie unter sich zu gebrauchen pflegten: »Das Leben, das du batest, in diesem Behälter auf dich zu warten, bis du es durch Induktion mit Hilfe des Einstimmungsgesetzes aufs neue erwecken würdest: Die Stunde ist da, da du es in astrochemischer Vollkommenheit wiedergeboren auferstehen und die irdische Physiologie verändern läßt. Nun werden deine Mitarbeiter, die Anhänger des Einstimmungsgesetzes, den Deckel von diesem Schrein nehmen –«

37. Weiterhin die Veranda; Nacht

»Guten Abend.«

Wer ist der geheimnisvolle Gutenabendsager, der zu dieser Zeit des Tages so spricht? Der staatliche Rundfunk oder was sonst?

Auf der Veranda, mitten unter uns, steht eine Frau. Sie ist reichlich mittleren Alters, adrett, in einem klassischen Burberry-Regenmantel, mit einem wasserblauen Schlapphut aus Leder oder Plastik; sie hat ein Netz in der Hand, wie man es auf Flugreisen gebraucht.

Ich glaube, es hat uns allen die Sprache verschlagen.

»Was wollt ihr hier?« fragte die Frau.

Es ist wohl nicht zuviel gesagt, daß die Männer auf diese Frage die Antwort schuldig blieben. Wir Landsleute, glaube ich, sahen sogar ein wenig verlegen aus, ungefähr wie kleine Jungen, die dabei ertappt werden, wenn sie in anderer Leute Gemüsegarten Mohrrüben aus dem Boden ziehen. Doch möchte ich bemerken, daß sich die Hirten nicht aus der Ruhe bringen ließen, sei es nun wegen der Erleuchtung, die diese Männer ständig überkommt, oder weil Astrotelekinesis, Kosmobiologie und Bioradiotherapie in ihren Augen etwas Alltägliches sind, das keiner Erklärung bedarf.

Doch als von den Anwesenden keine Antwort kam, fackelte die Frau nicht lange, sondern ging spornstreichs zur Haustür. Das Siegel des Bezirksvorstehers war mit einer Schnur an der Tür befestigt. Die Frau brauchte nicht einmal ihre Schere herauszunehmen, sondern fegte es mit der Hand fort wie Spinnweben. Dann nahm sie ihr Schlüsselbund heraus, suchte einen Augenblick nach dem richtigen Schlüssel, schloß auf, ging hinein, schloß die Tür hinter sich, war verschwunden.

Langenseer: »Wer ist diese Frau? Hat sie das Siegel zerbrochen?«

Jodinus: »Wer sie ist? Es gibt nur eine Frau, die dieses Haus aufschließen kann.«

Langenseer: »Was für eine Frau ist das?«

Jodinus: »Ich bin bloß Arbeiter und habe hier von Anfang an Stundenlohn dafür bekommen, daß ich das Maul halte. Jetzt mache ich das Maul nicht auf, außer wenn ich Stundenlohn dafür bekomme, daß ich rede. Meinetwegen könnt ihr denken, diese Frau sei ein Niederregner.«

Vebi: »Was ist das, ein Niederregner?« (Darauf erfolgte keine Antwort, doch im Wörterbuch steht, daß ein Niederregner ein Regenwurm ist, der aus der Luft kommt.)

Langenseer: »Dort dringt Licht aus dem Spalt zwischen den Gardinen. Sie hat Licht gemacht. Es ist also ein Mensch. Es ist gelungen!«

Jodinus: »Hast du gedacht, sie versteht nichts von Elektrizität? Habt ihr nicht gewußt, was ihr auferwecken wolltet? Was sagt der Bischof?«

Vebi: »Meines Wissens habe ich weder das eine noch das andere auferweckt. Ich befinde mich hier als Vertreter des Kirchenministeriums.«

Jodinus: »Was sagen die Bartpatrone von der anderen Seite der Erde?«

Sie sagten nichts.

Das Einstimmungsgesetz war am Werk gewesen. Kosmobiologie und Epagogik hatten sich bewahrheitet, Einstrahlung hatte stattgefunden, Bioinduktion, wie dieser Amerikaner mit einem Wort sagt, das ich allerdings in siebzehn englischen Wörterbüchern nicht zu finden vermochte, das jedoch bei den Heiligen und bei okkultistischen Übermenschen in Kalifornien alltägliches Rotwelsch sein dürfte. Doch waren diese Männer sicher längst davon abgekommen, ein Geschrei zu erheben, wenn sie etwas von den Toten auferweckten, auch brauchte der funkeläugige Schäfer Epimenides nur mit diesen Augen zu blicken, dann geschah ein Wunder.

Eine Frau mit weichen Formen steht ohne Hut in ihrer Tür; ihr Gesicht ist im Schatten, der Lichtschein fällt durch die Türöffnung. Nach genauerer Überlegung schien es der Frau ohne Zweifel richtig, herauszubekommen, wer diese Männer seien, denen sie in ihrer Zerstreutheit guten Abend gesagt hatte, als sie vorhin ihr Haus betrat.

Die Frau: »Seid ihr hier zu Hause, ihr Burschen?«

Der Langenseer, der ein großes Pferd in der Brille hat und dennoch einem kleinen Jungen ähnlich sieht: »Wir kommen wegen einer Kleinigkeit, jeder von seinem Ende der Welt. Dieser Mann hier ist aus den Anden, und der andere ist anscheinend aus dem Reich Alexanders des Großen. Und der da ist ein geistiger Mensch aus Kalifornien.«

Die Frau: »Und du selber, mein Bester?«

Langenseer: »Tja, ich bin eigentlich von so weit her hier angetrieben, daß keiner mehr weiß, wo meine Gemeinde liegt, und ich selber auch kaum. Ich heiße Helgi Jonsson von Torfhvalastadir im Langenseetal. Ich bin der Mann, der immer nach großen Pferden gesucht hat. Eines Tages stieß ich auf den Meister. Er sagte zu mir: ›Ich werde dir Kosmobiologie beibringen.‹ Zuerst schien mir, als hätte ich noch nie etwas so Absurdes gehört. Ich bin das, was man einen lehrerseminarisierten Menschen nennt, und demzufolge bin ich für Vernunft. Menschenrassenveredelung von den Spiralnebeln aus, das ist nicht gerade etwas für Pferdehändler. Es ist, wie man so sagt, ein anderes Fohlen von einer anderen Stute. Doch wie ging es? Erweist sich nicht stets das Pferd als das beste, dem man am wenigsten zutraute? Von dem Tage an konnte ich an nichts anderes mehr denken. Ich bin wie der Mann in der Bibel, der von einer schönen Stute hörte, sein ganzes Eigentum verkaufte, fortging und sie kaufte. Zuletzt gab ich das Buch des Meisters auf eigene Kosten heraus. Ich habe zwar die Kosten noch nicht wieder herein, doch der hat stets seinen Lohn im christlichen Gewissen, der die Wahrheit im Druck herausgebracht hat, auch wenn sie niemand lesen will. Guten Tag, und seien Sie willkommen, Madame, es freut mich, Ihre Bekanntschaft zu machen.«

Jodinus: »Ich bitte Sie zu entschuldigen, daß ich, obwohl ich bloß ein einfacher Mann bin und Jodinus heiße, dennoch derjenige bin, der hier den Grossisten vertreten hat und für alle seine Taten verantwortlich war. Doch ich heiße auch Alfberg, und ich bin Dichter, wenn auch kein moderner – diese neuen Dichter gefallen mir nicht, bei denen nicht mal der Stabreim stimmt. Ich war es, der das Material für alle Schnellgefrierhäuser hier in der Gegend transportiert hat; es ist nicht meine Schuld, wenn die Gemeinden sie stützen müssen oder wenn sie bankrott sind und einige überhaupt nicht genutzt werden. Vielleicht kommt morgen eine Million Gemeindeunterstützung. Ich habe auch das Palisanderholz für das Haus des Grossisten hierher gebracht; es ist das einzige Haus hier am Gletscher, das sich bezahlt macht. Übrigens glaube ich mich zu erinnern, daß wir verwandt sind, gute Frau, und ich bitte um Entschuldigung, wenn ich Sie duze. Dieser Milchtrinker, der dort mit einem elektrischen Apparat für Spione sitzt, er behauptet, Bischof zu sein, doch mir ist nicht bange vor solchen Leuten. Sag der Frau, wie du heißt!«

Unterzeichneter hielt sich nicht für einen Mohrrübendieb in diesem Gemüsegarten und sah keinen Grund, Auskünfte über sich zu geben. Die Frau beachtete mich auch nicht und ging auf die Vorstellung durch Jodinus nicht ein. Sie wandte sich an die Ausländer und sprach zu ihnen mit durch Mitleid gemilderter Strenge, in dem Ton, in dem Hausherrinnen von jeher den Hirten Anweisungen gegeben haben, sowohl in den mittelalterlichen Geschichten wie in den Sagen von Jon Arnason: »Butler James wartet in der Hauptstadt auf euch; seht zu, daß ihr euch sofort von hier auf den Weg macht. Er hat eure Flugkarten; ihr fliegt morgen nacht.«

Jodinus: »Ich bin im Begriff, mit einem Zwölftonner in die Landgemeinden im Süden zu fahren, um dort zu schlafen, und mir macht es nichts aus, einige Welterlöser aufsteigen zu lassen und sie auf den Weg zu bringen.«

Saknussemm II. zieht unter seinem Umhang eine Handvoll zusammengerollter amerikanischer Banknoten hervor und winkt damit.

Die Frau: »Woher habt ihr dieses Geld, vous pauvres diables vous?«

Saknussemm II.: »Lord Maitreya, der uns aus dem Nichts geschaffen hat und jetzt schnell einmal in den fünften Himmel zurückgekehrt ist, hat für uns auch Geld geschaffen, von dem wir leben können, bis er nach dreitausend Jahren wiederkommt.«

Der Lautenschläger hört auf, Tropfen der Erdgeschichte aus seinen Saiten herauszuquetschen. »Ich habe seinen Kopf in meinem Beutel.«

Der Schläfer Epimenides steht auf, dreht sich im Halbkreis, lächelt aufs Meer hinaus und ist reisefertig.

Die Frau: »Ja, seht zu, daß ihr schnell nach Los Angeles kommt, ihr armen Jämmerlinge; hier könntet ihr euch erkälten.«

Zur Erklärung und Entschuldigung machte die Frau folgende Bemerkung zu uns hin: »Er gab es nie auf, solche Jämmerlinge um sich zu sammeln, und er wurde nie müde, so etwas hinter sich her zu ziehen, vorwärts und rückwärts durch die Welt.«

Nachdem die Frau, wie eben geschildert, die Hirten entschlossen abgefertigt hatte, wandte sie sich der Sache zu, für die es jetzt wahrlich an der Zeit war, und zeigte auf den Zinkbehälter, der vor der Tür auf der Veranda stand.

»Was ist in diesem Behälter?«

Es war übrigens doch wohl ein psychologisches Wunder, daß alle den Kasten bereits vergessen hatten, darunter auch Unterzeichneter, obwohl ihm doch von der Geistlichkeit ausdrücklich aufgetragen war, nachzusehen, was darin wäre. Endlich war vor den Augen der Öffentlichkeit ein Wunder von der Art geschehen, das die Menschen nicht müde werden zu verlästern, denn Wunder gehören zur Theologie. Dieses Mal fügte es sich so gut, daß nur die Bestätigung vom notario publico fehlte, um das Wunder wissenschaftlich zu machen; leider unterließ man es seinerzeit, der Osterbotschaft des Neuen Testaments ein Dokument von diesem Mann beizufügen. Doch was geschieht, wenn es dahin kommt, daß glaubwürdige Männer sehen, wie ein Wunder geschieht und eine Frau aufersteht? Es ist, wie wenn einem Kind ein ganzer Kuchen angeboten wird. Die Männer fühlen sich plötzlich geradezu impotent. Die meisten sehen auf die Uhr, haben etwas anderes zu tun, müssen sich beeilen. Als die Frau sie erinnerte, ermannten sie sich jedoch so weit, daß sie darangingen, den Deckel des Behälters abzunehmen.

Es war nur noch ein Monat bis zur Sommersonnenwende. Abend im Nordwesten würde bald Morgen im Südosten sein, dennoch verursachte das elektrische Licht, das im Rücken der Frau aus dem Eingang kam, kein irritierendes Zwielicht. Als der Deckel abgenommen war, glitzerte der Inhalt des Behälters in diesem Licht. Das Licht gab dem Stoff, der den Behälter bis zum Rand füllte, einen blendenden Schein; und er funkelte wie ein furchterregender Edelstein, der größer ist als alle Großdiamanten der Welt zusammen. Es war eine Eisstange. Das Eis hatte allerdings, wie schon gesagt, durch den vielstündigen Transport in den Plusgraden des Unterlandes bereits angefangen, zu tauen und sich von den Rändern des Behälters zu lösen. Sie drehten den Kasten um und ließen den Inhalt vorsichtig auf den Boden gleiten. Jetzt konnte man durch das tauende Eisstück hindurchsehen, und man sah deutlich, daß in diesem langen, glänzenden, durchsichtigen Quader ein außergewöhnlich schöner Lachs eingebettet war. Einen Fisch von dieser Größe haben alle berühmten Lachsangler von ihrer Angel verloren, und das vergessen sie nie. Als die Hirten die nasse Eisstange der Frau vor die Füße gewälzt hatten, warfen sie die Verpackung auf den Vorplatz hinaus, und die Isländer sammelten das Zeug auf. Helgi auf Torfhvalastadir nahm die Bretter, den Zinkbehälter nahm der Dichter Jodinus mit.

Und während der Lachs, eingefaßt in seinen Diamanten, dort vor den Füßen der Frau in allen Regenbogenfarben schillert, rüsten sich die drei Hirten zur Abreise. Sie hüllen sich in ihre Bronchodecken. Der Lautenschläger nimmt die Laute unter den Arm, die in ihren Saiten die Tropfen der Erdgeschichte beherbergt, und tut so, als habe er den Kopf von Professor Doktor Godman Syngmann gestohlen und als werde er ihn trocknen.

Der Schläfer Epimenides, mit Weiß in den Augen, mit blauschwarzem Haar und Bart, mit dem Lächeln aus dem Schatten des ewigen Mangobaumes, er schlägt vor der Frau dreimal mit der Stirn auf den Fußboden und legt ihr das Löffelkraut und das Krähenbeerenkraut zu Füßen, steht ohne Anstrengung auf wie ein Gummimann, schwebt dann die Verandastufen hinunter, und an seinem Schapel ist keine Blume mehr. Als er die Stufen hinabgeschritten ist, dreht er sich um und küßt die nackte Erde vor der Frau.

Saknussemm II., der vielleicht einmal wegen Sophistik und Alchimie verbrannt werden wird wie unser Landsmann Saknussemm I., von dem die Franzosen glauben, daß ihn der Dänenkönig verbrennen ließ, ist der einzige unter den Hirten, der ein Wort an die Frau richtet: »Möchten Sie mir nicht besser eine Quittung geben, Madame?«

Die Frau: »Eine Quittung? Wofür?«

Saknussemm II.: »Sie sind wiedererweckt worden. Wir sind verpflichtet, für alles, was wir tun, eine Quittung vorzulegen. Vielleicht stellt die Sammlung Ansprüche an Sie.«

Die Frau: »Wovon sprichst du eigentlich, du armer Trottel?«

Saknussemm II.: »Von der epagogischen Sammlung, die Lord Maitreya in Kalifornien gestiftet hat.«

Die Frau: »Ach so, vom Grillenhaus! Comprendo. Was für unglaubliche Jämmerlinge. Vielleicht mache ich mir den

Spaß und quittiere für den Fisch da, obwohl ich keinen Fisch bestellt habe.«

Saknussemm II.: »All right.«

Die Frau reißt ein Blatt aus ihrem Notizbuch, kritzelt darauf folgende Wörter auf englisch: »Erhalten 1 Fisch«, und unterschreibt mit irgendeinem Namen, »Schwester Helena« oder so ungefähr, scheint mir.

Saknussemm II. betrachtet den Zettel genau und steckt ihn schließlich ein. »All right then. Unsere Aufgabe ist beendet. Essen Sie jetzt Ihren Fisch, Madame. Danke schön. Gute Nacht.«

38. Frau Gudrun Sämundsdottir von Nedratradkot

Die Frau von der Tür her: »Was soll ich mit dem Fisch anfangen?«

Vebi, allein auf der Veranda, nachdem die anderen Gäste fort sind: »Ich weiß es nicht, Madame. Sie haben dafür quittiert.«

Die Frau: »Was wollen Sie hier?«

Vebi: »Das weiß ich selber kaum. Ich bitte um Entschuldigung, daß ich hier bin.«

Die Frau: »Gehörten Sie zu diesen Trotteln?«

Vebi: »O nein, ich hatte nichts mit ihnen zu tun. Dürfte ich wohl einige Worte mit Ihnen sprechen, obwohl es spät ist?«

Die Frau: »Wer, sagten Sie, sind Sie?«

Vebi: »Ich vertrete den Bischof.«

Die Frau: »Ja, das ist wahr. Bitte, kommen Sie herein. Ich mache die Tür zu, es ist ziemlich kalt. Bitte, nehmen Sie Platz. Sie sind ein netter junger Mann. Wenn Sie auch noch nicht Bischof sind, denke ich doch, daß Sie es einmal werden. Das muß schön sein.«

Während die Frau mit mir spricht, fährt sie fort, sich im Haus umzusehen, diese und jene Türen aufzuschließen, auf Regale und in Schränke zu gucken – »und hier ist eine Küche mit elektrischem Herd und allem drum und dran«, sagt sie laut zu sich selbst. »Kein Problem, Wasser heiß zu machen. Ich glaube, ich habe draußen im Imperial eine Dose Kaffee.«

Vebi: »Danke, ich habe mir geschworen, zeitlebens keinen Kaffee mehr zu trinken.«

Die Frau: »Hier muß auch irgendwo ein Statussymbol sein, zum Beispiel Whisky. Ich betone aber, daß ich selbst nicht trinke.«

Vebi: »Ich auch nicht.«

Die Frau: »Sie werden ganz bestimmt noch einmal Bischof.«

Jetzt hatte die Frau mich in verhältnismäßig kurzer Zeit zweimal zum Bischof gemacht, da war es in der Tat einstweilen nicht möglich, mehr zu tun. Sie zog die Gardinen auf und blickte schweigend auf den Kirchhof hinaus. »Dieser frische Grabhügel, ist das seiner?«

Vebi: »Dr. Godman Syngmann wurde dort vor zwei Tagen begraben.«

Die Frau: »Waren Sie bei der Beerdigung anwesend?«

Vebi: »In Vertretung des Bischofs, ja.«

Die Frau: »Ging alles gut?«

Vebi: »Es war alles in Ordnung.«

Die Frau sah zum Fenster hinaus. Nach einem gewissen hellen Schein auf ihrem Haar und ihrer Wange zu urteilen, wie auch nach dem frischen Klang im Geschrei der Seeschwalben draußen, war es anscheinend fast Morgen.

Sie hatte das Haar in einen griechischen Knoten geschlungen wie die Venus von Milo; hierzulande heißt er Waschfrauendutt. Vorhin auf der Veranda war mir die Frau nicht groß vorgekommen, doch jetzt sah ich, daß sie ziemlich groß war. Nachdem sie das Grab lange genug betrachtet hatte, nahm sie ihre Stricknadeln aus dem Netz und gähnte schweigend, ehe sie anfing zu stricken, so daß man in ihren Mund sehen konnte wie bei einem Löwen. Sie setzte sich mit dem Knäuel auf das zweisitzige Sofa, auf dem Dr. Syngmann seinen Geist aufgegeben hatte. Diese Frau schien ohne Anstrengung zu leben; doch niemand kann sagen, was bei so einer Frau Veranlagung und was Selbstzucht ist.

Sie berichtete, als hätte das nichts zu sagen, daß sie »hiervon« erst vorgestern in Paris erfahren habe, am Tag der Beerdigung. »Natürlich hat James allen telegraphiert, nur mir nicht«, sagte sie und fuhr fort: »Ich war bei den Butlern in dem gesegneten Haushalt nie beliebt. Ich bekam ein Telegramm vom alten Mowitz und von denen in London. Spät kommen manche, doch sie kommen.«

Im übrigen verweist Unterzeichneter auf die Worte der Einheimischen über diese Frauen, besonders auf das, was Kirchenvorsteher Tumi Jonsen verlauten ließ, vgl. hier achtes bis elftes Kapitel des Berichts (über Frauen, die nicht schlafen usw.); ferner auf die Auslassungen von Sira J. Primus in ähnlicher Richtung. Und wenn auch die Frau, als sie die Stricknadeln herausnahm, einmal gegähnt hat, so ändert das nichts an der Tatsache, daß tage- und nächtelange Reisen solchen Frauen wenig anhaben. Mir schien die Frau auf dem Sofa größer zu werden, wie sie dort saß und strickte, nachdem sie für den Fisch quittiert hatte. Vielleicht war sie annähernd hundertachtzig Zentimeter groß. Über ihre anderen Maße getraue ich mich nicht zu sprechen. »Vollschlank« wurden manchmal Frauen genannt, über die man nur auf deutsch sprechen kann; dick bedeutet es nicht, noch weniger mager. Sie hatte allerdings starke Schultern, und der Zählwirbel trat vielleicht schon ein bißchen hervor, die Dänen sprechen von Tantenbeule; der Hals war jedoch noch so jung, daß sich unter dem Kinn bisher keine Falte gebildet hatte. Hingegen bekommen solche Frauen, wenn sie keinen Sport treiben, früh einen starken Busen; das braucht nicht von Bequemlichkeit herzurühren.

Sie hatte eine ziemlich weite Completjacke aus hellblauem Samt an, wie sie jüngere Frauen manchmal tragen, wenn sie guter Hoffnung sind; die Jacke reichte bis an den Saum eines hellen, grau-braunen Kleides; dazu trug sie helle, fellgefütterte Stiefel. Ich sah keinerlei Schmuck an ihr.

Unterzeichneter nahm seinen Bericht heraus, um nachzusehen, wie weit er damit gekommen war; sodann bestimmte er besondere Seiten für spätere Gespräche, von denen sich herausstellen könnte, daß sie nicht zu der vom Kirchenministerium gegebenen Instruktion gehörten.

Vebi: »Es verhält sich so, daß der Bischof mich hier in diese Pfarre geschickt hat, um Leute wegen einer kleinen Sache zu befragen. Ich möchte Sie auch nach etwas fragen. Doch betone ich, daß Sie mir nicht ausführlicher zu antworten brauchen, als Sie selbst es wollen, und daß Sie mir ausweichend antworfen dürfen, wenn es Ihnen so gefällt; auch brauchen Sie auf meine Frage nicht der Wahrheit gemäß zu antworten, und Sie dürfen nach Belieben reservatio mentis anwenden, wovon Sie hoffentlich nicht wissen, was es ist. Es ist unsere Aufgabe in Reykjavik, die Wahrheit zu finden.«

Die Frau: »Ich habe nie mit etwas hinter dem Berge gehalten, was wichtig war. Andererseits kenne ich mich ein wenig bei den Jesuiten aus. Fragen Sie, was Sie wollen, mein Lieber.«

Vebi: »Mit Verlaub, wie heißen Sie?«

Die Frau: »Ich heiße Gudrun und bin Sämundsdottir von Nedratradkot, Tochter der Eheleute dort.«

Vebi: »Tja, da haben Sie mir ein schönes Rätsel aufgegeben, meine Beste. Doch da ist nichts zu machen. Man fragt und fragt, und immer werden die Antworten unbegreiflicher als die Fragen. Zuletzt wird man zum Idioten.«

Die Frau: »Bitte schön, mein Lieber.«

Vebi: »Der Bischof möchte Ihren Status wissen.«

Die Frau: »Status, was ist das?«

Vebi: »Was Sie sind.«

Die Frau: »Ich bin die Pfarrersfrau hier.«

Vebi: »Ich wußte nicht, daß es hier eine Pfarrersfrau gibt. Ich dachte, der Pfarrer wohnt allein – abgesehen von Fräulein Stößeldora.«

Die Frau: »Ich bin seine Frau.«

Vebi: »Sie sind aber ziemlich lange fort gewesen, nicht wahr?«

Die Frau: »Fünfunddreißig Jahre. Sie ist nicht lang, die Stunde des Glücks.«

Vebi: »Als Sie vorhin für den Fisch quittierten, schien mir, daß Sie mit einem sonderbaren Namen unterschrieben.«

Die Frau: »Ich merke es manchmal erst hinterher, daß ich diesen Namen geschrieben habe, wenn ich Fisch geliefert bekomme. Ich war einmal in einem spanischen Kloster und nahm am Tor Fisch ab. Da wurde ich Elena genannt.

Vebi: »Ach so, Sie waren Nonne.«

Die Frau: »Das kam daher, weil ich ein paar Jahre lang ein Vergnügungsetablissement in Buenos Aires geleitet hatte. Mir waren aber Vergnügungen stets zuwider, also ging ich in ein Kloster. Um die Zeit, als ich mit el noviciado fertig war und den Schleier nehmen sollte, kam mein Beichtvater, ein Mann ohne Geschlechtstrieb, dahinter, daß ich wohl keine Jungfrau mehr wäre. Ich hatte nämlich nicht angegeben, daß ich verheiratet und Pfarrersfrau in Island bin.«

Vebi: »Dürfte ich fragen, ob Sie ein Mädchen gekannt haben, das Ua heißt?«

»Gott helfe Ihnen, junger Mann«, sagte die Frau. »Wer hat Sie darauf gebracht?«

Und wie ich so in meine Notizen versunken dasaß und die Antwort schuldig blieb, hörte ich plötzlich eine Frau, die ich nicht kannte, lachen. Als ich aufblickte, hatte das Lachen aufgehört.

»Wer hat eben gelacht?« fragte ich.

Die Frau: »Als ich fortgegangen war, hinaus ins Leben, da bemerkte ich plötzlich, daß man anfing, mich Ua zu nennen.«

Eigentlich gab es nichts im Auftreten dieser Frau, was Begierde erweckte. Ohne Zweifel war sie wie jede andere ältere Frau, wenn man darangeht, über »das Leben« nachzudenken; auch fiel mir erst wieder ein, daß jeder Mensch ein Teil des Rätsels der Zeit ist, als sie selber davon gesprochen hatte.

Vebi: »Ua – was bedeutet das?«

Die Frau: »In Frankreich versteht man den Namen ausgezeichnet. Ebenso in Buenos Aires. Hingegen habe ich gehört, daß es in Dänemark ein schlechter Name ist. Er wird mit Betonung auf dem u ausgesprochen, und das a danach ist kurz. Manche lernen es nie, ihn auszusprechen oder zu deklinieren. In den Vereinigten Staaten glauben sie, Ua sei Polynesisch. In Los Angeles bot ein Mann tausend Dollar für diesen Namen – er wollte ihn für seine Tochter, die noch nicht einmal gezeugt war – und bekam ihn. Ja, das Mädchen – es ist jetzt tot. Es ist ein Wort aus der Sprache der Eiderenten zu Hause, ua – ua – sie lehrten mich, das Leben zu verstehen.«

Vebi: »Aus verschiedenen Dingen, die Sie sagen, schließe ich, daß Sie die Frau sind, von der vor drei Jahren erzählt wurde, sie sei im Ausland gestorben?«

Die Frau: »Ja, ich starb in jenem Jahr; in dem Jahr, als ich Ua verlor.«

Vebi: »Sie verloren also Kinder, Madame. Ein Unglücksfall?«

Die Frau: »Wir wissen es nicht, junger Freund. Geschehen jemals bei Gott Unglücksfälle?«

Vebi: »Gehört nicht allerhand dazu, ernstlich eine solche Frage zu stellen, Madame?«

»Das ist wahr«, sagte die Frau. »Gott sei Dank, daß es Unglück gibt. Dann erst lernt man Gott kennen. Nein, meine Kinder starben nicht. Es war nur ich, die starb und in ein anderes Haus zog – das andere Haus.«

Die Frau sah auf und lachte das schallende, spontane Lachen einer anderen Frau.

Vebi: »Sie lachen?«

Die Frau: »Die Frau im anderen Hause lacht.«

Vebi: »Vielleicht wenden wir uns – mit Ihrer Erlaubnis – einem anderen Thema zu, Madame. Hm. Was sagen Sie zu der Ansicht, daß Ihre Seele vor drei Jahren in einen Fisch gezaubert und bis heute abend auf dem Gletscher aufbewahrt wurde?«

Die Frau hörte auf zu stricken, sah mich an und antwortete erstaunt: »Gott segne und behüte Sie, armer Mann.«

Vebi: »Danke. Doch ich weiß nicht, ob es sich lohnt, diese Antwort zu protokollieren.«

Die Frau sieht mich weiter an und ist offensichtlich verblüfft. Sie sagte: »Sind Sie nicht ein klein bißchen schwer von Begriff, mein Kleiner?«

Vebi: »Es werden immer nur Esel beauftragt, einen offiziellen Bericht zu machen. Wäre ich kein Esel, so hätte mich niemand zu so etwas bestimmt. Ich hoffe, Sie verzeihen mir.«

»Comprendo«, sagte die Frau.

Ich warf einen Blick nach draußen vor die Tür und sah, daß das Eis zum größten Teil von dem Fisch abgetaut und eine große Wasserlache auf der Veranda entstanden war. Tatsächlich wunderte ich mich darüber, daß die Frau nicht noch mehr verwundert war. Es war offensichtlich, daß sie allerlei gewöhnt war und daß es nicht jedem gegeben war, sie mit irgend etwas zu überraschen, am wenigsten in der Metaphysik. Ich wechselte das Thema und fragte, als ob nichts geschehen wäre: »Was gedenken Sie mit diesem Fisch zu tun?«

Die Frau: »Ich lade morgen zum Lachsessen ein.«

Dann lachte die Frau aus dem anderen Haus eine Weile unnatürlich lustig.

Gudrun Sämundsdottir setzte die Brille auf, denn sie hatte eine Masche fallen lassen. Sie nahm die Masche auf und strickte die Runde weiter.

Eine sonderbare Ruhe geht von einer strickenden Frau aus. Das rührt doch wohl nicht daher, daß es Frauen durch Strikken gelingt, ihre eigenen Seelenkämpfe zu unterdrücken? Zuerst hatte ich gedacht, es sollte eine Strickjacke werden, doch jetzt sah ich, daß ein Daumen daran war.

Vebi: »Sie stricken also Handschuhe, Madame.«

Die Frau: »Ja, ich stricke Fischerhandschuhe.«

Vebi: »Warum?«

Die Frau: »Wie schrecklich naiv Sie sind, mein Guter. Warum ich Fischerhandschuhe stricke? Nein, so etwas! Natürlich, weil ich Strickerin bin – was denken Sie denn, mein Lieber?«

Vebi: »Ich überlege, für wen Sie Fischerhandschuhe strikken.«

Die Frau: »Ich habe in Peru Fischerhandschuhe eingeführt.«

Vebi: »In pe-ruh, ja. Sie sind der erste Isländer in meinem Leben, den ich das Wort Peru richtig aussprechen hörte, mit Betonung auf der zweiten Silbe. Es wäre schön, etwas von einem Land zu hören, dessen Namen Sie so gut aussprechen und das Fischerhandschuhe verdient.«

Die Frau: »Nun, wenn ihr auch alles wißt, ihr jungen Leute, so wißt ihr vielleicht nicht, daß Peru das größte Fischereiland der Welt ist.«

Vebi: »Wir Isländer sind peripherische Leute und sehen nie das Zentrale in einer Sache.«

Die Frau: »In Peru sind tausendmal mehr Hochseefischer als in Island. Doch bevor ich dorthin kam, hatten sie noch nie Fischerhandschuhe gesehen. Seitdem schicke ich immer hundert bis hundertfünfzig Paar Fischerhandschuhe jährlich nach Lima.«

Vebi: »Verdient man denn etwas an Fischerhandschuhen da im Süden?«

Die Frau: »Sie werden hauptsächlich für eine Tombola gestiftet. Der Rest wird in Paris gestohlen. Ich habe aber auch manche Mantille gehäkelt oder gestrickt für dunkeläugige Schöne, die sie sich umhängen, wenn sie in die Kirche gehen, den Erlöser zu küssen, und die sie abnehmen, wenn sie einen Mann treffen.«

Vebi: »Ist es nicht eine ziemlich triste Arbeit, Fischerhandschuhe zu stricken, die in Paris gestohlen werden, ehe sie zur Tombola nach Lima kommen?«

Die Frau: »Ach, wie schrecklich angenehm es ist, mit Ihnen zu sprechen, mein Lieber. Ich wache direkt auf. Und das kommt daher, daß Sie so ironisch sprechen. Fast wie ein Franzose. Ich habe nie ironisch sprechen können.«

Vebi: »Soll ich Ihnen sagen, was ich meine? Ich glaube, daß man erst dann daran denkt, Fischerhandschuhe zu stricken, wenn man Langeweile hat, eher viel als wenig.«

Die Frau: »Die Arbeit ist Gottes Herrlichkeit, sagte meine Großmutter. Fischerhandschuhe oder Mantille, macht das einen Unterschied? Ich bin stets bereit gewesen, meinen letzten Öre dafür herzugeben, daß ich arbeiten darf.«

Vebi: »Nun sagen manche, daß es sich nur die Reichen leisten können, arm zu sein.«

Die Frau: »Langweilig ist nur, sich zu vergnügen.«

Vebi: »Sie haben zweifellos irgendeine Gesellschaftsordnung parat, in der man bezahlt, um Fischerhandschuhe strikken zu dürfen, aber Stundenlohn bekommt, wenn man auf einen Ball oder ins Kino geht oder eine Reittour unternimmt.«

Die Frau: »Gesellschaftsordnung? Was ist denn das nun wieder?«

Vebi: »Der Staat ...«

Die Frau: »Ach, der Staat; comprendo. Sie meinen den Klub?«

Vebi: »Nicht unbedingt den Klub, viel eher die Büros; und dann alle die, welche von ihnen abhängig sind.«

Die Frau: »Die Kontore, ja, jetzt weiß ich, was Sie meinen. Gewiß doch, ich kenne sie. Das ist dort, wo die Leute den ganzen Tag im Wartezimmer sitzen, mit ihren kleinen Sorgen und einem kleinen Bild des Erlösers an einem Band um den Hals, in dem Glauben, daß jemand im hintersten Büro ist. Nein, das hatte ich nicht gemeint, auch habe ich nichts parat, was man an die Stelle dieser Kontore setzen könnte.«

Vebi: »Sind Sie auch Anarchistin, Madame?«

Die Frau: »Ach, eigentlich nicht. Wir kannten bloß den seligen Albanes und seinen Anhang. Mundi verkaufte ihnen manchmal Patente für die Flotte. Sie ließen die Leute glauben, daß jemand im hintersten Büro sei. Die Leute warteten den ganzen Tag und küßten ihren Erlöser aus Dankbarkeit dafür, wie nett und muy bien die Behörden seien, und dann wurde ihnen gesagt, sie sollten morgen wiederkommen. Doch Albanes und die um ihn herum waren dann im Gebirge, um zum Vergnügen Bauern niederzuknallen, wie alle großen Männer; oder sie waren in den Hurenhäusern.«

Vebi: »Ist das nicht reichlich dick aufgetragen, Madame? Ich zweifle sehr, ob ich das zu Protokoll nehmen soll.«

Die Frau: »Oh, als ob ich nicht wüßte, was ich sage, ich, die ich jahrelang eine ihrer casas leitete. Von der Flotte bekamen wir manchmal solche casas für die Patente. Es ist besser, Fischerhandschuhe zu stricken.«

39. Hier wird über G. Syngmannsdottir berichtet

Die Sache ist schon etwas verwickelt. Sie nimmt immer größeren Umfang an, auch wenn man nur kleine Fragen stellt. Es wird eine langwierige Arbeit werden, dies alles zu redigieren und in Berichtsform zu bringen. Die Frau führt mich im Kreis herum, und ohne Zweifel werden es noch viele Kreise. Vielleicht gibt es gar kein Ende, und bald ist der Morgen da.

Vebi: »Wissen Sie noch, womit wir angefangen haben?«

Die Frau: »Haben wir mit etwas angefangen, mein Guter? Ich habe es nicht bemerkt.«

Vebi: »Eigentlich interessiert den Bischof nur ein Punkt hinsichtlich Ihrer Person. Alles andere ist Nebensache.«

Die Frau: »Ja, ich habe viele Bischöfe gekannt. Einige waren die besten Leute. Doch hochstehende Menschen glauben mitunter, das Leben sei einfacher, als es ist.«

Vebi: »Zuerst habe ich geschrieben, Sie seien die Pfarrersfrau am Gletscher. Doch dann leiten Sie plötzlich ein Vergnügungsetablissement in Buenos Aires. Im selben Atemzug sind Sie Nonne in Südamerika, die heilige Elin. Und in Nordamerika verloren Sie Kinder durch Unglücksfälle. Jetzt sind Sie Strickerin – sagten Sie nicht, Sie stricken Fischerhandschuhe? Geht das nicht reichlich weit, Madame? Und Sie heißen Gudrun Sämundsdottir von Nedratradkot! Wir wollen nur hoffen, daß der Name in den Kirchenbüchern steht. Doch vor allem möchte ich fragen: Hat eine Frau wie Sie keine Verantwortung und keine Pflichten?«

Die Frau: »Wie denn?«

Vebi: »Tja, zum Beispiel, warum ist die Pfarrersfrau nicht beim Pfarrer geblieben?«

Die Frau: »Ich dachte, Bischöfe hätten es leicht, das und mehr als das zu verstehen.«

Vebi: »Darf ich Sie darauf aufmerksam machen, daß wir hier Lutheraner sind.«

Die Frau: »Ich bin katholisch.«

Vebi: »Rechtgläubig?«

Die Frau: »Ja, rechtgläubig.«

Vebi: »Sind Sie nicht exkommuniziert worden?«

Die Frau: »Ich bin christlich verheiratet und habe mich nie scheiden lassen. Ich habe die ganze Zeit meinen Ehegatten gehabt, den ich wie keinen anderen Mann geliebt und geachtet habe.«

Vebi: »Und der Amerikaner, mit dem Sie Kinder hatten?«

Die Frau: »Amerikaner sind Kinder. Kinder glauben an Revolver und Revolverhelden. Hundertsiebenundvierzig Revolverschüsse pro Woche im Kinderfernsehen. In Kinderfilmen müssen Kindermorde vorkommen. Haben Sie bemerkt, daß man, wenn man das Kreuz in der Mitte quer durchschlägt, zwei Revolver bekommt, einen in jeder Hand? Sie sind reizende Kinder.«

Vebi: »Warum sind Sie nicht bei Ihrem Mann geblieben, den Sie liebten und achteten? Sie wurden doch nicht etwa geraubt?«

Die Frau: »Oh, nicht doch.«

Vebi: »Wurden Sie gestohlen, Madame?«

Die Frau: »Ich wurde gekauft.«

Vebi: »Von Godman Syngmann?«

Die Frau: »Er legte das Geld auf den Tisch, ja.«

Vebi: »Kann man Leute kaufen?«

Die Frau: »Man kann ein Schäfermädchen zu einer Reittour einladen, auch wenn sie mit einem Pfarrer verheiratet ist. Man kann sie zu einer Reittour durch die ganze Welt einladen. Doch wenn sie nach einem Menschenalter wiederkommt, ist sie niemals fort gewesen.«

Vebi: »Ist es wahr, daß Professor Godman Syngmann Polygamist gewesen ist?«

Die Frau: »Wer sagt das?«

Vebi: »Der Butler hat an vier Witwen Telegramme geschickt.«

Die Frau: »Ja, ich habe ihm jetzt den Imperial weggenommen. Man muß auf ihn aufpassen, daß er nicht noch mehr stiehlt. Wäre ich nicht, dann säße dieser arme Irre auf Nummer sicher. Ich werde ihn auch dieses Mal vor dem Gefängnis bewahren.«

Vebi: »Was möchten Sie sonst noch über Godman Syngmanns Frauen sagen? Ist in dieser Hinsicht nichts übertrieben?«

Die Frau: »Hoffen wir, daß er viele gehabt hat. Er war ein Weltmann. Er war in der ganzen Welt zu Hause. Die Imame, seine Freunde, hatten alle bis zu dreihundert Frauen. In Benares wie in Los Angeles nannten sie ihn Lord Maitreya. Was soll so ein Mann mit ein oder zwei Weibsbildern anfangen? Buddha hatte zehntausend Frauen im Bauch. Als Mundi als junger Ingenieur und Erfinder mit seinen Millionen aus Sumatra und Australien zurück nach Island kam, fand manch eine sein Haar weich. Das Schäfermädchen von Tradkot, das gerade mit einem bettelarmen Landpfarrer verheiratet worden war und noch nicht einmal mit ihm gechlafen hatte, bekam von Mundi die Welt geschenkt.«

Vebi: »Wer sind diese Frauen? Und wo kann man sie finden?«

Die Frau: »Das interessiert mich nicht. Jetzt sind es drei Jahre her, seit ich ihm das Telegramm geschickt habe, er solle mich als gestorben ansehen. Von anderen Frauen weiß ich nichts.«

Vebi: »Glaubte er, daß Sie wirklich gestorben seien?«

Die Frau: »Was glauben die Götter? Das gehört zu den Dingen, die wir nie erfahren. Wir wissen nur, daß Götter über das irdische Leben erhaben sind. Ich glaube nicht, daß da in dem Grab auf dem Kirchhof auch nur ein Stäubchen von Mundi ist.«

Vebi: »Das ist meine Sache, Madame. Ich bin es, der im Auftrag der Kirchenbehörde die Verantwortung für diese Beerdigung hatte. Hingegen nehme ich an, daß das Ministerium in Erfahrung bringen möchte, wie Sie sich zu den Landesgesetzen und zu internationalen gesetzlichen Bestimmungen über die Ehe stellen; ebenso zu anderen Frauen des Professors, wenn es sie gibt.«

Die Frau: »Von was für Gesetzen sprechen Sie, junger Mann?«

Vebi: »Zum Beispiel von Gesetzen gegen Vielweiberei.«

Die Frau: »Wie sollten Gesetze über Vielweiberei mich betreffen?«

Vebi: »Entschuldigen Sie, wenn ich das sage, und zum Glück gibt es keine Zeugen dafür: Soweit ich verstanden habe, waren Sie mit zwei Männern verheiratet, und der eine war mit Ihnen und zugleich mit vielen anderen Frauen verheiratet. Ist das richtig?«

Die Frau hört auf zu stricken. »Wer sagt das? Welcher Unsinn aus einem so intelligenten Burschen heraussprudelt!«

Vebi: »Ich beschuldige niemanden, im Gegenteil. Zu allerletzt Sie. Ich bin bloß wie irgendein Esel hierhergeschickt worden, um nach Dingen zu fragen, die mich nichts angehen und die mir vollständig gleichgültig sind. Wie ich schon sagte, Sie brauchen auf meine Fragen nicht zu antworten.«

Die Frau: »Ich war nicht Godman Syngmanns Frau. Ich bin seine Tochter.«

Vebi: »Sie entschuldigen, wenn ich mich ein bißchen verschlucke, Madame. Wie sollen meine Vorgesetzten das verstehen?«

Die Frau: »Syngmann war britischer Bürger. Er setzte mich nach britischen Gesetzen als Erbin ein. Diese Gesetze bestimmen, daß der Erblasser zwanzig Jahre älter sein muß als der Erbe. Ich war siebzehn Jahre und Mundi vierzig. Ich bin sein einziges Kind.«

Vebi: »Mit Verlaub, was taten die Leute in Ihrer Gegend, wenn sie vor Staunen sprachlos waren?«

Die Frau: »Sie steckten fünf Finger in den Hintern.«

Vebi: »Sie entschuldigen, daß ich noch nicht erwachsen genug bin, um ordinär zu sprechen – höchstens in Maßen.«

Die Frau: »Sie tun mir ein wenig leid. Leider konnten viele Leute mich nicht verstehen; besonders ich selbst konnte es nicht, und in meinen jungen Jahren war es nicht anders. Ich weiß nicht, was ich tun soll, damit Sie mich verstehen. Ein romantisches Mädchen – wissen Sie, was das ist?«

Vebi: »Nein.«

Die Frau: »Haben Sie nie mit einem romantischen Mädchen geschlafen?«

Vebi: »Das muß entsetzlich sein.«

Die Frau: »Nebenbei bemerkt, ich glaube, Sie sind ein sehr ehrlicher junger Mann. So also war das alles, mein Lieber. Es steht dem nichts im Wege, daß ein Mädchen, das aus Romantik Pfarrersfrau geworden ist, sich für einen Weltmann begeistert. Natürlich kam es Mundi nie in den Sinn, um meine Hand zu bitten, wenn ich auch so einfältig war, das zu glauben. Er legte nur das Geld auf den Tisch. Und als er mich als Erbin eingesetzt hatte, schickte er mich auf eine Nonnenschule in Paris, denn selbstverständlich wollte ein solcher Mann keine dumme Tochter haben. Erst viel später, ich war schon bald dreißig, wollte er mich zur Geliebten haben, gewissermaßen zu seiner Entschuldigung. Doch da waren wir längst unkonkret füreinander geworden, denn er war ständig in anderen Erdteilen, um Profite zu machen, und ich hatte bei den Nonnen Handarbeiten und Katechismus und deutsche Konjugation gelernt und war katholisch geworden. Und die Romantik war vorbei und in Paris aus der Mode gekommen. Ich blieb natürlich trotzdem weiter seine Tochter.«

Vebi: »Ich nehme also zu Protokoll, daß die Romantik vorbei und in Paris aus der Mode gekommen war. Mit Verlaub, Madame, was ist Romantik? Ich meine, wie würde man Romantik für das Kirchenministerium definieren?«

»Das werde ich Ihnen sagen«, antwortete die Frau. »Als ich aufwuchs, war Blondin der größte Mann der Welt. Und Parlez-moi d'amour war unser aller Lied – besonders, wenn wir nicht Französisch konnten. Ich war nicht darauf gefaßt, als ich nach Paris kam, daß alle meinen Blondin vergessen hatten und die für verrückt gehalten wurden, die de l'amour laut sangen. Jetzt sang man Parlez-moi de la pédérastie.«

Vebi: »Wer war Blondin?«

Die Frau: »Da sehen Sie, mon petit. Weiß alles und kennt nicht einmal Blondin! Ach, man spannte ein Seil über die Niagarafälle und ließ den armen Kerl auf dem Seil tanzen. So verfährt man heute mit den Unglücksraben, die man in eine Dose setzt und die Erde umkreisen läßt – oder war es vielleicht um den Mond? Ständig erfinden die Menschen immer neue Methoden, um einander zu mißhandeln. C'est la vie.«

Vebi: »Wie ging es dann weiter mit diesem neuen häßlichen Lied, das Sie erwähnten?«

Die Frau: »Es war so ziemlich das einzige, was manch rosiges und blauäugiges Mädchen aus Nordeuropa in jenen Jahren während seines ersten Winters in Paris lernte. Jetzt haben alle auch das vergessen, außer einigen gottverlassenen Trotteln wie meinem armen Saint Genet, den die da jetzt zum Erzheiligen und Nationaldichter Frankreichs machen wollen. Mundi hingegen war nie mehr derselbe Mensch, nachdem er mich seinem besten Freund daheim in Island weggenommen hatte. Um das wiedergutzumachen, setzte er seine Tochter frühzeitig zur Alleinerbin ein, in einem unabänderbaren Testament, das bei dem alten Mowitz und Gebrüdern in London liegt. Mir gehört also Mundis Nachlaß, wo immer in der Welt er sich befindet. Wenn Ihr Bischof in Geldverlegenheit sein sollte, mein Lieber, dann geben Sie mir nur einen Wink.«

Vebi: »Wollen Sie dieses Geld selbst verwenden, Madame, und zu welchem Zweck, mit Verlaub?«

Die Frau: »Tja, es ergibt sich wohl von selbst, daß das Erbe hier in die Wirtschaft von Sira Jon und mir einfließt. Mein Ehemann bestimmt natürlich, was mit dem Geld geschehen soll. Ich kümmere mich nicht um Geldangelegenheiten. Ich lebe von meinen Stricknadeln.«

Vebi: »Würden Sie mir irgendwann einmal gestatten, ein Buch über Sie zu schreiben, Madame, über Ihren Kontakt zu Dr. Godman Syngmann, und am liebsten auch noch ein Buch über ihn?«

Die Frau: »Bitte sehr. Schreiben Sie so viele Bücher, wie Sie wollen.«

Vebi: »Er war ein sehr bedeutender Mensch.«

Die Frau: »Er war ein wunderbarer Mensch. Jeder, der ihn kennenlernte, war wie verwandelt. Er war der größte Mensch auf Erden nach meinem Mann, Sira Jon Primus. Doch er hatte keinen Kontakt.«

Vebi: »Wie, habe ich mich wieder verhört, Madame? Hatte Professor Doktor Syngmann keinen Kontakt?«

Die Frau, zum zweiten Mal: »Der gute Mann, dieser wunderbare Mensch, stellen Sie sich vor: Er hatte keinen Kontakt.«

Vebi: »Ich dachte, er hätte nicht nur einfach Kontakt gehabt, sondern sogar den Großen Kontakt, mit großen Buchstaben geschrieben.«

Die Frau, zum dritten Mal: »Er hatte keinen Kontakt.«

Vebi: »Und ich dachte, er hätte sogar Kontakt mit höheren vernunftbegabten Wesen in fernen Spiralnebeln gehabt.«

Die Frau: »Ich sage Ihnen doch, daß er keinen Kontakt hatte.«

Vebi: »Meinen Sie vielleicht Kontakt mit irdischen Wesen, wie ich hoffe, daß Sie eins sind? Daß er zum Beispiel an einem seelischen oder körperlichen Mangel litt, der eine Ehe sinnlos macht?«

Die Frau: »Ihm fehlte der Kontakt, von dem es heißt: Du sollst lieben Gott, deinen Herrn, von ganzem Herzen, von ganzer Seele und von ganzem Körper und deinen Nächsten wie dich selbst.«

Vebi: »Aber wo sie jetzt damit hausieren gehen, daß der Mensch sich selbst mehr haßt als irgendein anderes Lebewesen, wie sollte er es denn anstellen, andere Menschen zu lieben? Sie vielleicht totschlagen?«

Die Frau: »Qu'est-ce que tu as, mon petit? Was hast du, mein Kleiner?«

Vebi: »Haben Sie Kontakt, Madame?«

Die Frau: »Wie alt sind Sie?«

Vebi: »Fünfundzwanzig.«

Die Frau: »Ich bin zweiundfünfzig. Fünfundzwanzig und zweiundfünfzig: Das ist derselbe Altersunterschied wie zwischen San Juan de la Cruz und Santa Teresa, als sie sich zum ersten Male begegneten.«

Vebi: »Und was wurde aus ihnen?«

Die Frau hört auf zu stricken; sie steht auf. »Gehen Sie schlafen, mein Kleiner.«

Sie zog die Gardinen auf. Die Sonne war aufgegangen, und es glitzerte beinahe unangenehm auf der allzu grünen Hauswiese.

Unterzeichneter bittet um Nachsicht, daß er aus der Rolle gefallen ist, steckt sein Notizbuch in die Tasche, das die Hauptpunkte enthält, und schaltet das langsam laufende Tonbandgerät aus. Die Frau öffnete die Tür und ließ mich hinaus.

Vebi: »Das Eis ist fast von Ihrem Fisch abgetaut, Madame. Die Veranda schwimmt in Wasser. Sollten wir uns nicht wiedersehen, so danke ich für bereitwillige Antworten und gute Bekanntschaft. Ich gehe jetzt und packe meine Sachen. Mein Bus fährt um dreiviertel zwölf.«

Die Frau: »Haben Sie vergessen, daß Sie morgen zum Fischessen eingeladen sind?«

40. Die Wirklichkeit als Schädelknochen eines Fischs

Unterzeichneter hatte lange damit zu tun, wieder einmal seine Sachen im Seesack zu verstauen und vor allem eine Zusammenfassung der Ereignisse des Tages nach dem Gedächtnis niederzuschreiben. Die Schatten, die ein niedriges Haus oder sogar eine Gartenmauer im Gelände warfen, waren so lang, daß sie vollkommen unwirklich schienen. Doch was mich ans Fenster zog, war die ungewöhnliche Hektik der Vögel draußen, ein Getümmel, begleitet von einem Lärm, der nichts mehr mit dem passiven nächtlichen Möwengeschrei zu tun hatte, das ich im Schlaf von der Felsenküste her zu hören gewohnt war. Wenn man sonst zu dieser Zeit der Nacht hinausblickte, sah man höchstens den einen oder anderen Vogel aus unerklärlichen Gründen vorbeischweben. Jetzt dagegen wimmelte und tobte über der Hauswiese und dem Gehöft ein Schwarm von unzähligen Vögeln. Es waren nicht nur Dreizehenmöwen, die Bewohner der Küstenfelsen. Eissturmvögel und Mantelmöwen von den Fischgründen draußen, Eismöwen und sogar Raubmöwen hatten sich zu diesem Chor gesellt; soviel ich sehen konnte, stritten sich einige, wobei sie im Flug den Bauch nach oben kehrten. Der Kirchhof quoll über von diesem Teufelsgezücht; das Kirchendach und das Dach des Bungalows waren voller Vögel. Als Berichterstatter des Kirchenministeriums blieb mir nichts anderes übrig, als tatenlos auf dieses Naturereignis zu starren; ich hätte auch keine Vollmacht gehabt zu schießen, selbst wenn ich eine Kanone besessen hätte.

Dieser teuflische Tumult hielt etwa fünfzehn Minuten unvermindert an, dann ließ er nach. Der Kirchhof blieb jedoch voller Vögel, nur daß sie jetzt still dasaßen, als ob sie eine Versammlung über einen ernsten Vorfall abhielten; und es schrie jeweils nur einer von ihnen. Immer mehr flogen auf und nahmen schweigend Kurs auf das Meer. Andere spähten umher, als warteten sie auf ein neues Wunder. Wie kommt es, daß Vögel viel größer wirken, wenn sie sitzen, als wenn sie fliegen? Mir kamen sie unnatürlich groß vor. Zuletzt hatte ich kein naturwissenschaftliches Interesse mehr, überließ die Vögel, die im Morgengrauen auf den Gräbern der Toten saßen, sich selber und ging schlafen.

Als ich am Morgen aufwachte, war kein Vogel mehr da. Es war, als wäre nichts geschehen. Vielleicht hatte ich geträumt. Sollte ich nicht besser alles aus dem Bericht herausnehmen, was über Vögel und Fische darin steht? Es besteht bloß die Gefahr, daß nicht viel übrig bleibt, wenn Vögel und Fische nicht zählen.

Meine Siebensachen waren jetzt im Seesack verstaut, und mir blieb nichts mehr zu tun übrig, als mich von Sira Jon Primus zu verabschieden und ihm Glück dazu zu wünschen, daß seine Frau heimgekehrt und daß am Gletscher und hoffentlich auch im Kirchenministerium alles in Ordnung war.

Ich klopfte an diese und jene Türen und Türpfosten im Hause, doch es kam keine Antwort. Die Frau mit dem Widder und dem zweiten Gesicht hatte vielleicht herausbekommen, daß die Pfarrersfrau im Anzug war. Möglicherweise war sie der Meinung, daß es jetzt, nachdem sie den Großmächten Kaffee kredenzt hatte und der Hauptfeind in nächster Nähe war, an der Zeit wäre, daß Wirtschafterinnen ihrerseits in die Welt hinausgingen, um sich zu amüsieren wie Pfarrersfrauen. Sei es, wie es sei – wie sehr Unterzeichneter auch klopfte, es kam kein Lebenszeichen.

Oft kehrt der Pfarrer zwischen drei und sechs Uhr morgens von seinen Reparaturexpeditionen zurück, doch mitunter erscheint er überhaupt nicht; es ist immer schwierig, Anzeichen dafür zu finden, ob er zu Hause gewesen ist oder nicht. Dieses Mal gibt es überhaupt keine Anzeichen dafür, ob jemand gekommen oder gegangen ist oder ob auf diesem Pfarrsitz schon lange kein Leben mehr geherrscht hat. Der Zwölftonner ist vom Hofplatz verschwunden. Die Hahnenfußblüten zwischen den Pflastersteinen sind erwacht, soweit sie nicht unter den achtzehn Rädern zerquetscht wurden. Der Langenseer der großen Pferde hat sich in den Nebeln entfernter Gebiete verloren, die vielleicht nicht auf der Erde liegen – dieser Gemeindevorsteher, Kosmologe und Pferdehändler, der allein das Wort Goethes widerlegt hat, daß alle Theorie grau ist.

Wenn auch im Ministerium nicht speziell nach Kälbern gefragt werden dürfte, ist Unterzeichneter doch der Meinung, daß das Stallkalb hier ein gutes Prädikat für Betragen und Fortschritte verdient. Höhere Gewalten haben es vom Pflock gebunden, und Schafböcke kommen es jetzt besuchen. Das Gras, das es jetzt in sich hineinschlingt, war vor anderthalb Wochen erst ein Gedanke Gottes.

Heute nacht wurde behauptet, daß der Kopf Godman Syngmanns gestohlen worden sei. Heute nacht ist auch mit Entschiedenheit behauptet worden, das frische Grab des Professors auf dem Kirchhof sei echt. Was sagt Tumi Jonsen, Historiker der Historiker am Gletscher? Würde es ihm sein christliches Gewissen erlauben, zu erklären, daß glaubwürdige Leute der Ansicht sind, ein bekannter Angler, von dem allerdings einige Quellen behaupten, er sei Grossist gewesen, liege auf diesem Kirchhof begraben? Ist etwas wahrscheinlicher, als daß gewissenhafte und wahrheitsliebende Männer aus dem Geschlecht des Historikers auftreten und sogar mit einigem Recht behaupten werden, auf diesem Kirchhof werde seit fünfzig Jahren nicht mehr beerdigt und irgendein Spaßvogel habe zu seinem Vergnügen dort ein Grab ausgehoben und etwas oder wohl auch nichts hineingelegt? Vielleicht waren auswärtige Flegel am Werk, oder ungezogene Kinder wollten die Leute ärgern. Es mag richtig sein, was einige meinen – daß nämlich dieser Godman Syngmann jemand ganz anderer war.

Ich befürchtete schon, daß ich meinem Vorgesetzten in Reykjavik statt eines Berichts von dieser Reise an den Gletscher ein Traumbuch überbringen würde. Die Sache würde sich weiter komplizieren, wenn noch ein Traumdeutungsbuch hinzugefügt werden müßte.

Ich schlich mich auf die Veranda des Bungalows, um auszukundschaften, ob es Anzeichen für irgendein Ereignis gäbe. Bei flüchtigem Hinsehen entdeckte ich keine und bekam Angst. Nichts ist schrecklicher, als wenn ein Christ sich plötzlich als Rationalist wiederfindet. Die Gardinen waren vorgezogen, alles war so, wie es Hausdiener James Smith verlassen hatte, keine Spuren menschlichen Lebens ringsumher, das Haus war tot. Wo war der große Lachs? Verschwunden, als hätte ihn die Erde verschlungen! Nur ein klein wenig mehr Vogeldreck als vorher war auf der Veranda. Doch als ich genauer hinsah, sah ich das Siegel des Bezirks in einer Ecke liegen. Mit anderen Worten, das Siegel war aufgebrochen worden, und das kaum im Traum. Doch wer hatte das getan? Diese Frau? Oder eine andere Frau? Oder irgendwelche Spaßvögel? Was würde Tumi Jonsen dazu sagen?

Als ich von der Veranda wieder hinunterschlich, fiel mein Blick auf eine Kleinigkeit, die an sich nicht der Erwähnung wert ist: den sauber abgepickten Schädelknochen eines Fischs vor der Tür der Frau. Wenn auch die Frau, von der ich geträumt hatte, vielleicht nicht wirklich war, so hatte doch, sage einer, was er wolle, heute nacht ein wirklicher Fisch auf der Veranda gelegen.

41. Reparatur der Schnellgefrierhäuser

Mir wurde wahrhaftig leichter ums Herz, als ich aus dem Blickfeld des Hauses gelangt war, denn es schien mir, als ob es hinter mir her blickte. Natürlich weiß ich sehr gut, daß es kaum etwas Lächerlicheres gibt, als frühmorgens bei klarem Wetter einen Monat vor der Sommersonnenwende Angst zu bekommen wie im Dunkeln. Ich hoffte im stillen, daß ich Sira

Jon Primus in seinem Schuppen antreffen würde, wo er abgebrochene Messer und defekte Nähmaschinen aus dem 19. Jahrhundert reparierte.

Als ich auf den Schotterplatz hinter dem Lavahügel auf der Hauswiese kam, fiel mein Blick auf den Imperial, der seinerseits hier als Wiedergänger herumspukte. Der Wagen war geschickt geparkt, und auf dem hinteren Sitz lagen ein paar Damensachen. Der Reparaturschuppen des Gemeindepfarrers aber war zugeschlossen.

Sira Jon Primus saß reisefertig auf einem Stein an der Straße, das heißt, er hatte den Jackenkragen hochgeschlagen und hielt den Werkzeugkasten auf den Knien. Im übrigen war er barhäuptig und blau im Gesicht, hatte wahrscheinlich weder geschlafen noch gegessen. Er wartete.

»Guten Tag, Sira Jon.«

»Guten Tag.«

Vebi: »Da ist also dieser große Wagen wieder da.«

Sira Jon ging nicht darauf ein.

Vebi: »Wollen Sie wegfahren, Sira Jon?«

Sira Jon: »Ich warte hier auf einen Mann, der mich hinbringen will.«

Vebi: »Weit?«

Sira Jon: »Über das Gebirge. Das Schnellgefrierhaus, das unbrauchbar geworden und bankrott ist, hat jetzt eine Million Subvention bekommen. Sie wollen versuchen, es wieder in Gang zu bringen. Sie haben mich gebeten, mitzuhelfen, die Maschinen zu reparieren. Jodinus muß bald da sein, mich abholen.«

Vebi: »Hm. Sie wissen natürlich, daß Gudrun Sämundsdottir gekommen ist.«

Sira Jon: »Ach, sagt sie, daß sie so heißt?«

Vebi: »Haben Sie sie nicht getroffen?«

Sira Jon: »Ich sah gestern spät abends eine Frau kommen.«

Vebi: »Müssen Sie unbedingt heute wegfahren? Ich vermute, daß die Frau gekommen ist, um Sie zu treffen.«

Sira Jon: »Ehe ich es vergesse, haben Sie heute morgen schon etwas zu essen bekommen?«

Vebi: »Das kann man kaum behaupten. Doch das tut nichts. Ich will heute nach Reykjavik.«

Da steht Sira Jon vom Stein auf und sagt: »Es kommt nicht in Frage, daß Sie den ganzen Tag mit leerem Magen herumlaufen. Ich habe allerdings auch nichts zu essen bekommen, aber ich habe Haifisch hier. Darf ich Ihnen etwas anbieten?«

Vebi: »Ich bin Haifisch eigentlich nicht gewohnt. Ich habe gehört, er riecht nicht gut.«

Sira Jon: »Haifisch ist der größte Leckerbissen in Island. Er riecht nur die ersten zwölf Jahre. Dieser ist dreizehn Jahre alt, und das Ammoniak ist verflogen. Er duftet.«

Sira Jon zieht jetzt aus seiner Tasche ein ansehnliches Stück dieses Leckerbissens des Landes, in Zeitungspapier eingeschlagen und mit Netzgarn umwickelt. Es war ein Stück mit einem Auge. Dieses Meerestier heißt auf lateinisch »schläfriger Kleinkopf«, und wenn man ihm ins Auge blickt, wird der Name (somniosus microcephalus) verständlich. Der Gemeindepfarrer klappt sein Taschenmesser auf und schneidet sich ein Scheibchen ab, kaut und schmatzt, verzieht schmunzelnd das Gesicht, während er den Geschmack prüft, sagt sodann: »Er ist richtig.«

Und in dieser obigen Bemerkung zeigte sich die einzige Tendenz zur Rechtgläubigkeit, die Unterzeichneter bei Sira Jon Primus beobachten konnte.

Mir schien es besser, dem Pfarrer den Gefallen zu tun, und so begann ich neugierig das Zeug zu kauen und im Mund hin und her zu wenden; es schmeckte ein bißchen sonderbar, doch nicht direkt schlecht. Wir kauten beide eifrig. Als ich den ersten Bissen hinuntergeschluckt hatte, bekam ich Lust auf einen zweiten.

»Das ist alkalisch«, sagte Sira Jon. Für die Chemie des Gemeindepfarrers kann ich keine Garantie übernehmen. Aber allein die Art, wie er den Haifisch pries, mußte es jedermann klarmachen, daß Sira Jon ein guter Pfarrer war.

Als wir eine Weile Haifisch gekaut hatten, kam ich wieder auf mein Anliegen zurück.

Vebi: »Also, Ihre Frau ist gekommen, Sira Jon. Nun dürfte alles geklärt sein.«

Sira Jon: »Ja, sie ist bestimmt eine sehr gute Frau. Und Sie sind ein junger Mann. Wollen Sie sich nicht dieser Frau annehmen?«

Vebi: »Ihrer Frau?«

Sira Jon: »Der Frau, die gestern abend gekommen ist; der Frau, von der Sie sprechen.«

Vebi: »Ua?«

Sira Jon: »Die Ua, die gekommen ist, ist nicht die, die gegangen ist. Denn Ua kann erstens nicht weggehen, und zweitens kann sie nicht wiederkommen. Sie kommt nicht wieder, weil sie nicht fortging. Ua blieb bei mir, wie ich Ihnen sagte, als wir uns hier am Schuppen das erste Mal sahen. Sie blieb nicht nur äußerlich, sondern vor allem in mir selbst. Wer könnte dir deine Mutter nehmen? Wie könnte deine Mutter von dir gehen? Sie ist dir sogar um so näher, je älter du wirst und je länger es her ist, daß sie starb.«

Vebi: »Sowohl Sie, Sira Jon, wie auch die Frau selbst haben gegenüber dem Vertreter des Bischofs jeder für sich Ihre Ehe bestätigt. Wenn auch die Frau fünfunddreißig Jahre lang fort war, so ändert das nichts. Sie ist nicht lang, die Stunde des Glücks im christlichen Glauben.«

Sira Jon: »Es gibt keine andere Ua als die, die stets bei mir gewohnt hat und mir nie für eine Stunde des Glücks entschwunden ist. Sie ist mir näher als die Blume des Feldes und das Licht des Gletschers, denn sie ist mit meinem Atem verschmolzen. Das nur bleibt, was zutiefst in dir selber wohnt, auch wenn du von einem Spiralnebel zum anderen schwebst. Nichts kann es von der Stelle bewegen. Doch jetzt wollen wir unseren Haifisch knabbern.«

Vebi: »Auf Grund meiner Instruktionen, Sira Jon, und ohne daß mich die Sache persönlich angeht, möchte ich vorschlagen, daß Sie diese Frau begrüßen und heute die Schnellgefrierhäuser in Ruhe lassen.«

Sira Jon Primus: »Die Schnellgefrierhäuser gehen vor; es ist eine Vereinbarung.«

Vebi: »Ich habe gehört, daß Schnellgefrierhäuser nicht rentabel sind. Wer hat mit wem eine Vereinbarung getroffen? Lassen wir die Toten ihre Toten begraben, und sei es nur einen Tag lang.«

Sira Jon: »Alles Leben beruht auf Vereinbarung. Ich dachte, Sie wüßten, daß wir uns einigen müssen, ob wir leben sollen; sonst gibt es Krieg. Doch wenn wir uns einigen, zu leben, dann zahlen wir den Schnellgefrierhäusern mit Freuden unseren letzten Öre. Und dann ist es nicht mehr von Belang, ob Schnellgefrierhäuser rentabel sind oder ob ihre Maschinen laufen oder stillstehen.«

Vebi: »Tja, nun spreche ich aber von einem Menschen, lieber Sira Jon, von einer Seele. Meiner Ansicht nach hat die Seele den Vorrang vor den Schnellgefrierhäusern.«

Sira Jon: »Ich glaube, die Schnellgefrierhäuser stehen Gott näher als die Seele; das ist allerdings eine Frage der Vereinbarung.«

Vebi: »Weshalb repariert man Schnellgefrierhäuser, die sich nie rentieren und die von Zynikern auf Kosten der Allgemeinheit betrieben werden?«

Sira Jon: »Nehmen wir etwa Partei für das Leben, weil es sich rentiert?«

Vebi: »Man muß doch einen Schimmer von Vernunft haben.«

Sira Jon: »Aber es leben doch nicht nur die Schnellgefrierhäuser von Unterstützungen! Sind nicht alle bankrott, wenn man es genau betrachtet? Wenn nicht gegen alle wegen Verschuldung der Konkurs eröffnet werden soll, dann muß man sich über etwas einigen; egal, was es kostet; egal, welch verdammter Blödsinn es ist: Einigung muß sein. Man muß sich zum Beispiel darüber einigen, daß das Geld irgendwo sein muß – bei den Reichen, wenn es nicht besser geht; in den Banken; zumindest beim Staat. Dennoch wissen alle, daß Geld nichts als ein Wahngebilde ist, eine Fiktion.«

Vebi: »Ich möchte doch meinen, es wäre der erste Schritt, sich darüber zu einigen, daß etwas wahr ist, und dann zu versuchen, danach in Gemeinschaft zu leben.«

Sira Jon: »Es macht Spaß, den Vögeln zuzuhören. Aber es wäre alles andere als ein Vergnügen, wenn die Vögel stets die Wahrheit zwitscherten. Meinen Sie, die Goldumrandung an dieser Wolke, die wir dort in der Ionosphäre sehen, ist wahr? Doch wer nicht bereit ist, für diese Wolke zu leben und zu sterben, der ist von allen guten Geistern verlassen.«

Vebi: »Soll dann nur poesievoller Gedankenflug an Stelle der Gerechtigkeit herrschen?«

Sira Jon: »Es kommt darauf an, sich zu einigen. Sonst werden alle umgebracht.«

Vebi: »Einigen worüber?«

Sira Jon: »Egal worüber. Zum Beispiel über Schnellgefrierhäuser, wie schlecht sie auch sein mögen. Wenn ich ein kaputtes Schloß repariere, meinen Sie dann, es sei ein Kleinod oder der Verschluß für einen Geldschatz? Hinter dem letzten Schloß, das ich in Ordnung brachte, waren ein halber Rochen und drei Pfund Roggenmehl verwahrt. Ich brauche das Unternehmen nicht zu beschreiben, das ein solches Schloß besitzt. Doch wenn man das Leben überhaupt gelten läßt, dann repariert man ein solches Schloß mit keineswegs geringerem Vergnügen als das Schloß an der Staatsbank, in der das Gold ist, wie die Leute meinen. Wenn dir dieses einfache alte rostige Schloß nicht gefällt, das ein Stümper vor Zeiten für eine einfache Proviantkiste angefertigt hat, dann gibt es für dich keinen Grund, das Schloß an einer Großbank zu reparieren. Wenn du nur Maschinen in Schnellgefrierhäusern reparierst, die rentabel sind, dann bist du um dein Los nicht zu beneiden.«

Vebi: »Das, was Sie sagen, Sira Jon, mag gute Poesie sein; es steht jedoch leider kaum in realer Beziehung zu der Angelegenheit, auf die ich Sie von Amts wegen aufmerksam machte.«

Sira Jon: »Wer nicht in der Poesie lebt, überlebt hier auf der Erde nicht.«

Damit wickelte Sira Jon Primus die Reste des Haifischs wieder in die Zeitung und steckte sie in die Tasche; er reichte mir zum Abschied seine große, gute Hand, die auf diesen Blättern bereits erwähnt wurde. NB: Aber vielleicht täuscht mich meine Erinnerung. Jodinus war mit seinem Zwölftonner eingetroffen, um den Gemeindepfarrer über das Gebirge zu bringen.

42. Gedichte des heiligen Johannes vom Kreuz u. a. m.

Unterzeichneter hob das Siegel auf, das auf der Veranda lag, steckte es in die Tasche und klingelte. Die Frau kam an die Tür. Sie hatte in der Nacht ihre Sachen aus dem Wagen geholt und trug jetzt einen langen Morgenrock. Mir schien sie größer als gestern. Wenn man ein Gesicht kraftvoll nennen kann, so traf dieser Ausdruck bei dieser Frau zu; doch sie bewegte sich ungezwungen, ohne Getue, nur ihre Reaktionen waren mitunter überraschend. Es soll nicht verheimlicht werden, daß ich den Blick nicht von einem Exemplar der Rasse wenden konnte, die am Gletscher als prima Fleisch gilt und aus Irland oder Spanien stammen soll. Das sind die Frauen, die nicht schlafen. Als ich jetzt die Frau im Negligé sah, schien sie mir die Ansicht zu bestätigen, daß Frauen erst dann jene Schönheit erreichen, die an Steinzeitmenschen mit den Maßen der Venusstatuette von Willendorf erinnert, wenn sie um die fünfzig sind, ihre Kinder gehabt und verloren haben und eine andere Zeit in Aussicht ist. Ich sagte guten Tag.

Die Frau: »San Juan de la Cruz.«

Sie öffnete die Tür weit, ließ mich ein und machte die Tür wieder zu. Dann bot sie mir einen Platz auf dem zweisitzigen Sofa an, streichelte mir wie einem Kind die Wange mit dem Handrücken, ließ sich neben mir nieder und fragte nach Neuigkeiten; und unter dem Morgenrock kamen überraschend jugendliche Beine mit feinen Waden hervor, die erst oberhalb des Knies stärker wurden, alles genau nach den Maßen von Willendorf.

Vebi: »Entschuldigen Sie, daß ich ziemlich früh auf den Beinen bin. Doch da ich Auftrag von den Behörden habe, mich um Leute zu kümmern, die mich nichts angehen, halte ich es für besser, Ihnen zu sagen, daß Sira Jon fort ist.«

Die Frau stand auf, holte ihr Strickzeug und setzte sich mir gegenüber in einen Sessel.

»Wohin ist Sira Jon gegangen?« fragte sie.

Vebi: »Der Pfarrer ist fort, um ein Schnellgefrierhaus zu reparieren.«

Die Frau: »Darf ich Ihnen nicht eine Tasse Tee anbieten, mein Heiliger?«

Vebi: »Vielleicht, danke, ja; ich habe heute morgen nur Haifisch bekommen.«

Die Frau ging in die Küche, und ich betrachtete derweil ihr Strickzeug. Nach einer Weile brachte sie mir Tee und süße Biskuits in einer rechteckigen Packung.

Vebi: »Soviel ich sehe, entsteht eine Blume auf Ihrem Fischerhandschuh, Madame.«

Die Frau: »Es ist mein Traum, daß Fischerhandschuhe zum Schluß so schön sind, daß man sie anziehen kann, wenn man seine Tante zu Weihnachten besucht.«

Ich mochte mich jetzt nicht über Fischerhandschuhe verbreiten, sondern wollte mit dieser Ehestandsfrage auf der Pfarre irgendwie zu Rande kommen, ehe ich abreiste; auch führte die Frau ihren »Traum« nicht näher aus, sondern fragte: »Was ist ein Schnellgefrierhaus?«

Vebi: »Schnellgefrierhäuser sind isländische Unternehmen. Irgendwelche Gauner errichten sie mit Zuschüssen vom Staat; dann bekommen sie Zuschüsse vom Staat, um sie zu betreiben; danach lassen sie den Staat alle Schulden bezahlen, und zuletzt machen sie bankrott und überlassen dem Staat die Konkursmasse. Sollte es der Zufall wollen, daß irgendwann einmal ein Öre in die Kasse kommt, dann reisen diese Zyniker ins Ausland, um sich zu amüsieren. Jetzt ist eine Million bewilligt worden, um ein solches Unternehmen auf der anderen Seite des Gebirges zu reparieren, und da wird natürlich sofort Sira Jon gerufen.«

Die Frau: »Handelt es sich vielleicht um etwas Ähnliches wie das, was man früher Kühlhaus genannt hat?«

Vebi: »Eine ähnliche Idee; eine andere Generation.«

Die Frau: »Weshalb ist er gegangen?«

Vebi: »Sie kennen Sira Jon.«

Die Frau: »Er ist mein Mann.«

Vebi: »Ich sagte ihm, daß Sie da sind.«

Die Frau: »Ich hoffe doch, daß Nonni mir nicht böse ist?«

Vebi: »Ich bin nicht bevollmächtigt, etwas zu erklären, Madame. Es ist mir eigentlich verboten, Ansichten zu äußern, denn sonst könnte es passieren, daß dem Bischof und seinen Leuten die Gelegenheit zum Nachdenken genommen wird. Ich glaube jedoch, daß ich Sira Jon so einigermaßen begriffen habe. Er ist einer der wenigen Menschen auf der Welt, die so reich sind, daß sie es sich leisten können, arm zu sein. Vielleicht möchte Madame ihrerseits etwas sagen.«

Die Frau: »Sie sollten Ihren Tee trinken, solange er heiß ist, mein Lieber. Jetzt möchte ich in mein Zimmer gehen und mich ein bißchen zurechtmachen, mir Strümpfe anziehen und so weiter.«

Sie zog ein hübsches kleines Büchlein aus der Tasche und gab es mir zu lesen, während sie in ihrem Zimmer verschwand. Es waren Gedichte des heiligen Johannes vom Kreuz in Spanisch.

Ich begann mit dem ersten Gedicht und wollte es dem Zufall überlassen, wie weit ich in dem Buch käme. Das Gedicht hieß: »In dunkler Nacht«. Darin wird erzählt, wie die Seele nachts ausgeht, um Gott zu begegnen. Diese dunkle Nacht ist lieblicher als selbst das erste Licht des Tages, noche amable más que el alborada. Dann verbindet sich die Seele mit Gott in der Liebe aller Lieben, die das Licht der Verwandlung selbst ist, das Licht der Lichter: O noche que juntaste / amado con amada /Amada en el Amado transformada. Dieses Gedicht hatte die Frau rot angestrichen.

Als sie wieder hereinkam und sich mir gegenüber hinsetzte, hatte sie unter dem Morgenrock Seidenstrümpfe an, die bis weit über die Knie reichten; die Strümpfe mußte sie sich ebenfalls vor der Aufstehzeit aus dem Auto geholt haben. Ich hätte sie gern gefragt, ob sie gesehen habe, wie die Vögel den Fisch fraßen, doch es schien mir unpassend; der Schlaf der Leute ist ihre Privatangelegenheit. Sollte sie aber geschlafen haben, so mußte sie fest geschlafen haben. Als sie sah, daß ich das Gedicht »Noche oscura« aufgeschlagen hatte, konnte sie sich nicht enthalten, es in dieser schönsten aller Sprachen aufzusagen.

Vebi: »Wie schön Kastilisch in Ihrem Munde klingt, Madame!«

Die Frau: »Ich habe auch spanisches Blut, mein Lieber. Manche sagen, auch etwas irisches, leider.«

Vebi: »Sie hatten es nicht weit bis zum Katholizismus.«

Die Frau: »Ist es etwa kein schönes Gedicht?«

Vebi: »Ja und nein.«

Die Frau: »Können Sie sich etwas Schöneres denken?«

Vebi: »Aber ja doch, es ist ein ausgezeichnetes Gedicht. Doch wenn ich es meinem Bericht als Anlage beifügte, fürchtete ich, der Bischof würde es nicht verstehen. Mir scheint, daß es die Sache nicht klärt. Zumindest wirft es kein Licht auf das, was das Ministerium mich zu untersuchen beauftragt hat. Im Gegenteil.«

Die Frau: »Da haben wir es wieder! Wie ich gestern schon sagte: Sie sind bestimmt ein bißchen schwer von Begriff, junger Mann. Was haben Sie eigentlich an dem Gedicht auszusetzen?«

Vebi: »Eigentlich nichts; nicht direkt. Es ist, als wäre es von einer Frau gedichtet worden, die nach gut verlaufenem Geschlechtsakt zärtlich an ihren Geliebten denkt. Sie erwähnten Saint Genet. Wäre das Gedicht von ihm, so würde ich meinen, ein Homosexueller habe es über einen anderen Homosexuellen gedichtet.«

Die Frau: »Wie in aller Welt können Sie etwas so Häßliches denken, ein so netter Junge und bald Bischof! Wissen Sie nicht, daß Juan und Teresa Erzheilige gewesen sind? Begreifen Sie nicht, daß hier die Seele mit Gott spricht? Wie könnte man es anders sagen?«

Vebi: »Ist solch eine Dichtung nicht ein Possenspiel von seiten des Heiligen?«

Die Frau: »Mais qu'est-ce que tu veux, mon petit? Es ist stets ein Possenspiel. Aus einem Possenspiel in das andere! Woher denn sonst sollen Heilige und Dichter ihren Gegenstand nehmen, wenn nicht aus diesem Possenspiel? Immer wieder ein neues Possenspiel, und niemals wird man klüger. Es ist wie deutsche unregelmäßige Verben konjugieren – immer gleich schön!«

Vebi: »Da ich hoffe, daß Sie sowohl eine Erzheilige wie eine Puritanerin sind, Madame, möchte ich Sie wegen einer Kleinigkeit befragen, ehe wir uns trennen: Wenn nichts mehr richtig oder falsch ist, warum sind dann wir Menschen entstanden, und was sollen wir tun?«

Die Frau: »Warum zerbrechen Sie sich darüber den Kopf, mein Lieber?«

Vebi: »Ist irgendein Mensch so erbärmlich, daß er die Welt nicht auf dem Buckel trägt wie Godman Syngmann? Wenn uns der Verstand im Stich läßt, worauf sollen wir uns stützen?«

Die Frau: »Wollen Sie nicht lieber versuchen, an der Dummheit der Menschen teilzunehmen? Das ist sicherer. Doch denken Sie daran, Sie müssen es tun von ganzem Herzen, von ganzem Herzen und von ganzem Herzen – und was war nun schnell das dritte? Ja, sehet die Vögel unter dem Himmel an, das hätte ich beinahe vergessen.«

Vebi: »Wie haben Sie es angefangen?«

Die Frau: »Was?«

Vebi: »Dieses Aussehen zu behalten, diesen Teint, diesen Schimmer im Haar –«

Die Frau: »Langsam, langsam, mein Lieber, Sie dürfen nie mit Frauen meines Alters zuviel sprechen, zu allerletzt über ihre Haut und ihr Haar, sonst könnten sie plötzlich vor Rührung vergehen. Wie Sie wissen, werden wir wegen unserer Haut gejagt. Ich muß Ihnen gestehen, daß ich mich etwas geschminkt habe, ehe Sie kamen.«

Vebi: »Wenn ich mit Ihnen rede, ist mir klar, daß Sie meine Mutter sein könnten und daß ich kein Recht habe, von Ihnen Auskünfte zu verlangen. Aber dennoch, ich weiß, Sie haben verschiedene Leben gelebt, mitunter viele zugleich, und Sie müssen Enttäuschungen und Kummer erlebt haben, viel mehr als andere Menschen – wie fangen Sie es an, den Kopf trotzdem oben zu behalten?«

»Ich spiele, ohne hinzusehen«, sagte die Frau.

Vebi: »Meinen Sie, wer das Spiel nicht ernst nimmt, erlebt keine Enttäuschung?«

Die Frau: »Wissen Sie, daß die Vögel meinen Fisch gefressen haben, während ich schlief?«

Vebi: »Ja, es war eine ziemlich verunglückte Fortsetzung der Ostergeschichte bei den Lebenserweckern, finde ich, zumindest keine besonders geglückte Ausführung der Idee.«

Die Frau: »Ich muß Sie statt dessen zu mir nach Hause zum Essen einladen.«

Vebi: »Besten Dank. Es ist jetzt gut so. Mein Bus fährt gegen Mittag.«

Die Frau: »Ich nehme Sie natürlich im Imperial mit.«

Vebi: »Herzlichen Dank, Madame, ich fahre mit dem Linienbus. Etwas anderes könnte mißverstanden werden. Und nun möchte ich mich verabschieden. Hm. Doch eine Frage hätte ich noch, ehe wir aufstehen: Ich frage aus reiner Neugier, das betone ich; und Sie brauchen nicht zu antworten.«

Die Frau: »Bitte schön.«

Vebi: »Als wir uns das vorige Mal sahen, erzählten Sie mir, als ob es nichts wäre, daß Sie eine Zeitlang ein Haus in Südamerika geleitet hätten. Geschah es aus freien Stücken oder gegen Ihren Willen, daß Sie die Mutter eines solchen Hauses wurden?«

Die Frau: »Es war ein ausgezeichnetes Haus. Es war wie ein erstklassiges Weinlokal, das abends aufmacht und wo es Tanz und Vorführungen mit nackten Mädchen gibt. Das Diner ist um halb eins in der Nacht, mit echten Leckerbissen wie Tintenfisch à l'Espagnol, den ich ständig vermisse. Eine andere Sache ist es, daß es jungen Mädchen mit der Zeit recht eintönig vorkommt, den Tag damit zu beginnen, mit den großen Männern der Republik schlafen zu gehen, und abends geweckt zu werden, um auf die Bühne zu gehen und allen Leuten den nackten Bauch zu zeigen.«

Vebi: »Und Ihnen schien das gar nicht unmoralisch?«

Die Frau: »Im Gegenteil. Man sah nie einen Betrunkenen. Es war nur ziemlich langweilig. Fischerhandschuhe stricken macht mehr Spaß.«

Vebi: »Nicht unnatürlich?«

Die Frau: »Alles äußerst natürlich. Und schrecklich katholisch. Die Kehrseite des Katholizismus. Doch was ein Hurenhaus ist, habe ich erst begriffen, als ich zu den Nonnen zog. Die Evangelischen begreifen Hurenhäuser nie, ebensowenig wie den Vatikan.«

Vebi: »Darf ich notieren, daß Sie Unzucht und Klosterleben so ungefähr gleichsetzen, Madame?«

»Das will ich nicht sagen«, erwiderte die Frau. »Doch bei uns wurden die Regeln der Liebe entweder von kastrierten Männern oder von impotenten Greisen gemacht, die in Höhlen hausten und Leimkrautwurzeln aßen. Manchmal auch von perversen ledigen Männern, die Röcke tragen und Schlüpfer darunter, sagen manche. Einigermaßen ordentliche Frauen dürften sich kaum etwas daraus gemacht haben, einen Kirchenvater zum Tischherrn zu bekommen.«

Vebi: »Die Päpste sollen neuerdings recht gute Leute sein, wie man hört.«

Die Frau: »Gott hat alle Menschen gleich geschaffen, und deshalb wäre es unchristlich zu denken, daß es unter den Päpsten weniger Heilige gibt als unter den Cowboys. Eine andere Frage ist die: Als ich in Nordamerika war, ließ eine Frau wegen einer kleinen Sache beim Vatikan anfragen. Sie fragte, ob es recht wäre, mit einem Mann zu schlafen, ohne ein Kind zu zeugen; und zweitens, wenn ein Kind unehelich empfangen würde, was man nach Meinung des Papstes tun sollte. Der Kern der Antwort war äußerst klar, wenn man erst die Rhetorik davon abgeschabt hatte: Zeugt Kinder oder geht zur Hölle.«

Vebi: »Ich dachte, der Papst spräche lateinisch.«

Die Frau: »Ich hoffe doch, daß Sie jetzt begreifen, warum wir im Katholizismus sowohl einen Vatikan wie Hurenhäuser haben. Als ich in Südamerika meinen Psalter aus der Hand gelegt und in Nordamerika die Annoncen zu lesen begonnen hatte, die einzige Literatur der Welt, die heutzutage das Gute verkündet und an das Leben glaubt und den Leser mit Zuversicht und Optimismus erfüllt, da begeisterte mich die Anzeige für ein Verhütungsmittel derart, daß ich mich beeilte, eine Tube zu kaufen.«

Vebi: »Ich notiere es, Madame.«

Die Frau: »Ja, und fügen Sie hinzu, daß es ein großes Glück für eine Frau ist, die schon lange glaubte, daß sie keiner Regung mehr fähig wäre, mit einem höflichen und guterzogenen jungen Mann zu sprechen: Sie hätten es verdient, meine Tochter zu bekommen.«

43. Labiles Gleichgewicht usw.

Ich steckte das Notizbuch ein und wischte mir den Bericht mit der Hand vom Gesicht wie einen Mückenschwarm.

Die Frau erhob sich. Es war die Zeit des Tages, zu der bessere Frauen noch fest zu schlafen pflegen. Sie ging zum Fenster, und als sie meinen Sessel streifte, streichelte sie mir wieder die Wange, dieses Mal mit der flachen Hand, und ich spürte den Duft einer Frau. Sie stand am Fenster und schaute aufs Meer. Ihr Profil drückte Wehmut und zugleich Entschlossenheit aus: labiles Gleichgewicht. Eine solche Wange weckt bei mir die Ideenverbindung mit dem herben Duft einer gefrorenen Rose, von der im Spätsommer frühmorgens der Reif abtaut. Wo hört die Erschaffung auf, und wo beginnt die Vernichtung? Die Grenze ist irrational wie gewisse Dezimalbrüche. Die starke Fessel des Wolfs, die sich in gewissen Kunstwerken findet, gewunden aus dem Lärm des Katzengangs, dem Speichel des Vogels und dem Bart der Frau, sie steckt auch in einer solchen Wange.

Die Frau: »Starren Sie nicht so, mein Lieber. Sagen Sie lieber etwas.«

Vebi: »Wohin wollen Sie, Madame?«

Die Frau: »Warum fragen Sie?«

Vebi: »Sie erboten sich, mich zu fahren – wohin?«

Die Frau: »Wohin Sie sagen. Es gibt nichts Besseres als einen guten Begleiter.«

Vebi: »Madame, wenn ich auf meinem Lebensweg umkehren würde und darum bäte, mich Ihnen bis ans Ende der Welt anschließen zu dürfen, würden Sie dann denken, es geschähe aus Höflichkeit?«

Die Frau: »Habe ich Ihnen denn nicht gesagt, daß ich zu meinem Mann gekommen bin?«

Vebi: »Sagte ich Ihnen denn nicht, daß der Pfarrer weggefahren ist, um Schnellgefrierhäuser zu reparieren?«

Die Frau: »Sind Sie sicher, daß ich kein Gespenst bin?«

Vebi: »Dann erst recht.«

Die Frau: »Gespenster haben une mauvaise odeur.«

Vebi: »Sie duften.«

Die Frau: »Du lieber, guter Herrgott, was sagt dieses Kind da? Ich werde rot. So schüchtern war ich noch nie einem Mann gegenüber. Ich schwitze. Wie in aller Welt ist es möglich, daß man so zu einer Frau spricht, die Töchter gehabt und ihnen ins Grab nachgeblickt hat! Mir wird schwindlig.« (Hier zieht die Frau Spiegel und Lippenstift aus der Tasche des Morgenrocks und macht sich schön, teils verstört, teils wohl, um Zeit zu gewinnen. Dann steckt sie die Kosmetikutensilien wieder ein.) »Habe ich Ihnen nicht gesagt, daß ich römisch-katholisch bin, mein Bester? Jetzt kann ich kein Wort mehr mit Ihnen sprechen.«

Vebi: »Ich mache mir auch nichts daraus zu sprechen. Mir genügt, daß ich Sie gefunden habe. Ich folge Ihnen schweigend.«

Die Frau: »Auch wenn ich im Rollstuhl sitzen müßte?«

Vebi: »Ein Rollstuhl hat nichts zu sagen.«

Die Frau: »Auch nachdem Sie eine Nacht bei mir geschlafen haben?«

Vebi: »Ich bin Puritaner.«

Die Frau: »Es ist ein Jammer, das Kind so reden zu hören. Gott der Allmächtige helfe Ihnen. Puritaner – wo haben Sie das Wort gelernt? Sind Sie denn etwa nie in ein Mädchen verliebt gewesen?«

Vebi: »Nicht sehr.«

Die Frau: »Ein bißchen?«

Vebi: »Ja, ein bißchen.«

Die Frau: »Und wie ging es weiter?«

Vebi: »Ich war schüchtern. Nicht alle Männer besitzen die nötige Härte, um eine Ehe zu beginnen – dazu gehören ziemlich brutale Prozeduren – besonders bei jungen Mädchen.«

Eine Weile hatte die Frau mich von der Seite angesehen, als ob sie sich insgeheim amüsierte, obwohl ihr das unschuldige Geschwätz eines so unerfahrenen Mannes sicherlich zuwider war. Ich hätte eher meinen Tod erwartet als ihr plötzliches lautes Auflachen. Zwar versuchte sie zuerst, sich zu mäßigen, doch das machte alles nur noch schlimmer. Bald verlor sie ganz und gar die Beherrschung. Ehe ich mich dessen versah, ließ sie sich lachend neben mich fallen. Ich sah keinen besonderen Grund für ein maßloses Lachen; es kann aber sehr wohl sein, daß es nie einen vernünftigen Grund für das Lachen gibt. Doch um so besser fühlte ich, wie die Frau neben mir sich hob und senkte, vor Lachen berstend. Bin ich so lächerlich? Da entdeckte ich, daß sie weinte. Sie fiel mir mit der salzigen Schwere der Brandung um den Hals und weinte schluchzend an meiner Schulter. Sie faßte mich mit ihrer langen, starken Hand um das Knie; auf der weißen Haut des Handrückens zeichneten sich eigentümlich grobe Muster ab.

»Ich habe bestimmt Unsinn geredet«, sagte ich, »denn ich habe keine Erfahrung mit Frauen, am wenigsten mit einer Frau wie Ihnen. Jetzt werde ich aufstehen und zusehen, daß ich fortkomme, und ich bitte Sie um Verzeihung, Madame.«

Die Frau: »Sehen Sie sich denn nicht selbst, Mann? Begreifen Sie nicht, daß Sie mich erweckt haben? Es ist Ihre Schuld, daß ich nach langem Schlaf wieder Regungen verspüre. Du bist an die gebunden, die du erweckt hast. Du sollst mir bis ans Ende der Welt folgen. Jetzt berühre ich deinen nackten Körper.«

Und mit dieser einzigen Berührung hatte die Frau mich ganz zu sich genommen.

44. Fort

In der chinesischen Literatur ist oft die Rede von Kälbern, und bei dem Meister Kwangtse stehen diese Worte: »Ein weiser Mensch sieht aus wie ein neugeborenes Kalb.« In einigen Varianten des Textes soll stehen: »Ein weiser Mensch ist ein neugeborenes Kalb.«

Es war ein verwaistes Kalb, und niemand wußte, was aus der Kuh mit dem strotzenden Euter, seiner Mutter, geworden war. Es erhielt von der Widderfrau Stößeldora keinen anderen Trank als Kaffee, in dem sie Gebäck aufgeweicht hatte, und davon bekam es Gebresten aller Art. Auch wenn man es gut und lange kraulte, raffte es sich nicht dazu auf zu muhen, wenn man es wieder verließ, sondern blickte einem schwermütig nach. Nun aber erschien mir der Stirnwulst dieses Kalbs nicht mehr so gewölbt und zottig wie früher. Anscheinend war es ihm jetzt in den drei oder vier Mägen, die es in einem einzigen Kalb gibt, wohler. Wie bereits gesagt, hatte es Schafböcke zur Gesellschaft bekommen und angefangen, von dem zu leben, was das Land hergab. Die Gruppe lag wiederkäuend auf dem Kirchhof. Die Schafböcke standen auf und stolzierten davon, als ich näher kam, doch das Kalb kam auf mich zu; es glaubte wohl, ich würde ihm Kaffee geben.

Ich kraulte es zum Abschied ein bißchen auf den Backen und am Maul und ging dann fort. Es sah mir erst nach und trottete darauf bis zum Kirchhofstor; dort war es irgendwie hereingekommen, wenn es auch nicht wieder hinauskam. Es gab einen schwachen Muh-Laut von sich, wobei es das Maul an beiden Seiten zu und vorne kaum aufmachte; es klang wie der Baß auf einer Kinderharmonika. Und damit soll der Bericht über die Einhaltung des Christentums am Gletscher meinerseits abgeschlossen sein. Ich hoffe, daß ich nicht über meinen Kompetenzbereich als Berichterstatter hinausgehe oder meinem Herrn Bischof die Gelegenheit nehme, selber über diese Sache nachzudenken, wenn ich diese Akte in der Hoffnung abschließe, daß das besagte Kalb durchkommen wird.

Es ist zweifellos richtig, daß man in einem Bericht nicht erklären, sondern berichten soll. Ich habe versucht oder zumindest nicht umhin gekonnt, die Sache mit jenem Auge anzusehen, von dem manche meinen, wir hätten es von den Ungeheuern der Erdgeschichte geerbt, statt sie mit dem Auge zu betrachten, das zutiefst im Weltall wohnt.

Im Sehen und Gesehenhaben liegt eine unabdingbare Verpflichtung. Der Bericht ist mir nicht nur ins Blut gegangen – er ist mit meinem Lebensnerv verwoben. Ohne es zu wollen, war ich nicht nur Augenzeuge, sondern auch Urheber unbekannter Dinge geworden. Wer wälzt uns den Stein von des Grabes Tür, wurde einmal gefragt. Wer befreit uns von Berichten?

Nachdem wir den ganzen Tag lang mit all den guten Sachen, die man aus dem Kofferraum eines Imperial ziehen kann, ein Festessen veranstaltet hatten, ließ die Frau die Rollos herunter und verschloß die Türen; das Haus existierte nicht mehr. Unterzeichneter stieg in den schweren Wagen der Frau. Wir fuhren fort, mit der Abendsonne im Rücken – nach Hause. Fort – nach Hause.

Es war einer jener Tage im Mai, wunderschön gegen Abend, an denen das Glück des Lebens einem sterblichen Menschen entgegenlächelt. An einem solchen Tag pflegten die Alten zu sagen: Vor seinem Lebensende ist niemand glücklich zu preisen. Der Gletscher, der Terrinendeckel der Welt, deckte die Geheimnisse der Erde zu. Er sah mir und der Frau still nach in der Gewißheit, wenn er sich nur um ein Quentchen rührte, bekäme er einen Riß, aus dem die Maus herausspringt.

Sie fuhr rasch die federnde Schotterstraße entlang, die so zeitig im Sommer kaum befahren wurde. Auf der einen Seite lag das Gebirge, nach der See zu Wiesenmoor; dort, wo das Gelände anstieg und trocken war, gab es Schotterfelder und andere Winderosionen. Bäche und Flüsse stürzten aus den Bergen, strömten unter den Brücken der Straße dahin ins flache Land, dem Meer zu. Vogelgezwitscher aus Moor und Heide übertönte das leise Surren des Wagens. Die Frau fuhr zwar tadellos, doch vorsichtig, als sei sie etwas aus der Übung.

Was trieb einen unbedeutenden jungen Mann mit einem Seesack in den Wagen einer solchen Frau? Was für ein sonderbares Gewebe von Ereignissen war es, in das ich plötzlich verwoben war?

Waren die Arme dieser Frau vielleicht die Zufluchtsstätte, die Mutterschoß genannt wird, und ist man an dieser einzigen Stätte auf Erden geborgen, solange es währt? Hatten Arme wie die Arme dieser Frau nicht eine zu große Spannweite, um einen fahrenden Gesellen zu umschließen? Gab es keine anderen, passenderen Frauen am Gletscher, in deren Armen es sich gut sein ließ? Weshalb hatte ich mich nicht an Fräulein Stößeldora gehalten, die einen Widder gesehen hatte? Hätte ich da nicht schließlich Fisch bekommen – wenigstens heimlich –, statt daß das Fräulein immer nur buk und buk, bis die Großmächte die Kuchen aßen? Dieser Bursche, der im Auftrag des Bischofs ohne ordentlichen Mantel im Land herumstreifte, hätte er sich nicht mit einigem Geschick bei der lustigen Witwe Fina Jonsen aus Hafnarfjördur einschmeicheln und Teilhaber eines guten Schrubbers werden können, der bei Gott im Hause am Gletscher saubergemacht hatte? War es nicht an der Zeit, daß die Witwe sich von diesem unangenehmen einfachen Mann und Isländer, dem Dichter Jodinus, frei machte, den sie – milde gesagt – nur mäßig liebte? Ich bin sicher, sie hätte mich kraft eines so ausgezeichneten Schrubbers bei sich in Hafnarfjördur wohnen lassen, wo ich an nichts anderes hätte zu denken brauchen als an die Heringsnachrichten im Rundfunk und den Bankrott der Schnellgefrierhäuser und dann aus dem Haus gegangen wäre, um den ›Visir‹ zu kaufen.

Hatte ich mich mit dieser Frau auf den Weg gemacht, weil sie einen größeren und weicheren Wagen fuhr als andere Frauen am Gletscher? Und weil ihr ein größeres Erbe als den meisten anderen Frauen zugefallen war, so daß ihre Millionen in der ganzen Welt verstreut lagen in Dollars, Pfunden, Piastern und Pesos, die wahrscheinlich keinem anderen zugute kommen würden als ihrem Mann, Sira Jon Primus, der schon von vornherein der reichste Mann der Welt war? Ich sah als Fata Morgana Düsenflugzeuge und Lustjachten, Schlösser und Hotels, den gelben Sand von Miami und die Skipisten in

Garmisch-Partenkirchen – nicht zu vergessen die Hochkultur in London, Paris, New York, Los Angeles, Buenos Aires und wie sie alle heißen, die Städte in den Illustrierten; auch darf man Lima in Peru nicht vergessen, wohin die Fischerhandschuhe gehen.

Wer bin ich, daß mir der Zauber zuteil wurde, der Gestalt zu begegnen, nach der Goethe vergeblich gesucht hat – der Frauengestalt der Ewigkeit? Hatte jetzt die Allmacht wieder einmal einen Mann erkoren, der so erbarmungswürdig ist wie die Schneeammer im Harsch, und ihm ein Geheimnis offenbart? Die größten Frauen der Welt sprechen alle mit einem Munde zu mir: die Jungfrau Maria mit dem Jesuknaben auf den Knien; das Goldene Zeitalter der Griechen mit dem Waschfrauendutt und die Venus von Willendorf, unbeschädigt und blank, mit vom Haar verhülltem Gesicht und bloßen Lenden; die in eine Hündin verwandelte Göttin des Mythos; die unberührte Hure der Romantik; die Schicksalsfrau Ibsens; die trauernde Mutter aus der Theologie – doch vor allem die Äbtissin seligen Angedenkens, die heilige Teresa von Spanien auf der Suche nach einem neuen heiligen Johannes vom Kreuz.

45. Nach Hause

Sie hielt das Auto an, und wir gingen an fließendem Wasser entlang durch die Welt und sahen Stockenten zu, die auf tiefen Stellen am Ufer schwammen. Dort schwammen auch die Odinshühnchen (Phalaropus hyperboreus), die sich immer wieder verneigten. Wir saßen auf einer moosbewachsenen Anhöhe mit einem Rastplatz der Vögel ganz oben und sahen einer Pferdeherde in einer Senke zu; nach den Entbehrungen des Winters fingen die Pferde nun an, den Nacken zu heben, einander zu benagen, auszuschlagen, brünstig zu wiehern, die Zähne zu blecken, rossig zu werden. Die frischmarkierten Lämmer waren noch blutig am Kopf, andere noch nicht trokkengelegt, manche eben erst geboren, wieder andere überhaupt noch nicht geboren. Im ganzen Frühjahr hatte die Sonne selten so hell geschienen wie heute; doch im Laufe des

Abends bildete sich weit draußen auf dem Meer goldfarbener Nebel.

Wir kamen in eine Gaststätte, die eine Art moderner Himmel auf Erden war, zusammengesetzt aus Kunststoff, Glanzlack, Ölfarbenanstrich, Terpentin und Glas, doch es fehlte Speisendunst und Menschengeruch. Hier gab es nichts anderes zu essen als Bonbons. Gegen den Durst war Mineralwasser zu haben, was ebenfalls außerhalb der Welt vorkommt, und wir tranken es bei einer stummen Serviererin. Wir saßen Seite an Seite an einem hauchdünnen Kunststofftisch, der in diesem glänzenden Terpentinhimmelreich außerhalb der bewohnten Welt auf eisernen Stäben stand. Die Frau sah ihren Begleiter tief aus ihrem Inneren an, ergriff ab und zu seinen Kopf und zog ihn an ihre Wange, seufzte und flüsterte, daß wir heute abend an das Ende der Welt fahren würden; dann ließ sie den Kopf wieder los. Doch als wir hinaustraten, war der Golddunst, der soeben noch wie ein kaltes Theaterfeuer am Horizont ausgesehen hatte, vom Meer ans Land gekommen; schwarzer Nebelrauch verhüllte die Sonne.

»Jetzt ist es sicherer, nicht vom Weg abzuweichen«, sagte der Mann, der unseren Benzintank auffüllte, »jetzt ist schlecht spazierengehen.«

Wir waren noch nicht lange gefahren, als der Nebel über uns kam. Zuerst war er trocken wie Staub, doch bald fing er an zu nässen. Nach kurzer Zeit nieselte es, dann fiel leichter Regen, und kalter Seewind kam auf. Die Frau ließ die Scheibenwischer schneller gehen, damit sie es schafften, das Wasser von der Windschutzscheibe zu wischen. Es wurde dunkel, und sie schaltete die Scheinwerfer ein. Da bemerkte ich, daß die Uhr auf dem Armaturenbrett die zwölfte Stunde anzuzeigen begann. Im Augenblick war ich mir nicht ganz im klaren, ob es morgens oder abends war, doch das war vielleicht ganz gleich.

Die Frau hatte es nicht sonderlich eilig, aus dieser Nebelhölle hinauszugelangen. Mir fiel auf, daß sie noch vorsichtiger fuhr als vorher und immer wieder nach rechts zum Meer spähte, als warte sie auf etwas, was aus dieser Richtung kommen müßte. Ab und zu hielt sie auf der Straße an, ließ die Scheibe herunter und spähte gespannt in den Nebel. An jeder

Wegkreuzung stieg sie aus und untersuchte den Seitenweg, selbst wenn es nur ein unbedeutender Trampelpfad war. Ich fragte, wonach sie suchte, doch sie gab keine Antwort. So fuhren wir im Regen weiter in die Nacht hinein.

Nach vielen Ortsbestimmungsversuchen fand sie schließlich zur rechten Hand auf einem sandigen Schotterfeld einen unauffälligen Pfad, der mit der Hauptstraße einen rechten Winkel bildete. Dieser Seitenweg, wenn man überhaupt von einem Weg sprechen konnte, wurde so wenig benutzt, daß sich schwer sagen ließ, wann zuletzt darauf gefahren worden war; man konnte gerade noch Radspuren erkennen, die viele Jahre alt sein mochten, denn an manchen Stellen hatten Leimkraut und Meirich, ja sogar Labkraut Ruhe zum Wachsen gefunden. Auf diesen nicht geheueren Weg lenkte die Frau um die Zeit, als jeder Vogel im Land verstummt war, im Nebel ihren großen Wagen.

»Wohin fahren wir?«

Die Frau lächelte mir zu und antwortete sanft: »Wohin, mein Lieber, wenn nicht ans Ende der Welt?«

Dann fuhren wir weiter über das Schotterfeld und versuchten, den Pfad zu erkennen, doch der Nebel war so dicht, daß man nur drei bis vier Meter weit sehen konnte.

Nach einer Weile veränderte sich die Landschaft, und dieser sogenannte Weg führte jetzt über Wiesenland, graubraun von dürrem Gras. Am schlimmsten war, daß das Gelände jetzt gefährlich sumpfig zu werden begann, und der große, fast drei Tonnen schwere Wagen, der noch dazu tief lag, kam nur schwer voran.

Der Begleiter der Frau glaubte an einem so befremdlichen Ort kein Vorschlagsrecht zu haben, auch konnte es nicht schlimmer kommen, als daß der Wagen stecken blieb. Und das tat er. Gerade als ich beschloß, in dieser Sache weder zu denken noch zu schlußfolgern, waren wir in ein Sumpfloch geraten und hatten den Motor abgewürgt. Als die Frau den Motor wieder anzuwerfen versuchte, sausten die Räder; die Hinterräder gruben sich noch tiefer in den Lehm. Der Wagen lag auf der Achse. Die Sicht war jetzt so schlecht geworden, daß der Drachenkopf auf dem Kühler nicht mehr zu sehen war. Dadurch hatte unser Sumpfloch jede Begrenzung verloren. Die Frau lachte, bis sie in Weinen ausbrach und meinen Kopf an ihre Wange zog. »Wir waten durch das Wiesenmoor nach Hause«, sagte sie.

Sie trug teure, wadenhohe Stiefel, die geeignet waren, bei Sonnenschein darin durch Nizza oder San Remo zu spazieren. Dennoch war sie bedeutend besser für gefährliche Wanderungen ausgerüstet als Unterzeichneter in seinen blanken Boxcalfschuhen mit schmaler Spitze. Als es uns gelungen war, die eine Vordertür einen Spalt breit aufzudrücken, floß der Lehm aus dem Sumpfloch in den Wagen. Als ich ausstieg, watete ich gleich bis über die Knöchel im Schlamm.

Die Frau sagte, wir sollten die Sachen zurücklassen, sie wollte nur die rote, weiche Tasche mitnehmen – »darin ist Schinken und Tee. Deine Sachen haben Zeit bis zum Morgen.«

Vebi: »Ich habe doch bloß einen Seesack. Aber ich getraue mich nicht, ihn des Nachts in einem Sumpfloch zurückzulassen. Der Wagen könnte versinken. Im Sack sind meine Stenogramme und Notizbücher, das Tonbandgerät und alle Bänder mit dem Aufnahmen. Es sind so etwas wie offizielle Dokumente, und wenn sie versinken oder unredlichen Leuten in die Hände fallen, dann habe ich einen Vertrauensbruch begangen und bin ein ehrloser Mensch.«

Schließlich nahmen wir meinen Seesack und die Tasche der Frau heraus, dann schloß sie den Kofferraum ab. Wir gingen jeder mit seinem Gepäckstück los. Sie behauptete, am Geruch zu spüren, wo sie wohnte. Von jetzt ab könnten wir uns nach dem tranigen Geruch von verrottetem Tang richten.

Wir irrten in diesem Morast umher, ich weiß nicht wie lange, denn Verirrte sollen zuerst das Zeitgefühl verlieren. Selbst im Frühsommer ist eine solche Nebelnacht dunkel. Meine Schuhe liefen voll, und ich zog sie aus, damit sie nicht im Schlamm steckenblieben. Mir wurde nie ganz klar, ob sich dieses böse Fenn über eine riesige Fläche erstreckte oder ob wir in dem Sumpfloch dauernd im Kreise herumgingen. Eines war sicher: Wir trafen nie wieder auf den Imperial. Vielleicht war er versunken. Bis wir plötzlich auf deutliche Radspuren stießen, die an einer Stelle aus diesem ausgedehnten Sumpf herausführten, jedoch nicht mit anderen Wegen in Verbindung gebracht werden konnten.

Die Frau: »Das ist der Weg des Moormannes zu mir nach Hause.«

Jetzt folgten wir dem Pfad, der nach einer Seite ins Nichts führte, in der aus dem Sumpf führenden Richtung und gelangten allmählich auf trockeneren Grund als bisher, auf ein Gelände, halb Ried, halb Wildwiese. Dann kamen sandige Strandflächen mit Tang und Algen, darauf stieg das Gelände ein wenig an, als ob dicht vor uns eine Anhöhe läge. Ich wischte meine schlammüberkrusteten Schuhe an der Grasnarbe ab und klemmte sie unter den Arm. Ich hatte keinen trockenen Faden mehr am Leibe.

Unvermittelt hatten wir Hauswiesengras unter den Füßen, und auf einem alten Hofweg wuchsen Wiesenblumen. Auf einem niedrigen, grasigen Hügel konnten wir im Nebel ein Gehöft erkennen.

Wir standen vor der windrissigen hölzernen Giebelwand eines kleinen Hauses mit einem Dach aus Grassoden. Schafe blökten uns vom Dach herunter an. Das Stubenfenster hatte sechs Scheiben und das Fenster oben im Giebeldreieck vier. Die Wände des Hauses bestanden aus Rasenplatten, aus denen schon lange Gras wuchs. Irgendwann einmal war die Giebelwand wahrscheinlich rot gewesen, dann war sie geteert, darauf gekalkt worden; nun war sie von Wind und Wetter hart mitgenommen. Innen vor dem Fenster hing ein ausgeblichener Lappen aus gekauftem Stoff, der den Sonnenschein vieler freudloser Sommer entgegengenommen hatte.

»Hier bin ich zu Hause«, sagte die Frau. »Jetzt gehe ich schnell mal hinein und wecke Papa und Mama und frage, ob ich heute nacht einen Jungen bei mir haben darf. Ich mache das Bett, räume auf und mache Feuer im Herd. Dann werde ich dir Brot backen. Sei so gut und setz dich auf die Gartenmauer, während du wartest, mein Freund.«

Das Haus war nicht abgeschlossen; sie öffnete die Tür, trat, ohne zu zögern, mit ihrer Tasche ein und zog die Tür hinter sich zu.

Der Gemüsegarten war noch nicht umgegraben, und wahrscheinlich hatte man den Hund erhängt, denn fremde Schafe lagerten rings um das Haus. An der Hausmauer wuchs ein Gebüsch aus Weiden, Birken und Engelwurz, alles durcheinander in dem hohen, verdorrten Gras; die alten Leute hatten sich nicht dazu aufgerafft, den Zaun aufzurichten, so daß das Vieh die jungen Blätter abfraß, sobald die Knospen aufsprangen. Ein Mutterschaf sah mich mit strenger Miene aus dem Gebüsch an und blökte vorwurfsvoll.

Als ich eine Weile in der Nacht im Regen auf der Gartenmauer gesessen hatte, fing ich an, darüber nachzudenken, was die Frau wohl im Sinn hatte, als sie flüsterte, daß wir jetzt ans Ende der Welt führen. War es dieser Ort?

Ich war so steifgefroren, daß ich kaum die Schuhe anbekam. Was war aus der Frau geworden? Hatte sie solche Mühe, das alte Ehepaar zu wecken? Oder war es so schwer, ihr Einverständnis zu erlangen, daß sie einen Jungen bei sich haben durfte? Kein Rauch kam aus dem Schornstein. Bis zum warmen Brot schien es noch gute Weile zu haben. Nach einiger Zeit fing ich an zu zittern. Sollte ich hier vor Kälte umkommen? Was sollte ich tun? Mag sein, daß es das Klügste gewesen wäre, die Tür aufzumachen, hineinzugehen und zu der warmen Frau ins Bett zu steigen. Leider fiel mir nichts Gescheites ein. Ich konnte mich nicht der Worte enthalten und rief zum Hause hin:

»Wo bist du?«

Keine Antwort.

Ich zitterte noch eine Weile vor Kälte, bis ich ohne Hoffnung in den Nebel hinausseufzte: »Wo bin ich?«

Immer noch keine Antwort. Kein Lebenszeichen im Haus. Schließlich war meine Geduld zu Ende, und ich schrie mit allen Kräften des Leibes und der Seele dieses eine Wort, so daß die fremden Schafe, die um das Haus lagerten, entsetzt davonstoben:

»Ua!«

Die Antwort auf diesen sonderbaren Ruf war ein rauher Schrei wie der einer Mantelmöwe, und wiederum ganz anders, aus dem Nebel. Als ich aufmerksamer lauschte, glaubte ich Gelächter zu hören, das mir bekannt vorkam: Es war die Frau in dem anderen Haus. Sie lachte und lachte. Das ganze Haus lachte.

Ihr Vertreter schlich sich noch während dieses Gelächters mit seinem Seesack davon, zu steif, um sich die Schuhe zuzubinden. Ich hatte ein wenig Angst. Als ich aus dem Blickfeld des Hauses heraus war, rannte ich davon, daß mir die Schnürsenkel um die Knöchel schlugen, und lief, was ich konnte, denselben Weg zurück, den ich gekommen war. Ich hoffte, die Straße wiederzufinden.

März 1967–Juli 1968

Susan Sontag

Eine Reise ins Zentrum des Romans

Das lange, fiktive Prosastück, das man mangels eines besseren Begriffs Roman nennt, hat noch immer nicht die Bürde jener Norm abgeschüttelt, die im 19. Jahrhundert verkündet wurde: daß es eine Geschichte erzählen muß, bevölkert von Menschen, deren Möglichkeiten und Schicksale diejenigen des sogenannten wirklichen Lebens sind. Geschichten, die von dieser künstlichen Norm abweichen und eine andere Art von Geschichte oder scheinbar gar keine Geschichte erzählen, gehen auf Traditionen zurück, die ehrwürdiger sind als die des 19. Jahrhunderts. Aber bis heute erscheinen sie als innovativ, hochliterarisch oder bizarr. Ich denke da an Romane, die vor allem durch den Dialog vorangetrieben werden; Romane, die didaktisch oder von unausgesetzter Komik geprägt sind; Romane, deren Figuren die meiste Zeit mit Grübeleien beschäftigt sind oder mit einem unfreiwilligen Gesprächspartner über spirituelle und intellektuelle Themen debattieren; Romane, die von der Einführung eines genialen jungen Menschen in rätselhafte Weisheit oder augenöffnende Demut erzählen; Romane, deren Charaktere übernatürliche Fähigkeiten besitzen wie jene zur Gestaltwandlung und zur Wiederauferstehung; Romane, die eine imaginäre Geographie heraufbeschwören. Es scheint seltsam, »Gullivers Reisen« oder »Candide« oder »Tristram Shandy« oder »Jacques der Fatalist« oder »Alice im Wunderland« oder Gersenzons und Ivanovs »Briefwechsel zwischen zwei Zimmerwinkeln« oder Kafkas »Das Schloß« oder Hesses »Steppenwolf« oder Woolfs »Die Wellen« oder Olaf Stapledons »Odd John« oder Gombrowiczs »Ferdydurke« oder Calvinos »Unsichtbare Städte« oder auch pornographische Prosa einfach als Romane zu bezeichnen.

Um auszudrücken, daß diese Werke in die Außenbezirke der Haupttradition des Romans gehören, belegt man sie mit besonderen Labels: Science Fiction. Fabel, Allegorie. Philosophischer Roman. Traumroman. Visionärer Roman. Literatur der Fantasie. Weisheitsliteratur. Parodie. Sexuelle Erregungsliteratur. Die Konvention verlangt, daß wir viele der bleibenden literarischen Leistungen des vergangenen Jahrhunderts einer dieser Kategorien zuordnen.

Der einzige mir bekannte Roman, der in all diese Kategorien paßt, ist Halldór Laxness' irrwitzig originelles, mißmutiges, zum Schreien komisches Werk »Am Gletscher«.

Zunächst die Science Fiction:

Im Jahre 1864 veröffentlichte Jules Verne seine »Reise zum Mittelpunkt der Erde«, eine charmante Erzählung über die Abenteuer einer Dreiergruppe, angeführt von einem deutschen Mineralogie-Professor – einer vom reizbaren Typ des verrückten Wissenschaftlers –, die sich in den Krater eines erloschenen Vulkans auf einem isländischen Gletscher hinabgelassen haben, dem Snæfells, und schließlich durch den Schlund eines aktiven Vulkans auf einer anderen Insel wieder hervorkommen. Etwas mehr als 100 Jahre später, 1968, ist der Snæfells wiederum das Portal einer unwahrscheinlichen fiktionalen Mission, in einem Roman des Isländers Halldór Laxness, geschrieben im vollen, spöttischen Wissen um die Art, wie der französische Vater der Science Fiction den isländischen Schauplatz kolonisiert hatte. Diesmal gibt es keine Reise ins Erdinnere, dafür eröffnet aber allein die Nähe des Gletschers einen Zugang zu unerwarteten kosmischen Geheimnissen.

Die Imaginierung des Außergewöhnlichen, das häufig als das Wunderbare verstanden wird, als das Magische oder Übernatürliche, ist schon immer die Aufgabe des Geschichtenerzählens gewesen. Es gibt die Tradition eines Weges, der von einem physischen Eintrittspunkt – einer Höhle, einem Tunnel oder einem Loch – in ein verwunschenes Königreich mit einer alternativen Normalität führt. In Laxness' Geschichte benötigt man zu einem Aufenthalt nahe dem Snæfells nicht die zusätzliche Verwegenheit eines Abstiegs, eines Eindringens, da, wie die Isländer der Region wissen, der Gletscher selbst schon das Zentrum des Universums ist. Das Übernatürliche ist auf der Oberfläche präsent, im Kostüm des alltäglichen Lebens eines Dorfes, dessen abtrünniger Pfarrer aufgehört hat, Gottesdienste zu leiten, Kinder zu taufen oder die Toten zu bestatten. Mit dem Christentum – Islands Konfession ist die evangelisch-lutherische – wird das Normale, Historische, Lokale bezeichnet (eine wörtliche Übersetzung des ursprünglichen isländischen Titels ist »Seelsorge am Gletscher«). Aber was am abgelegenen Snæfells geschieht, ist abnorm, kosmisch, global.

Die Science Fiction fordert die konventionellen Vorstellungen von Zeit und Raum auf zweierlei Weise heraus: Erstens kann in ihr die Zeit »unwirklich« werden. Zweitens stellt sie sich besondere Orte im Universum vor, an denen die bekannten Gesetze, die Identität und Moral bestimmen, nicht gelten. In anstrengenderen Formen von Science Fiction kämpfen an solchen Orten Gut und Böse miteinander. In freundlichen Versionen dieses Ausnahmezustandes wird an diesen Plätzen Weisheit angehäuft. Snæfells ist ein solcher Platz. Die Menschen führen ihr alltägliches Leben und lassen sich dabei scheinbar gar nicht von der Einzigartigkeit des Ortes beeindrucken, an dem sie leben. »Niemand aus den Ortschaften hier zweifelt daran, daß der Gletscher der Mittelpunkt der Welt ist.« Snæfells ist zu einem Labor des Neuen, des Verstörenden geworden: ein Ziel heimlicher Pilgerschaft.

Als Gattung des Erzählens ist Science Fiction eine moderne Variante der allegorischen Literatur. Sie nimmt oft die Form einer gefährlichen oder mysteriösen Reise an, erzählt von einem unternehmungslustigen, aber unbedarften Reisenden, der alle Hindernisse überwindet, um sich einer Realität zu stellen, die voller Offenbarungen steckt. Er – denn es ist immer ein er – steht für das Menschsein als Lehrzeit, da Frauen nicht als Repräsentanten der Menschheit im allgemeinen, sondern nur als die der Frauen gesehen werden. Eine Frau kann nur Frauen repräsentieren. Nur ein Mann kann für den Menschen oder die Menschheit stehen, für alle.

Daher ist sowohl der Protagonist und Erzähler von der »Reise zum Mittelpunkt der Erde« als auch der von »Am Gletscher« ein gutmütiger, naiver junger Mann, der seinen Willen dem einer älteren Autoritätsfigur unterwirft. Vernes Erzähler ist der verwaiste Neffe und Assistent des berühmten Professor Lidenbrock, Axel, der die Einladung, seinen Onkel und einen isländischen Führer auf diesem Abenteuer zu begleiten, annimmt, obwohl er sicher ist, daß es sie ihr Leben kosten wird. Im Roman von Laxness, der parodistisch beginnt, ist der Erzähler ein namenloser Jüngling, den der Bischof von Island in Reykjavik in das Dorf am Fuße des Snæfells-Gletschers entsenden will, »an diesem weltberühmten Berg, um die größte Untersuchung seit den Tagen Jules Vernes vorzunehmen«. Er soll herausfinden, was mit der dortigen Gemeinde geschehen ist, deren Geistlicher – Pfarrer Jon Jonsson, bekannt als Primus – seit zwanzig Jahren sein Gehalt nicht mehr abgeholt hat. Wird dort noch immer das Christentum gepflegt? Es gibt Gerüchte, daß die Kirche mit Brettern vernagelt sei und keine Gottesdienste mehr stattfänden, daß der Pfarrer mit einer zusammenlebe, die nicht seine Frau sei, und daß er es zugelassen habe, daß eine Leiche auf den Gletscher geschafft worden sei.

Der Bischof erzählt dem jungen Mann, er habe zahllose Briefe an Primus geschickt. Keine Antwort. Er will, daß der junge Mann kurz in das Dorf reist, mit dem Pfarrer spricht und das Ausmaß von dessen spirituellem Verfall einschätzt.

Und jenseits der Science Fiction:

»Am Gletscher« ist mindestens in genauso starkem Maße ein philosophischer und ein spiritueller Roman. Außerdem ist es eins der komischsten Bücher, die je geschrieben wurden. Aber diese Genres – Science Fiction, philosophischer Roman, Traumroman, komischer Roman – sind nicht so leicht voneinander zu trennen, wie man meint. Zum Beispiel brauchen sowohl Science-Fiction- als auch philosophische Romane Hauptfiguren, die skeptisch sind, aufsässig, erstaunt, bereit, sich zu wundern.

Der Science-Fiction-Roman beginnt in der Regel mit der Unterbreitung eines Reiseplans. Der philosophische Roman mag ohne die Reise auskommen – Denken ist eine sitzende Tätigkeit –, aber nicht ohne das klassische männliche Paar: den Herrn, der fragt, und den Diener, der sich sicher ist, derjenige, der verwirrt ist, und derjenige, der glaubt, daß er die Antworten parat hat.

Im Science-Fiction-Roman muß der Protagonist zunächst mit seinen Ängsten zurechtkommen. Die Furcht, die Axel befällt, als sein Onkel ihn für den Abstieg in die Eingeweide der Erde verpflichtet, ist mehr als verständlich. Die Frage ist nicht, was er lernen wird, sondern ob er die physischen Schocks überlebt, denen er ausgesetzt sein wird. Im philosophischen Roman ist das Element der Furcht – und der wirklichen Gefahr – minimal, wenn es überhaupt existiert. Es ist keine Frage des Überlebens, sondern die Frage, was man wissen kann und ob man überhaupt irgend etwas wissen kann. Tatsächlich werden die Bedingungen, unter denen Wissen möglich ist, zum Gegenstand des Grübelns.

Als der typisierte junge Mann in »Am Gletscher« den Auftrag vom Bischof von Island erhält, die Vorgänge am Snæfells zu untersuchen, wendet er ein, er sei völlig unqualifiziert für diese Mission. Vor allem betont er – »aus Gründen des Auftretens«, wie er schlau hinzufügt – seine Jugend und seine mangelnde Autorität, den Abfall eines ehrwürdigen alten Mannes von seinen seelsorgerischen Pflichten zu untersuchen, da doch die Worte des Bischofs selbst schon ignoriert worden seien. Ist der junge Mann – dem Leser wird mitgeteilt, daß er 25 Jahre alt und Student ist – wenigstens Theologiestudent? Nicht einmal das. Plant er, Geistlicher zu werden? Eigentlich nicht. Ist er verheiratet? Nein. (Er ist sogar, wie wir erfahren, jungfräulich.) Gibt's also ein Problem? Kein Problem. In den Augen des weltgewandten Bischofs machen die mangelnden Qualifikationen dieses Candide-artigen jungen Isländers ihn genau zur geeigneten Person. Wäre der junge Mann qualifiziert, wäre er auch versucht, darüber zu richten, was er sieht.

Alles was der junge Mann zu tun habe, erklärt der Bischof, sei, seine Augen offenzuhalten, zuzuhören und sich Notizen zu machen; der Bischof weiß, daß er das kann, weil er gesehen hat, wie der junge Mann sich kürzlich auf einem synodalen Treffen Notizen in Kurzschrift machte und auch einen – wie heißt das? einen Lautschreiber? – benutzte. Es war ein Tonbandgerät, sagt der junge Mann. Und dann, fährt der Bischof fort, schreiben Sie alles auf. Was Sie gesehen und gehört haben. Richten Sie nicht.

Laxness' Roman ist sowohl die Erzählung der Reise als auch der Bericht selbst.

Ein philosophischer Roman geht in der Regel so vor, daß er sich in Opposition zu der Vorstellung romanhafter Erfindung selbst begibt. Eins der üblichen Mittel ist es, die Fiktion als Dokument zu präsentieren, als etwas Gefundenes oder Wiederentdecktes, oft nach dem Tod oder Verschwinden des Autors: Forschungsergebnisse oder ein Manuskript, ein Tagebuch, ein Packen Briefe. In »Am Gletscher« besteht die antifiktionale Fiktion darin, daß das, was der Leser in Händen hält, ein vorbereitetes oder in Vorbereitung sich befindendes Dokument ist, eher vorgelegt als gefunden. Laxness' geniale Konstruktion entwickelt zwei Konzeptionen eines »Berichts«: den Bericht an den Leser auf der einen Seite, und auf der anderen jenes Material aus Bandaufnahmen von Gesprächen, aus Beobachtungen und stenographischen Notizen, das für einen Bericht zusammengestellt wurde, um es später dem Bischof übergeben zu können. Der Status von Laxness' Erzählstruktur gleicht einem Möbiusband: Bericht an den Leser und Bericht an den Bischof bestimmen einander permanent. Die Stimme der ersten Person ist in Wahrheit eine hybride Stimme; der junge Mann – dessen Name nie preisgegeben wird – bezeichnet sich selbst ständig in der dritten Person. »Unterzeichneter« nennt er sich zuerst. Dann »Vertreter des Bischofs«, verkürzt zu »VeBi«, was rasch zu »Vebi« wird. Und er bleibt während des ganzen Romans Unterzeichneter oder Vebi.

Die Ankunft des Vertreters des Bischofs von Island wird schon erwartet, wie Vebi erfährt, als er das abgelegene Dorf eines Frühlingstages mit dem Bus erreicht; es ist Anfang Mai. Von Beginn an akzeptieren Vebis pittoreske Informanten, geheimniskrämerisch und streitsüchtig, wie es auf dem Lande üblich ist, sein Recht, sie zu befragen, ohne Neugier oder Antagonismus. Einer der *running gags* des Romans ist die Tatsache, daß die Dörfler dazu neigen, ihn als »Bischof« anzusprechen. Als er betont, daß er nur ein Gesandter sei, antworten sie, seine Rolle mache ihn zu einer spirituellen Einheit mit dem Bischof. Bischofsgesandter, Bischof, alles dasselbe.

So bewegt sich dieser ernsthafte, zurückhaltende junge Mann von Konversation zu Konversation, denn dies ist ein Roman des Sprechens, der Debatte, des Wortgefechts, des Grübelns. Jeder, mit dem er spricht, hat heidnische oder postchristliche Vorstellungen von Zeit, Verpflichtung und dem Universum: Das kleine Dorf am Fuße eines Gletschers befindet sich mitten in der spirituellen Mauser. Neben dem schwer faßbaren Pfarrer Jon – der Vebi mit seinen schlauen theologischen Beobachtungen schockiert – ist ein internationales Konklave von Gurus vor Ort, deren berühmtester Dr. Godman Syngmann aus Ojai, Kalifornien ist. Vebi hat kein Interesse daran, in irgendeine dieser Häresien eingeführt zu werden. Er möchte ein Gast bleiben, ein Beobachter, ein Protokollant: Seine Aufgabe ist es, ein Spiegel zu sein. Aber als Eros in Form von Ua, der geheimnisvollen Frau des Pfarrers, ins Spiel kommt, wird er – zunächst widerwillig und dann sich begeistert hingebend – zum Teilnehmer. Er will etwas. Verlangen bricht aus. Die Sache wird nun doch noch zu seiner Reise, seiner Initiation. (»Der Bericht ist mir nicht nur ins Blut gegangen – er ist mit meinem Lebensnerv verwoben.«) Die Reise endet, als die Macht der Offenbarung sich als Phantom erweist und verschwindet. Das Utopia der erotischen Transformation ist doch nur ein Traum gewesen. Aber es ist schwer, eine Initiation zurückzunehmen. Der Protagonist wird sich bemühen müssen, wieder in die Realität zurückzufinden.

Traumroman:

Die Leser werden die spezifische Traumwelt der skandinavischen Volksmythologie wiedererkennen, in der die spirituelle Suche eines Mannes unterstützt und erhalten wird durch die Großzügigkeit und Flüchtigkeit des Ewigweiblichen. Ua, eine Schwester Solveigs in Ibsens »Peer Gynt« und Indras in Strindbergs »Ein Traumspiel«, ist die unwiderstehliche Frau, die sich transformiert: die Hexe, die Hure, die Mutter, der sexuelle Initiator, die Quelle der Weisheit. Ua gibt ihr Alter mit 52 an, womit sie doppelt so alt wäre wie Vebi – derselbe Altersunterschied, wie sie betont, wie zwischen Santa Teresa und San Juan de la Cruz, als sie sich zum ersten Mal begegneten – aber in Wirklichkeit ist sie ein Gestaltwandler, unsterblich. Ua ist Pfarrer Jons Frau gewesen, die Puffmutter eines Bordells in Buenos Aires, eine Nonne – sie hatte noch zahllose andere Identitäten. Sie scheint alle wichtigen Sprachen zu beherrschen. Sie strickt unausgesetzt: Handschuhe, erklärt sie, für die Fischer in Peru. Was das vielleicht eigentümlichste ist: Sie ist tot gewesen, ihr Geist ist in einen Fisch gefahren, der dann bis vor ein paar Tagen oben auf dem Gletscher frischgehalten wurde, und nun ist sie von Pfarrer Jon wiederauferweckt worden und gerade dabei, Vebis Geliebte zu werden.

Das ist ewige Mythologie nordischer Prägung, nicht einfach nur eine Parodie des Mythos. Wie Strindberg es im Vorwort zu seinem vergessenen Meisterwerk »Ein Traumspiel« formuliert: »Zeit und Raum existieren nicht.« Zeit und Raum sind im Traumroman, dem Traumdrama veränderlich. Die Zeit kann stets widerrufen werden. Der Raum ist multipel.

Strindbergs Zeit- und Ortlosigkeit ist nicht ironisch, wie sie es für Laxness ist, der ein paar unreine Details in »Am Gletscher« verteilt – historischer Streusand, der den Leser daran erinnert, daß dies nicht nur die Volksmärchenzeit nordischer Mythologie ist, sondern auch jenes wichtige Jahr selbstverliebten apokalyptischen Sehnens: 1968. Der Autor des Buches, der seinen ersten Roman veröffentlichte, als er 19 war, und im Laufe seines langen (er starb mit 95) und alles andere als provinziellen Lebens an die 60 Romane schrieb, war bereits 66 Jahre alt. Geboren im ländlichen Island, lebte er in den späten zwanziger Jahren in den USA, vornehmlich in Hollywood. Er traf sich regelmäßig mit Brecht. Er verbrachte in den Dreißigern einige Jahre in der Sowjetunion. Er hatte bereits den Stalin-Friedenspreis (1953) und den Literatur-Nobelpreis (1955) erhalten. Er war bekannt für epische Romane über arme isländische Bauern. Er war ein Autor mit Gewissen. Er war (jahrzehntelang) ein stumpfer Philo-Sowjetist gewesen, bevor er sich dem Taoismus zuwandte. Er las Sartres »Saint Genet« und verurteilte öffentlich die Stationierung amerikanischer Soldaten in Island und den amerikanischen Krieg gegen Vietnam. Aber »Am Gletscher« spiegelt keine dieser literarischen Interessen. Es ist ein Werk von höchster Freiheit, äußerstem Sarkasmus und Witz. Der Roman ist mit nichts vergleichbar, das Laxness sonst je geschrieben hat.

Komischer Roman:

Der komische Roman stützt sich ebenfalls auf den naiven Erzähler: die Person von unvollkommenem Verständnis und unpassendem, unermüdlichem Frohsinn oder Optimismus. Pfarrer Jon, Ua, die Dörfler: Alle sagen Vebi, er verstehe nichts. »Sind Sie nicht ein klein bißchen schwer von Begriff, mein Kleiner?« merkt Ua zärtlich an. Oft falsch zu liegen, aber nie entmutigt zu sein, tapfer die eigenen Fehler einzugestehen und immer weiterzumachen – das ist eine im Kern komische Situation. (Die Komödie der Offenheit funktioniert am besten, wenn der Protagonist jung ist, wie in Stendhals autobiographischem »Das Leben des Henry Brulard«.) Ein ernsthafter, unschuldiger Held, dem abstruse Dinge zustoßen, versucht, meist erfolgreich, sich nicht von ihnen aus dem Konzept bringen zu lassen. Daß der namenlose Erzähler manchmal »ich« sagt und manchmal von sich in der dritten Person spricht, führt eine seltsame Note der Entpersönlichung ein, die ebenfalls Lachen hervorruft. Die wilde Mischung von Stimmen durchschneidet das Pathos; sie drückt das fragile falsche Selbstbewußtsein des komischen Helden aus.

Komisch ist, von etwas nicht überrascht zu sein, das erstaunlich oder absurd ist. Der Auftrag des Bischofs, auf alles, was seinem Vertreter begegnet, möglichst wenig zu reagieren, stellt ein prinzipiell komisches Szenario her. Vebi »unterreagiert« stets auf alle abstrusen Situationen. Beispielsweise besteht das Essen, das ihm während seines Aufenthalts täglich von der Haushälterin des Pfarrers angeboten wird, ausschließlich aus Kuchen.

Man denke an die Filme von Buster Keaton und Harry Langdon; man denke an das Werk Gertrude Steins. Die

Grundbestandteile einer komischen Situation sind: trockene Reaktion, Wiederholung, emotionale Unbewegtheit, fehlendes (oder zumindest scheinbar fehlendes) Verständnis dessen, was man tut, naiv-feierliches Verhalten, unpassende Fröhlichkeit – das alles führt zu einem Eindruck der Kindlichkeit.

Komik ist auch grausam. Dies ist ein Roman über Erniedrigung – die Erniedrigung des Helden. Er erträgt Frustration, Schlafentzug, Nahrungsentzug (Nein, die Kirche ist jetzt nicht offen. Nein, Sie können jetzt nicht essen. Nein, ich weiß nicht, wo der Pfarrer ist.). Es ist die Begegnung mit einer geheimnisvollen Autorität, die sich nicht zu erkennen geben will. Pfarrer Jon scheint seine Autorität abgegeben zu haben, indem er aufhörte, die Pflichten eines Seelsorgers zu erfüllen, und sich entschied, stattdessen Mechaniker zu werden. Tatsächlich aber hat er versucht, Zugang zu einer viel größeren Autorität zu finden – mystisch, kosmisch, galaktisch. Vebi ist in eine Gemeinschaft geraten, die ein Hexensabbat von Autoritätsfiguren ist, deren Herkunft und Kräfte er nie zu entschlüsseln vermag. Wo auch immer Vebi sich hinwendet, er versteht nicht, und es hilft ihm auch niemand, zu verstehen. Aber anders als, sagen wir: K. in Kafkas »Schloß« leidet Vebi nicht. Bei all seinen Erniedrigungen scheint er nie Qualen zu leiden. Der Roman ist stets von einer seltsamen Kälte. Er ist zugleich grausam und fröhlich.

Visionärer Roman:

Der komische Roman und der visionäre Roman haben auch etwas gemeinsam: eine Scheu, die Dinge beim Namen zu nennen. Ein Aspekt der Komik ist Bedeutungslosigkeit und Dummheit, die eine wichtige Materialquelle der Komödie ist und auch der Spiritualität – zumindest in der östlichen (taoistischen) Ausformung, die Laxness anzog. Zu Beginn des Romans fährt der junge Mann eine Weile fort, seine Unfähigkeit zu betonen, die Mission auszuführen. »Was soll ich sagen«, fragt er, »was tun?«

Der Bischof antwortet: »So wenig wie möglich sagen und tun. Die Augen offen halten. Über das Wetter sprechen. Fragen, wie der Sommer im vorigen und im vorvorigen Jahr war.

Sagen, daß der Bischof Rheuma habe. Wenn Leute Rheuma haben, fragen, wo es sie quält. Nicht versuchen, etwas in Ordnung zu bringen …«

Noch ein paar bischöfliche Weisheiten: »Soviel wie möglich in der dritten Person schreiben … Nichts überprüfen. … Vergessen Sie nicht, daß es nur wenige gibt, die ein wenig die Wahrheit sagen; keinen, der viel, geschweige denn einen, der die reine Wahrheit sagt. … Wenn Menschen sprechen, dann enthüllen sie sich selbst, ob sie nun lügen oder die Wahrheit sagen. … Denken Sie daran, daß das, was man Ihnen vorlügt, oft aufschlußreicher ist als eine wahre Geschichte, die man richtig erzählt. Verbessern Sie nichts, geben Sie sich nicht mit Auslegungen ab.«

Was ist das, wenn nicht eine Theorie der Spiritualität und eine Theorie der Literatur?

Die spirituellen Vorgänge am Gletscher haben sich erkennbar schon seit langem vom Christentum gelöst. (Pfarrer Jon ist der Ansicht, daß alle Götter, die die Menschen anbeten, gleich gut, also gleich unvollkommen sind.) Es ist klar, daß es viel mehr gibt als die Naturordnung. Aber gibt es irgendeine Rolle für die Götter – und die Religion? Die unverschämte Leichtigkeit, mit der die tiefen Fragen in »Am Gletscher« gestellt werden, ist weit entfernt von der Gravitas, mit der sie in der russischen und deutschen Literatur auftreten. Es ist dies ein Roman von immensem Charme, der damit kokettiert, eine Parodie zu sein. Es ist eine Satire auf die Religion, voll von amüsantem New-Age-Hokuspokus. Es ist ein Buch der Ideen, wie kein anderes, das Laxness je schrieb.

Laxness glaubte nicht an das Übernatürliche. Mit Sicherheit glaubte er an die Grausamkeit des Lebens – das Lachen, das alles ist was übrigbleibt von Ua, der Frau, der Vebi sich ergeben hat. Was geschehen ist, mag wie ein Traum erscheinen, was bedeutet, daß der Sendungsroman mit der obligatorischen Rückkehr zur Realität endet. Vebi wird seinem verdrießlichen Schicksal nicht entgehen.

»Ihr Vertreter schlich sich noch während dieses Gelächters mit seinem Seesack davon«, beendet Vebi seinen Bericht an den Bischof; so endet der Roman. »Ich hatte ein wenig Angst. Als ich aus dem Blickfeld des Hauses heraus war, rannte ich davon (…) und lief, was ich konnte, denselben Weg zurück, den ich gekommen war. Ich hoffte, die Straße wiederzufinden.«

»Am Gletscher« ist ein wunderbarer Roman über die anspruchsvollsten Fragen, aber da es ein Roman ist, ist es auch eine Reise, die enden muß: Sie läßt den Leser geblendet zurück, provoziert und, wenn Laxness' Roman erfolgreich war, vielleicht nicht ganz so erpicht darauf, die Hauptstraße wiederzufinden, wie Vebi dies ist.

Deutsch von Alexander Menden